# 그라니트
## 용들의 땅
GRANITE

# 그라니트 : 용들의 땅 3

이경영 판타지 장편 소설

초판 1쇄 찍은 날 § 2015년 11월 2일
초판 1쇄 펴낸 날 § 2015년 11월 13일

지은이 § 이경영
펴낸이 § 서경석

편집책임 § 박가연

펴낸곳 § 도서출판 청어람
등록번호 § 제387-1999-000006호
등록일자 § 1999. 5. 31
어람번호 § 제1-2276호

주소 § 경기도 부천시 원미구 부일로 483번길 40 서경B/D 3F (우) 14640
전화 § 032-656-4452  팩스 § 032-656-4453
http://www.chungeoram.com
E-mail §chungeorambook@daum.net

ISBN 979-11-04-90493-6 04810
ISBN 979-11-04-90405-9 (세트)

# 그라니트

## 용들의 땅

GRANITE

이경영 판타지 장편 소설

도서출판
청어람

# GRANITE

# 그라니트

**용들의 땅**

CONTENTS

# 18
## 이별 뒤에 남는 것들

데스디아의 질문을 들은 UNSMC 대원들은 어떻게 대답해야 할까 고민했다. 하지만 분위기가 분위기였기에 누군가 한 명이 대표로 목소리를 냈다.

"그것이 정말 저분의 능력이라면 아마 그라니트 행성에서 겪은 신체 변화와 관련이 있을 겁니다."

"흠......"

데스디아는 셀레스티아 쪽을 보는 것으로 대체 어떻게 된 것이냐는 질문을 대신했다. 하지만 셀레스티아는 고개조차 들지 않고 오로지 치프의 재생에만 집중했다.

데스디아는 당장에라도 추궁하고 싶었으나 그녀가 뭐라하기도 전에 레투가가 그녀를 잡아끌듯 수송기 밖으로 데리고 나갔다.

"좀 쉽시다, 브라토레 부사장."

"……."

수송기 밖에서 전투경찰들과 함께 담배를 나눠 피우던 UNSMC 대원들은 밖으로 나온 데스디아가 심각한 표정으로 자신들을 바라보자 일제히 움찔했다.

"담배 하나 받을 수 있겠습니까? 시가라면 좋겠습니다만."

"저에게 있습니다, 부사장님."

마침 유일하게 시가를 물고 있던 죠니 상사가 그녀에게 뛰어와 시가 하나를 바쳤다.

그녀에게 불을 빌려주기 위해 주머니 속의 가스라이터를 잡았던 죠니는 데스디아가 입에 문 시가의 끄트머리가 살짝 폭발하면서 불이 붙는 것을 보고 주변의 다른 이들과 마찬가지로 사색이 됐다.

'지금 신경을 건드렸다가는 맞아 죽겠군.'

그는 슬그머니 다른 곳으로 이동했다.

시가에 불을 붙인 데스디아는 담배를 피우지 않는 레투가의 반대 방향으로 연기를 길게 뿜었다.

"나에게 제대로 뿜어도 괜찮으니 부디 편히 피우시오."

레투가가 너그럽게 웃으며 말했다.

그가 어떻게든 자신을 진정시켜 주기 위해 노력한다는 것을 느낀 데스디아는 한 번 눈을 꽉 감고 마음을 진정시킨 후 연기와 함께 한숨을 쉬었다.

"불편을 끼쳐 죄송합니다, 보안국장님."

"괜찮소, 브라토레 부사장."

레투가는 주머니에서 자신의 단말기를 꺼내 화면을 만지작거렸다. 통화 불가라는 메시지가 상단에 떠 있었지만 그는 한참 동안 화면에서 손을 떼지 못했다.

데스디아는 그 단말기 화면에 레투가와 같은 종족의 여성이 보이자 그가 왜 그러는지 알 수 있었다.

"부인께서도 벙커에 피신하셨습니까?"

"그렇소. 자신은 보안국장의 부인이라면서 가장 마지막에 벙커로 들어갔소. 너무 보고 싶구려. 어제까지 매일 봤던 사이인데 말이오."

레투가는 머쓱하게 웃었다.

데스디아는 그에게 뭐라고 말을 해줘야 할까 생각하다가 멀리 희미하게 보이는 금속의 고리, 브리치의 모습을 보고 표정을 바꿨다.

"브리치들이 남아 있습니다."

"그렇소. 엠페라투스가 우리에게 골치 아픈 선물을 남기고 갔구려. 드래곤들은 사라졌고… 이것으로 이 행성의 생태계는 깡그리 변할 것이오. 브리치가 다시 빅시티 안에 나타난다면 그때는 과연 막을 수 있을지 모르겠소."

데스디아는 키퍼가 없는 브리치들이니 아마도 야생동물처럼 자리를 잡을 것이라 예상했으나 함부로 말을 꺼내진 않았다.

지금 그녀는 미래에 대한 예상 따위는 하기가 싫었다.

치프의 상태 때문에 그런 것은 아니었다. 오늘 벌어진 일은 이른바 국지전이었다. 치프와 엠페라투스 간의 싸움은 앞으로 일어날 거대한 싸움의 일부에 지날 수도 있었다.

그렇게 생각했을 때 그녀 자신이 앞으로 짊어지고 가야 하는 짐들은 실로 막대했다.

"드래곤들이 있을 때보다는 나을지도 모르겠군요."

그녀가 중얼거렸다.

"무슨 말이오?"

"상대가 환상종뿐이라면 오히려 일반 헌터들의 도움을 받을 수 있겠지요. 사냥하는 입장에서 드래곤은 답이 나오지 않는 괴물들이지만 일반종들은 조금 강력한 야수에 불과하니 말입니다."

"하지만 이 행성은 더 지저분해질 것이오. 과거에 존재했던 다른 개척 행성들처럼 무법지대가 될 수도 있고, 물을 포함한 모든 자원이 뽑혀 나간 끝에 풀 한 포기 나지 않는 황무지가 될 수 있소."

"그 점은 드래곤들이 해결해야 합니다."

"얼마 남지 않은 드래곤들이 말이오?"

"드래곤들의 땅은 드래곤들이 되찾아야 합니다. 무력이든, 외교력이든, 경제력이든 가리지 않고 동원하여 지켜내야만 남들에게 드래곤들의 터전으로서 인정을 받겠지요."

한층 진정이 된 데스디아는 시가 연기를 제대로 즐기며 이야기를 계속했다.

"알케온 경은 무력을 택했고, 셀레스티아는 외교를 택했으며, 루할트 경은 경제를 택했습니다. 하지만 셋 다 누가 봐도 애들 장난 수준이었기에 다른 이들에게 공감을 얻지 못했지요. 그런 복잡한 일에 굳이 공감하려는 드래곤도 없었을 테지만 말입니다."

"과연, 그렇구려."

레투가는 펄펄 끓는 듯했던 데스디아의 눈빛이 평상시처럼 차가워져 있자 자신도 안도감을 느꼈다.

"어리석은 자들은 경험으로 세상을 배우고, 똑똑한 자들은 책과 역사에서 세상을 배운다고 하지요. 알타이르에 전해지는 격언입니다. 공포에 몰린 드래곤들이 엠페라투스를 선택한 결과가 어땠는지는 오늘 모두가 경험하게 됐습니다. 이제 그 드래곤들을 다시 해방시키면 그 이후에는 어떻게든 될 겁니다. 셀레스티아가 아닌 다른 우두머리를 찾아서라도 다들 살기 위해 발악을 할 테니 말이지요."

"당신의 말대로 된다면 좋겠소. 그보다 그 알타이르 격언 말이오, 경험을 너무 비하하는 것 같소만?"

레투가의 지적에 시가 연기를 차분히 즐기던 데스디아는 쓴웃음을 지었다.

"그 격언을 마지막까지 말씀드려야겠군요. '그런데 난 똑똑한 자들을 평생 본 적이 없다'라는 말로 끝납니다."

"하하."

레투가는 팔짱을 끼며 고개를 끄덕거렸다.

그때, 수송기 밖에 있던 모든 UNSMC 대원과 전투경찰들이 웅성거렸다. 수송기의 후방 출입구 쪽으로 고개를 돌린 셀레스티아는 치프가 물이 든 비닐 팩을 입에 문 채 내려오는 것을 보고 안도의 한숨을 쉬었다.

하지만 한숨만 쉬었을 뿐, 그녀를 포함한 주변의 모든 이는 치프의 모습을 보고 복잡한 표정을 지었다.

팔다리가 날아갔던 탓인지 그가 입고 있는 전투복이 꼭 여성용 원피스 수영복처럼 변해 있었기 때문이다.

게다가 신발은 슬리퍼였다.

'혐오스러운데 웃기는군.'

'웃기는데 혐오스러워.'

'토할 것같이 웃겨.'

UNSMC 대원들과 전투경찰들이 웃음을 참기 위해 이리저리 피하자 결국 데스디아가 인상을 쓰며 시가로 그를 지적했다.

"차라리 아랫도리만 입고 나오는 게 낫지 않겠어?"

"나도 좋아서 이러고 있는 게 아니야. 안에서 홀떡 벗을까? 게다가 갈아입을 옷도 없다고."

"으음……."

왼손으로 앞머리를 누른 데스디아는 자신이 걸친 망토를 벗었다. 그녀는 몸매가 그대로 드러나는 회색의 알타이르 전투복을 입고 있었으나 치프의 경우와 달리 그 모습에서 거부감을 갖는 자는 아무도 없었다.

오히려 그녀의 가슴 사이즈가 생각보다 빈약하다는 것에서 실망감을 갖는 사내가 많았다.

"내 망토라도 걸쳐. 덥진 않을 거야."

"난 내 몸매에 나름 자신이 있는데?"

투덜대는 치프의 머리 위에 그녀의 망토가 날아와 덮였다.

레투가는 부인의 사진이 보이는 자신의 단말기 화면을 다시 봤다.

'그녀가 왜 내 옷에 그렇게 신경을 썼는지 이제 좀 이해할 것 같군.'

데스디아의 망토로 몸을 가린 치프는 물을 마시면서 그녀에게 다가갔다.

"엠페라투스가 어떻게 됐는지 혹시 알아?"

"무사했다면 우리 모두 가루가 되어 있겠지. 당신이 잘 날려 보냈어."

"그래도 죽진 않았을 것 같은데 말이지."

"왜 그렇게 생각하지?"

"과거에 운캄타르와 싸웠어도 무사했던 존재가 행성 타격용

질량가속포에 맞는다고 해서 죽을 것 같진 않거든."

"…알게 되겠지."

중얼거리듯 말한 데스디아는 한층 더 안정된 표정으로 시가를 즐겼다.

"몸은 이제 괜찮아?"

"다 괜찮은데 단 게 먹고 싶어. 설탕 공장에 쳐들어가고 싶을 정도라고."

"그렇군."

데스디아는 황색으로 변한 눈동자를 통해 그를 자세히 봤다. 예전처럼 치프의 팔다리와 눈에서 소모하는 기운이 심상치가 않았다.

하지만 데스디아는 그에게 약초를 줄 수가 없었다. 알타이르의 약초가 담긴 주머니 같은 것은 약 1년 전에 지구로 가면서 집에 놓고 왔기 때문이다.

"치프는 단걸 먹으면 괜찮아질 거야."

셀레스티아가 치프의 뒤를 따르듯 수송기에서 내려왔다.

말투는 상냥했으나 셀레스티아의 표정은 어둡기만 했다. 그래도 데스디아는 그녀를 칭찬해 주고 싶었다. 조금 전에 동족이 전멸한 것이나 다름없는 상황에서 왕녀로서 정신을 놓지 않은 것만으로도 셀레스티아의 정신력은 인정받아 마땅했다.

알케온만 하더라도 루할트와 파울라의 곁에 앉은 채 아무것도 못 하고 있었다.

"함선을 프린팅한 건 당신 능력인가?"

데스디아가 치프에게 물었다.

치프는 입에 물고 있던 비닐 팩을 손에 쥐며 미묘한 표정을 지었다.

"처음 엠페라투스와 싸울 때 데토네이터를 썼잖아? 그 기계 장비 말이야. 그때 내가 갖고 있던 건하운드는 배터리가 없던 상태였어. 루할트가 끼워놓은 배터리는 이미 닳아빠진 상태였지."

"그런데도 기동했단 말이군."

"맞아. 그 경우 덕분에 데토네이터보다 더 확실한 덩치를 불러낼 수 있지 않을까 했어. 내가 어렸을 때 톰 아저씨랑 함께 구경했던 전함을 찍어봤지. 전함 자체를 박물관으로 개장하긴 한 건데… 아무튼 그 전함은 네가 봤던 그대로 엠페라투스의 머리 위에 떨어져 줬고. 그때부터는 뭐… 네가 이기나 내가 이기나 식으로 갔지."

"흠."

데스디아는 걱정을 더하여 콧소리를 냈다.

옆에서 듣고 있던 셀레스티아가 잠시 생각에 잠기더니 이윽고 말했다.

"치프의 능력이 맞을 거야. 아바마마께서도 같은 능력을 사용하시거든. 물론 전함 같은 것을 불러내신 적은 없지만."

"그렇다면 너도 가능하다는 뜻이잖아?"

데스디아가 묻자 셀레스티아가 멋쩍은 표정을 지었다.

"나는… 음… 잘 모르겠어. 무장 제조와 관련된 기술은 아바마마께 배운 적이 없어."

데스디아는 셀레스티아를 가만히 바라보다가 이윽고 그녀의 손을 잡아주었다.

"천천히 생각하자."

"응."

셀레스티아는 일단 끄덕거리긴 했지만 표정은 조금 전보다 더욱 우울해졌다.

치프는 아직도 먹구름이 잔뜩 낀 하늘을 잠깐 구경한 후 죠니에게 손짓을 했다.

"대충 진정됐으니 이제 우리 회사로 가자고, 죠니."

"아… 우리에게 볼일이 있는 친구들이 좀 있는 것 같은데요?"

죠니는 손으로 동쪽을 가리켰다. 우주연합의 함대들이 구름을 뚫고 내려오고 있었다.

문제의 제2함대였다.

"아무래도 치프를 잡아가려는 것 같죠?"

죠니가 물었다.

"그렇겠지. 하지만 난 그전에 회사에 가서 샤워를 하고 탄산음료를 목에 들이부어야 해."

치프가 죠니에게 수신호를 보내자 죠니는 미리 약속한 대로 전투복에 붙은 통신기를 작동시켰다.

그러자 치프 일행을 향해 접근하던 우주연합 제2함대가 속도를 긴급히 줄였다.

제2함대의 이상한 움직임에 의아함을 느낀 레투가는 고개를 갸웃거리다가 자신들의 머리 위로 굉음을 일으키며 지나가는 함선들의 모습에 움찔했다.

훈련을 핑계로 그라니트 행성 주변에 왔던 지구 측의 함대가 우주연합 제2함대를 포위하듯이 사방에서 내려오고 있었다.

"이게 대체 무슨 상황인가? 개척 행성에 정규군 함대를 투입한 행성은 큰 제재를 받을 텐데?"

"SOS신호를 받았을 때는 얘기가 다르잖아?"

"…하긴, 신호 지점 근처에 있는 모든 선박이 '구조'에 최선을 다해야만 하지."

중얼거린 레투가는 제2함대의 세 배 가까운 숫자로 몰려온 지구군 함대를 보며 실소를 터뜨렸다.

\*                    \*                    \*

지구의 함대에 포위되어 버린 제2함대는 그물에 걸린 고기보다 못한 꼴이었다.

사령관인 헬터스크는 그라니트에서 번영했던 드래곤들이 입자화되어 사라졌다는 기쁨과 엠페라투스의 실종이라는 충격으로 인해 심리적으로 혼란스러운 상황이었다.

거기다 이번에는 지구 함대의 함선 배치 상황을 보고 경악까지 해야만 했다.

그냥 막 배치된 것 같아도 제2함대의 주변에 깔린 모든 지구 함선은 집중사격을 위한 준비를 마친 상황이었고 뻔뻔스럽게도 함포와 어뢰, 미사일까지 대놓고 조준하여 우주연합 측의 전 함선이 위험신호를 발산하게끔 만들었다.

만약 이 상황에서 포격전이 개시될 경우 양측의 거리가 최소 수백 미터밖에 안 되는 밀착 상황이기에 서로가 지옥을 맛보게 되지만 지구의 함대는 그런 것까지 각오하고 있는 분위기였다.

"저놈들은 왜 대꾸조차 안 하는 건가!"

헬터스크가 노란색의 얼굴을 일그러뜨리며 괴성을 지르자 통신을 맡은 우주연합 측 병사가 오른팔을 번쩍 들며 일어났다.

"지금 응답했습니다, 사령관님."

"연결해!"

그러자 기함 사령실의 대형 스크린에 뜬 것은 그럴싸한 복장을 입은 고위 장교가 아니라 까까머리에 큰 헤드셋을 쓴 소위 계급의 통신관이었다.

—아, 그쪽 사령관이십니까? 저기 지상에 있는 친구들이 SOS 신호를 보내서 내려왔습니다. 그쪽도 구조 때문에 오셨죠? 빅시티에서 일어난 재해는 이쪽에서도 감지했습니다. 이야, 정말 큰일이었더군요.

고작 소위 계급을 어깨에 단 지구인이 이름조차 밝히지 않고 능글능글한 목소리와 표정을 자랑하자 헬터스크의 얼굴에서 순간 힘이 확 빠졌다.

"함대 책임자는 어디 있나!"

─높으신 분들은 전부 대기권 밖에 계십니다. 항공모함 전단과 함께 지상 상황을 걱정하고 계시죠.

항공모함 전단이라는 말에 헬터스크는 레이더 담당을 돌아봤다. 대형 스크린 왼쪽 구석에 지구의 우주항공모함 4척 규모의 함대가 추가로 대기권 밖에서 대기하고 있는 모습이 떠올랐다.

"그럼 연결해!"

─빅시티에서 일어난 재해로 인해 이쪽 통신망이 아직 엉망입니다. 단말기도 안 터지네요. 그쪽하고 연결하는 것도 정말 힘들었습니다.

그러면서 지구의 통신관은 머그컵에 담긴 커피를 천천히 마셨다. 그 뻔뻔함에 헬터스크는 너무 답답하고 분하여 공격 명령을 내리고 싶었지만 무기 장전과 발사 준비, 그리고 조준은 지구 측이 선점하고 있는 상황이라 어쩔 수가 없었다.

"이쪽은 구조가 아니라 범죄자 체포를 위해 이동 중이다! 어서 그 함선들을 다 치워!"

─아, 그렇습니까? 그런데 이거 죄송해서 어쩌죠? 이쪽은 그라니트의 대기권 비행에 익숙하지 않아서 제대로 적응하려면

몇 시간은 걸릴 것 같습니다.

"익숙지 않다면서 왜 내려왔나!"

―SOS신호의 규칙은 아시지 않습니까? 일단 사람부터 구해야죠. 2년 전의 사건을 반복할 수는 없지 않습니까?

"뭐⋯⋯?"

2년 전이라는 말에 헬터스크의 인상이 조금 바뀌었다.

지구 함대 통신관의 표정도 조금 진지해졌다.

―2년 전에 그라니트 행성 근처에서 원인 불명의 폭발이 일어나 지구의 군인이 꽤 많이 죽었거든요. 그때 이후로 우주에서의 인명 구조는 이쪽의 최우선 수칙이 됐습니다. 그쪽도 원인 불명의 폭발에 휘말리기 싫으면 협조 부탁드립니다.

"⋯⋯."

―이쪽 볼일이 다 끝나면 연락드리겠습니다. 이 틈에 식사라도 하시죠?

샌드위치 하나를 자랑하듯 흔든 통신관은 일방적으로 통신을 끊었다.

할 말을 잃은 헬터스크는 의자에 조용히 앉았다.

그는 지구 측에서 보낸 호위용 함선과 함께 멀쩡히 떠올라 유유히 이동하는 치프 일행의 수송기를 허망한 얼굴로 바라봐야 했다.

"지구 놈들, 다 미쳤어."

헬터스크는 아직도 무기 조준을 유지하고 있는 지구군의 함선들로부터 고개를 돌렸다.

＊　　　　＊　　　　＊

회사의 의무실에서 정신을 차린 사만다는 전투경찰들의 치료를 위해 의무실 전체를 빌리고 있는 UN우주해군 정규군들을 보고 깜짝 놀랐다.

'전부 정규군이잖아? 어째서?'

곁에서 단말기를 이용해 책을 보던 죠니가 눈을 뜬 그녀를 보고 그녀를 향해 손을 흔들었다.

"여어, 우리 목성 공주님이 눈을 뜨셨군. 아저씨 손 보여?"

"하사… 아니, 상사님?"

"제대로 의식을 회복했군. 어이, 이쪽 좀 부탁할 수 있을까?"

위생병용 군복을 입은 여성이 죠니의 말을 듣고는 진단 장치를 들고 사만다에게 다가왔다.

사만다는 진단 장치에서 쏟아지는 빛을 온몸에 받으면서 걱정이 가득한 표정으로 죠니를 봤다.

"아저씨는 어떻게 되셨습니까?"

"아주 멀쩡하시지. 지금 사장실에 계서. 네가 기절한 사이에 제2함대에서 잡으러 오긴 했는데 이쪽도 준비를 철저히 했거든. 안심해."

"엠페라투스와의 전투 결과도 궁금합니다."

"실은 나도 제대로 보진 못했어. 너무 난장판이었거든. 하지만 이긴 건 확실해."

"……."

진단 결과 아무 이상이 없다는 판정을 들은 사만다는 바로 침대에서 일어나 군화를 신었다.

"목성 신세대의 신체 능력이 굉장하다는 건 이제 상식이지만 넌 정말 대단하구나. 그 키드인가 하는 꼬맹이한테 급소를 정확히 맞았는데 어디가 부러지기는커녕 내출혈조차 없다니, 나도 놀랐네."

죠니는 안에 철판이라도 댄 게 아닐까 싶을 정도로 두툼한 자신의 턱을 만졌다.

신발을 다 신고 일어난 사만다는 회복용 발포제에 상반신이 둘러싸이다시피 하여 의무실 구석에 누워 있는 피자집 사장, 키드를 목격했다.

"저 자식도 저기에 있군요."

"감히 널 건드린 놈인데 치프가 가만히 놔뒀을 것 같아? 늑골 몇 대와 두개골 및 목뼈 손상으로 끝난 게 저놈에겐 다행이지."

끔찍한 결과이긴 했지만 사만다는 왠지 기분이 좋았다.

"하여간 치프도 나이가 들긴 들었어. 10년 전 같았으면 진짜 불구로 만들어 버렸을 텐데 말이야."

중얼거리던 죠니는 단말기의 시계를 보고는 사만다의 두툼한 근육질 어깨를 두드렸다.

"시간이 얼마 안 남았네. 사장실로 올라가 봐."

"예. 감사합니다, 상사님."

서둘러 의무실을 나온 사만다는 회사 본관의 유리벽을 통해 회사 주변을 까맣게 뒤덮은 지구 함대를 보고 걸음을 늦췄다.

"저 규모는… UN의 연합 우주군이 림팩 때문에 모였을 때보다 많잖아? 상하이급 항공모함과 제주급 행성강습항모도 있어."

지구에서 도움을 '조금' 줄 거라는 말을 치프에게 듣긴 들었지만 하늘을 덮을 정도의 규모로 몰려와 도와줄 줄은 몰랐던 사만다는 가슴이 찡했다.

"아, 어서 올라가야지."

사만다는 얼굴을 만지작거리며 엘리베이터에 올랐다.

사장실에 들어간 사만다는 검은색의 정장을 입은 채 단말기를 통해 누군가와 통화하고 있는 치프의 모습을 발견했다.

사만다가 들어온 것을 본 치프는 잠깐 앉아서 기다리라는 손짓을 보낸 뒤 통화에 집중했다.

"아, 괜찮아요. 법원에는 익숙하니까요. 변호사들의 능력을 믿어봐야죠. 그래요, 당장 형이 집행되는 게 아니라 재판이 끝날 때까지 구속당하는 거니까 별일 없겠죠. 여기까지 오셨는데 한번 내려오시죠? 됐다고요? 하하, 그럼 마침 사만다가 올라왔는데 목소리나 들어보세요."

고개를 끄덕인 치프는 자신의 단말기를 사만다에게 내밀었다.

"톰 할아버지야."

"할아버지……."

사만다가 톰을 마지막으로 만난 것은 불과 몇 주 전이었지만 그녀는 그 일이 너무도 아득하게 느껴졌다.

사만다는 단말기를 건네받았다.

"사만다입니다, 할아버지."

―오, 우리 공주님. 다쳤다고 들었는데 이제 괜찮은 거니?

"예. 방금 복귀했습니다."

―복귀? 하하, 군인 티를 못 벗었구나.

사만다는 귀에 들리는 통화의 질을 통해 지금 이 단말기가 지상 기지국이 아닌 위성과 연결되어 있고 톰이 우주에 있다는 사실을 알아차렸다.

그녀는 톰에게 뭔가 말을 하고 싶었지만 떠오르지 않았다.

지금까지 있었던 일들, 앞으로 벌어질지도 모르는 일들, 그리고 들어오면서 치프의 입을 통해 들은 법원 및 변호사 등의 이야기들이 그녀의 말문을 막고 있었다.

―힘들면 할아버지와 함께 집으로 돌아가자꾸나. 네 아빠와 엄마도 걱정하고 있단다.

톰의 말을 들은 사만다는 무의식적으로 눈을 돌려 젝스와 포프를 찾았다.

너무 울어서 눈이 부은 젝스와 그런 그녀를 껴안아 위로해 주고 있는 포프의 처량한 얼굴이 흔들리던 사만다의 눈동자를 붙들어놓았다.

더불어 정장을 입은 치프에게서 등을 돌린 채 유리벽 밖을 보며 시가를 피우고 있는 데스디아의 뒷모습은 지나칠 정도로 고독해 보였다.

"저는 이곳에 남겠습니다, 할아버지."

—음, 카터 일가의 공주님답구나. 나중에 다시 통화하자, 애 야.

"알겠습니다, 할아버지."

화면에 뜬 통화 종료 아이콘을 엄지로 누른 사만다는 단말기를 치프에게 돌려주었다.

그러나 치프는 고개를 흔들었다.

"네가 갖고 있어. 난 당분간 필요 없으니까."

단말기를 든 사만다의 손을 직접 오므려 준 치프는 자신보다 훨씬 큰 사만다의 머리를 만지며 살짝 안아주었다.

"회사 잘 부탁해. 이제 네가 팀장이야."

"예, 아저씨."

사만다는 울지 않고 그의 말을 받아들였다.

이윽고, 치프와 비슷한 검은색 정장을 차려입은 지구인들이 사장실 안으로 들어왔다.

"가실 시간입니다, A—1730."

"그럼 인사 좀 할게요."

사장실에 들어온 변호사들에게 손짓을 한 치프는 먼저 젝스 앞에 무릎을 굽히고 앉았다.

"오빠는 만났어?"

그가 묻자 젝스는 고개를 끄덕거렸다.

"오라버니께 하인케스 무역통상에 있던 기사단원들이 무사하다는 말을 들었어."

"다행이네."

루할트가 정신을 차리자마자 레투가와 함께 빅시티의 지하 벙커로 가는 것을 직접 봤던 치프는 사만다에게 했듯 젝스의 머리도 만져 주었다.

"네가 할 일이 정말 많을 거야."

"…도움이 못 돼서 미안해, 사장."

"뭘. 따지자면 다 나 때문이지."

그 말에 머리를 흔든 젝스는 치프와 잠깐 포옹했다.

"다음에 만났을 때는 꼭 사장을 도와줄게."

"하하, 셀레스티아를 도와줘야지 왜 나를 도와줘? 건강해야 돼, 젝스."

치프와 떨어진 젝스는 금방 손으로 얼굴을 덮고 울음을 터뜨렸다.

오리걸음을 하듯 옆으로 움직여 포프 앞에 자리 잡은 치프는 그 더벅머리 소녀에게 손을 내밀려다가 그녀가 자신을 와락 껴안자 실소를 지었다.

"가볍기도 해라."

"많이 먹고 더 건강해질게요, 사장님."

"그래, 다른 사람들 잘 도와줘. 다들 너처럼 긍정적이면 좋겠네."

포프의 등을 두드려 준 치프는 일어나서 데스디아를 봤다. 그의 시선을 감지하듯 돌아선 데스디아는 치프의 정장 차림을 한참 훑어봤다.

"이제 좀 사람답네."

"근데 돌아와서도 이 옷은 못 입을 거 같아."

"그래, 또 그 거지 같은 셔츠와 바지 차림이겠지. 생각만 해도 X같군."

이 옷 대신에 네가 골라준 옷을 입고 싶다는 말을 꺼내려다만 치프는 다시 유리벽 쪽으로 몸을 돌린 그녀에게 손을 흔들어준 뒤 변호사들과 함께 사장실을 나섰다.

"다들 바래다주렴."

데스디아의 말을 들은 사만다와 젝스, 포프는 우르르 그의 뒤를 따라나섰다.

사장실에 혼자 남은 데스디아는 회사 본관 밖에서 알케온, 파울라와 함께 치프를 기다리고 있는 셀레스티아의 모습을 가만히 보다가 치프가 사용하던 사장석 쪽으로 움직여 자리에 앉았다.

그녀는 눈물을 흘리거나 걱정하기는커녕 책임감이 뚜렷한 표정으로 텅 빈 사장실을 봤다.

그런 그녀의 시선에 사장실 한가운데에서 올라오는 보라색의 안개가 보였다.

그 안개는 곧 흉악한 모습을 이루었다. 두 눈이 옹이구멍처럼 뚫리고 가슴 아래가 모두 사라져 왼팔만 덜렁 남은 기괴한 인간 사체의 형태였다.

데스디아는 그 존재의 몸에 걸쳐진 보라색 정장의 파편을 보고 피식 웃었다.

"엠페라투스인가? 정육점스럽게 변했지만 죽지 않았군."

"이 즐거움을… 마무리하지 못하고 죽을 수는 없지 않나?"

단검, 혹은 그와 비슷한 형태의 도구로 쑤셔지거나 잡아 뜯긴 것처럼 되어 있는 그의 입이 뼈가 갈리는 소리를 내며 움직였다.

상체 일부와 왼팔만 남긴 했지만 상대는 어디까지나 엠페라투스였다.

하지만 데스디아는 의자에서 일어나 책상 앞으로 당당히 걸어 나왔다. 그녀는 두려워하기는커녕 엠페라투스와 마주한 채 시가 연기를 부드럽게 뿜었다.

"치프는 방금 나갔는데, 혹시 나에게 볼일이 있나?"

그녀는 시가의 연기를 엠페라투스에게 뿜었다. 안구가 없는 엠페라투스의 눈구멍에서 붉은색의 빛이 스산하게 올라왔다.

"그렇다, 정령술사. 너와 운캄타르의 도구는 이 엠페라투스를 확실히 제압했다. 운캄타르에게 쓰러졌던 때 이후로 이후 최고의 재미였지. 그렇다면 그에 합당한 보상을 내려야 함이 옳지 않겠나?"

"네가 우리에게 줄 수 있는 최고의 선물은 영원히 꺼져 주는 거야."

데스디아의 눈동자도 엠페라투스에 맞서 빨갛게 빛을 냈다.

그녀의 그 모습에서 뭔가를 느낀 엠페라투스는 엉망이 된 얼굴로 키득거렸다.

"후후, 소원하는 것이 고작 그것이라면 들어주마. 하지만 그리된다면 내가 오늘 동결지옥에 가둬 버린 날개 달린 자들은 이 땅에 영원히 돌아올 수 없다."

"그래? 이유는?"

데스디아는 질문하면서 다시금 엠페라투스에게 시가 연기를 뿜었다.

"브리치를 이용해 동결지옥을 열고 닫을 수 있는 자는 오로지 나뿐이지."

데스디아는 그 말을 듣고는 셀레스티아가 자신에게 했던 이야기를 떠올리기 위해 눈을 가늘게 떴다.

"음… 그래, 문지기 아르마다. 셀레스티아가 분명 그렇게 말했어. 그가 브리치를 관장하는 신이라고 하던데?"

"바로 그렇다."

"마침 잘됐군. 내 특기 중에 하나가 다른 이의 협조를 얻는 거야."

데스디아는 입에 물고 있던 시가를 재떨이 위에 놓았다.

그녀에게 그러한 특기가 있는 줄 몰랐던 엠페라투스가 흥미를 보였다.

"협조라. 어떤 식으로 말인가?"

"잡아서 고환 하나를 적출하면 시간을 단축할 수 있을 거야. 대다수는 바지를 벗기는 단계에서 얌전해지지만… 그 아르마다라는 새끼는 일단 병신을 만들고 봐야겠어."

"……"

데스디아의 입에서 험한 말이 울컥 쏟아지자 그 엠페라투스도 약간은 당황했다.

"흠, 안됐지만 아르마다는 관리자에 불과할 뿐, 브리치의 창조자는 아니다. 네가 아무리 고문을 한다고 해도 아르마다의 그 입장이 바뀌진 않지."

"그럼 창조자는 어디에 있지?"

"후후."

엠페라투스가 웃었다. 작살이 난 그의 입은 마치 강제로 부러진 나무판의 절단 부위처럼 날카롭고 불규칙했다.

"브리치의 창조자를 죽인 것은 바로 나다. 그 신을 죽이고 섭취하면서 브리치의 열쇠와 지도를 전리품으로 챙겼지."

데스디아는 엠페라투스가 신을 죽인 것뿐만 아니라 섭취했다는 말을 일단 기억해 두기로 했다.

치프에게 운캄타르의 세포를 심어준 셀레스티아가 정작 자신은 치프나 운캄타르처럼 무장 제조를 하지 못하는 것이 엠페라투스가 말한 '섭취'에 기인한 게 아닐까 해서였다.

엠페라투스의 이야기가 계속됐다.

"아르마다가 열고 닫을 수 있는 것은 환상종의 번식지로 통하는 길과 각 지역을 오갈 때 사용하는 지름길뿐이다. 하지만 나는 그 전리품들 덕분에 신들이 만들어둔 모든 지역을 열 수 있지."

데스디아의 표정에 짜증이 올라왔다.

"오직 너만이 드래곤들을 이곳으로 되돌릴 수 있다는 건가?"

"그렇다, 정령술사."

데스디아의 짜증은 결국 독기로 변했다. 그녀의 모습을 바라보던 엠페라투스가 웃음을 터뜨렸다.

"후후, 날개 달린 자들의 고환이 어디 있는지 궁금한 표정이군."

"네가 실은 암컷이었다고 농을 칠 생각은 하지 마. 행여 진짜라면 자궁을 들어내 주겠어."

데스디아의 눈빛이 점점 더 강해졌다.

"후후, 듣기만 해도 아픈 얘기는 그만하도록 하지. 이것을 받아라, 정령술사여."

엠페라투스의 왼손바닥에서 붉은색의 칼집에 담긴 커다란

도검이 솟아 올라왔다.

길이는 약 2.8미터에 완만하게 휘어진 칼집의 모양새가 알타이르의 전통 무기인 대렵도(大獵刀)와 똑같았다.

데스디아가 사격뿐만 아니라 10미터가 넘는 대검 형태로 변한 파프니르를 능숙하게 다룰 수 있었던 것도 대렵도와 관련된 기술과 사용 경험을 갖고 있었기 때문이다.

"아마 너에겐 이와 같은 형태의 무기가 익숙할 것이다."

"그렇긴 하지만 아무리 봐도 네놈에게 새로운 즐거움을 주기 위한 도구로밖에 안 보이는군."

"실제로 그렇다, 정령술사여. 너와 네 부하들은 이제부터 브리치를 사냥해야 한다. 그리하지 않으면 나는 물론이고 아르마다조차도 만날 수가 없을 것이다."

"그래? 그럼 그 칼을 쓰면 브리치를 부술 수 있나?"

"물론이다."

엠페라투스에게 칼을 넘겨받은 데스디아는 순간 눈을 부릅뜨며 칼을 뽑아 엠페라투스의 머리를 쪼갰다.

칼날은 엠페라투스 아래에 위치한 가죽 소파 바로 위쪽에서 멈췄다.

그 칼의 칼집은 어디에도 보이지 않았다. 데스디아가 공격할 마음을 먹자마자 그에 반응하여 입자로 변해 사라졌기 때문이다.

"생각보다 급한 성격이군."

"화가 난 것뿐이야."

좌우로 나뉘었던 엠페라투스의 몸이 다시 하나로 합쳐졌다.

"아르마다는 내가 브리치를 창조한 자로부터 전리품을 얻었다는 사실을 모른다. 자신은 열 수 없는 공간인 동결지옥이 열려 버렸으니 그 녀석도 매우 당황했겠지."

"그래서?"

"네가 그 칼로 브리치들을 없애기 시작하면 녀석은 분명 스스로 나설 것이다. 놈은 신들의 보물창고에서 나온 그 칼을 알아볼 것이고, 그것을 토대로 네가 뭔가 알고서 그러한 파괴를 저지른다고 생각하겠지."

"흠."

데스디아는 손에 든 칼을 옆으로 움직였다. 분해되어 사라졌던 붉은색의 칼집이 순식간에 재구성되어 칼날을 단단히 덮었다.

"내가 아르마다를 없애주길 원하는 것 같군. 없애면 또 선물을 주겠지?"

"물론이다."

"그렇다면 다음 선물은 드래곤들의 해방이겠군. 네가 얼마나 충동적인 존재인지 생각해 보면 아마도 해방과 동시에 대혼란이 일어날 거야. 그렇게 잔칫상이 벌어지면 네놈이 직접 강림할 것 같군. 네가 거지랑 다를 바가 뭐지? 병신이 병신 같은 생각을 병신처럼 하는군."

데스디아의 비아냥거림에 엠페라투스의 입가가 움직였다.

"왜 나를 거지에 비유하는지 모르겠군. 처음부터 내가 시작한 잔치가 아니던가? 넌 잔칫상 위에 음식을 얹는 역할일 뿐이다. 날개 달린 자들에 대한 주도권은 나에게 있다, 정령술사여."

"대단한 자신감이군. 좋아, 그럼 이제부터 네가 나에게 준다는 보상을 받아보도록 하지."

그러자 엠페라투스가 움찔했다.

"건망증이 있나? 너에게 그 칼을 줬을 텐데?"

"이건 손해배상으로 치자고. 그동안 재밌었다며? 널 재밌게 해주기 위해서 우리가 얼마나 큰돈을 썼는지 모르나? 정체도 모르는 칼 한 자루로 조용히 해주는 걸 오히려 고맙게 여겨야 할 텐데?"

그녀가 설마 그렇게 나올 줄은 몰랐던 엠페라투스는 뜻하지 않게 고민에 빠졌다.

"…특별히 원하는 것이 있나?"

"신들의 보물창고에는 또 뭐가 있지?"

데스디아가 말을 툭 뱉자 엠페라투스는 그녀를 당장에라도 씹어 죽이고 싶었다. 하지만 육체의 대부분을 잃어서 유령이나 다름없는 지금은 어쩔 수가 없었다.

그렇다고 그냥 떠나 버리면 그녀가 '재미없게' 나올 것 같았기에 그는 그냥 머뭇거리기만 했다.

엠페라투스는 치프와 데스디아가 근본적으로 다른 인물임

을 알고 있었다.

치프는 능글능글한 것 같으면서도 엠페라투스뿐만 아니라 처벌이 필요하다고 생각하는 자들 모두를 제법 진지하게 상대하는 성격이었다. 그 때문에 엠페라투스는 자신의 모든 행동에 일일이 반응하는 치프를 통해 큰 재미를 누릴 수 있었다.

반면 데스디아는 화를 잘 내는 것처럼 보이지만 상황에 따라서는 엄청난 집중력과 인내심을 발휘하기 때문에 엠페라투스처럼 충동적인 재미를 즐기는 자들에게는 정말 재미없는 존재였다.

게다가 그녀는 계산적이었다.

데스디아는 엠페라투스가 지금 약화되어 있으며 자신을 통해 재미를 개척하려 한다는 것을 정확히 읽고 있었다. 또한 그가 셀레스티아를 비롯한 드래곤들을 통해서는 게임을 진행할 생각이 전혀 없다는 것도 파악하고 있었다.

'그들을 이용할 생각이 있었다면 진작 했겠지. 하지만 저 녀석은 끝까지 그들을 유혹하지 않을 거야. 동족들의 행동 양식에는 질릴 대로 질려 있기 때문이지.'

어떻게든 이 오락을 계속 즐기고 싶은 엠페라투스와 드래곤들이 어찌 되든 알 바 아니라는 식으로 뻗대는 데스디아의 신경전은 결국 데스디아가 상대에게서 뭔가를 더 뜯어내려 하는 단계까지 오고 말았다.

"그래, 어차피 주인을 잃은 보물들이니 내가 너에게 무엇을

쥐도 손해 볼 일은 없겠지."

엠페라투스는 일단 그렇게 말을 던졌다. 데스디아는 마음대로 하라는 듯 재떨이 위에 놔뒀던 시가를 입에 물며 유리벽 밖에 보이는 지구의 함대를 구경했다. 급한 것은 자신이 아니라는 투였다.

엠페라투스와 데스디아의 거래가 끝난 것은 치프와 변호사들을 태운 군용 셔틀이 회사를 떠날 무렵이었다.

사만다가 셀레스티아 등과 함께 사장실로 돌아왔을 때 엠페라투스의 모습과 흔적은 모두 사라져 있었다. 대신 그가 데스디아에게 주고 간 칼이 모든 이에게 위화감을 안겨주었다.

"저기, 데스디아. 무슨 일 있었어?"

셀레스티아가 사장실 이곳저곳을 보며 묻자 사장석에 앉아 있던 데스디아가 밋밋하게 웃었다.

"엠페라투스가 아까 전까지 이곳에 있었지."

그 괴물이 살아 있다는 말에 셀레스티아는 물론 사장실에 들어온 회사 인원 전부가 경악했다.

"역시 그는 죽지 않았구나."

셀레스티아가 힘없이 중얼거렸다.

"게임을 계속하자며 발버둥을 치더군. 동결지옥이라는 곳에 갇힌 드래곤들을 인질 삼아서 말이야."

"그래서 어떻게 하기로 했소, 부사장?"

파울라가 물었다. 데스디아는 그 덩치 큰 드래곤들의 장로를 보며 엠페라투스에게 받은 칼을 손으로 두드렸다.

"게임은 이제 시작입니다, 장로님. 치프가 돌아올 때까지 우리 모두 충분한 시간을 갖고 준비해 보도록 하지요. 처음 엠페라투스를 만났을 때보다 오늘이 훨씬 나았지 않습니까? 다음에는 우리가 그 병신을 철저히 박살 낼 겁니다."

데스디아는 사장석에서 벗어나 젝스와 포프에게 다가왔다. 그녀는 앞에 서 있는 둘을 냉엄한 표정으로 내려다봤다.

"너희 둘, 청소하려고 여기에 남은 건 아니지?"

"예."

젝스와 포프가 동시에 대답했다.

"그럼 함께 준비하자꾸나."

웅크리고 앉아 두 팔로 소녀들을 안아준 데스디아는 엉겁결에 사장실까지 따라 올라왔던 죠니 쪽으로 눈을 돌렸다.

"상사님, 당신은 언제 복귀합니까?"

"각본상으로는 오늘 1800… 아니, 오후 6시에 저를 포함한 UNSMC 전원이 본대로 복귀합니다."

"괜찮으시다면 여기 계시지요. 보다 현실적이고 체계적으로 이 아이들은 물론 앞으로 들어올 신입 사원들을 단련시켜 주실 분이 필요합니다."

죠니는 자신을 바라보며 천천히 일어나는 데스디아의 모습을 보고는 묵직하게 입술을 비틀며 웃었다.

'정말 치프 말대로 되는군.'

죠니는 바위를 몇 개 뭉친 것처럼 두꺼운 근육질의 팔을 좌우로 벌리며 고개를 끄덕였다.

"오늘부터 이 죠르반니 빅토르 조르카에프가 부사장님을 잘 모시겠습니다."

"서류를 처리하고 오십시오. 토마스 데이비드 카터 해군청장님이 근처에 계시니 얘기는 빠를 것 같군요."

"그럼 바로 다녀오겠습니다, 부사장님."

죠니가 사장실 밖으로 힘차게 뛰어나갔다.

데스디아는 이어서 셀레스티아의 어깨를 두 손으로 감싸주었다.

"너무 슬퍼하지 마, 셀레스티아. 어찌 보면 이건 너에게 있어서 큰 기회일지도 몰라."

"나에게?"

"그래. 네 힘으로 드래곤들을 구원하여 진짜 힘을 가진 왕녀가 되는 거야. 여왕도 괜찮겠군."

친구의 말에 셀레스티아는 더욱 어두운 표정을 지었다.

"난 반드시 그들을 구할 거야. 하지만 그들을 이끌 자신은 없어. 모두가 원하는 것이 각각 다른데……."

"아직도 사소한 것에 정신이 팔려 있군."

데스디아는 셀레스티아의 어깨를 잡은 손에 힘을 넣었다.

"무릇 왕이라 함은, 지도자라 함은 욕실 앞에 놓인 발수건 같은 게 아니야. 수십, 수백, 수천만의 백성을 상대로 땡깡을 부릴 수 있는 강력한 존재지. 드래곤들이 다시 엠페라투스 같은 미친 병신에게 기대는 꼴을 보고 싶어?"

셀레스티아는 고개를 흔들었다.

"이끌려 갈 생각을 하지 말고 이끌 생각을 해. 네 이기심과 고집이 네 백성들에게 있어서 비로소 편히 쉴 수 있는 터전이 되도록 하라고. 어차피 넌 폭군이 되기엔 틀려먹은 성격이니까 괜찮아."

"……."

자신의 어깨를 압박하는 데스디아의 힘과 가슴으로 들어오는 그녀의 목소리에 어떤 깨달음을 얻은 셀레스티아는 고개를 점점 더 크게 끄덕거렸다.

"충분히, 길게 준비할게. 데스디아."

"그래."

데스디아는 친구를 푹 껴안았다.

그리고 1년이라는 시간이 조용하면서도 시끄럽게 흘러갔다.

# 19
## 변해 버린 낙원

그라니트의 개척민들은 엠페라투스가 쓰러지고 드래곤들이 소멸한 그날의 일을 '드래곤로크'라고 불렀다.

빅시티 중심부를 시작으로 도시의 약 40퍼센트가 완파되고 그 외의 건물들도 대부분 피해를 입었지만 지하 벙커로 미리 대피하여 목숨을 건진 개척민들은 오히려 희망을 갖게 되었다.

골육상잔의 공포를 선사했던 드래곤 엠페라투스가 지구의 무기로 보이는 것에 맞아 사라지고 그 외의 모든 드래곤이 입자화되어 소멸하는 영상이 공개된 후 개척민들은 진정한 개척의 시대가 왔다며 기뻐했다.

드래곤들의 위압감에서 벗어난 빅시티는 두 달 만에 본래의 모습을 되찾을 만큼 활력을 얻었고 개척 이민자의 수는 급증했다.

특히 대폭으로 증가한 헌터의 숫자는 행성 전체의 분위기를 바꿀 만큼의 의미를 갖게 되었다.

그 어떤 무기로도 제거하지 못하던 드래곤들이 없어지면서 헌터들은 빅시티의 영역 밖까지 모험을 할 수 있게 되었다.

브리치에서 나오는 환상종들은 강력했지만 드래곤들만큼 영특하지도 않고 방어 능력도 떨어졌기에 머릿수로 밀어붙이면 사냥이 가능했다. 더구나 사냥 후에 그들의 몸에서 뽑아낼 수 있는 각종 희귀 물질은 고가에 거래가 되었다.

하지만 사람이 늘면 갈등도 많아지는 법이었다.

처음에 헌터들은 회사와 조합, 출신 행성, 가문 등으로 나뉘어서 벌이가 좋고 안전한 사냥터의 위치를 다투었지만 그러한 산발적 다툼이 결국 사상자까지 나오는 집단 싸움으로 번지자 결국 헌터들 스스로 규칙을 만들 것을 결의했다.

그 규칙을 정하고 관리하는 단체의 이름은 '그라니트 헌터연맹'이라고 정해졌으며, 연맹의 초대 회장은 그라니트 행성에 가장 먼저 헌터 조합을 세운 듀베리아 행성인, '갈라트 듀크 베리몬'이 맡게 되었다.

초기의 연맹은 제법 안정적으로 움직였지만 사냥 말고도 '다른 분야'에 욕심을 가진 헌터의 무리가 보안국과의 충돌까지 감수하며 사회에 파고들자 연맹도 크게 흔들리고 말았다.

드래곤로크 이후 1년이 지난 지금, 연맹은 해산과 분리, 유지 중에 하나를 고르게 되는 대회의를 앞두게 되었다.

회의 날 아침, 초대 연맹 회장 갈라트는 자신의 저택에서 가족들과 함께 차를 마시며 시간을 보냈다.

드워프라고도 불리는 듀베리아인들은 비록 신장이 조금 작긴 해도 탄탄한 골격과 강인한 근육, 그리고 외모에 맞지 않는 영리함을 바탕으로 우주 전체에서 사냥과 전쟁을 즐기는 종족이었다.

갈라트의 집안인 '베리몬 가문'은 그 듀베리아인 가운데서도 사냥으로 이름을 떨친 전통의 명가였으나 오늘만큼은 온 가족이 당주인 갈라트와 함께 한숨을 푹푹 쉬어대며 고민하고 있었다.

"난 오늘 연맹 회장의 직위에서 내려올 생각이란다."

중얼거린 갈라트는 짧고 두꺼운 손가락으로 찻잔을 들었다. 그 말에 베리몬 가문의 가족 전원이 크게 술렁거렸다.

"큰아버님, 진정하십시오!"

머리는 물론 수염까지도 세월에 하얗게 센 헌터, 갈라트는 자신보다 약간 젊은 얼굴의 조카를 보며 고개를 저었다.

"난 사냥을 좋아하지 정치를 좋아하진 않는단다. 그리고 헌터의 가면을 쓴 범죄자들과의 대화는 정말 싫어하지. 이젠 질렸어. 내가 계속 회장 자리에 있다가는 이 행성이 무법자 천지로 변하는 걸 막지 못할 것이야."

갈라트의 성품을 아는 가족들은 아쉬움의 한숨을 내쉬었다.

"그럼 후임 회장 선거의 후보자를 한 명 추천하셔야 하는데, 생각은 해두셨습니까?"

"그 아가씨 말고 누가 있느냐?"

그 아가씨라는 말에 가족들 모두가 무슨 소리냐는 듯 서로를 쳐다봤다.

그들 가운데 가장 어린 헌터가 한 줄로 잘 땋아 내린 수염을 흔들며 일어났다.

"설마, 데스디아 브라토레 부사장 말씀이십니까?"

"뎃디는 자격이 있지."

갈라트는 이 그라니트 행성에서 데스디아를 '뎃디'라는 애칭으로 부를 수 있는 몇 안 되는 사람 중에 한 명이었다.

"무려 드래곤로크의 현장에 있었던 헌터가 아니더냐? 우리가 벙커에서 벌벌 떨고 있을 때 뎃디는 그 무시무시한 엠페라투스와 맞서 싸웠지. 캡틴 치프와 함께! 게다가 지난 1년 동안 수많은 헌터를 위기에서 구해주었고 브리치를 열 개 넘게 떨어뜨렸단다. 그러한 영웅이 이 행성 어디에 있단 말이냐?"

"브라토레 부사장의 능력은 인정합니다. 하지만 그녀는 증조부님과 달리 대중을 포용할 수 있는 성격의 소유자가 아닙니다!"

"뎃디가 좀 그렇긴 하지."

갈라트는 지난 1년간 지켜봤던 데스디아의 모습을 떠올리며 어린아이처럼 웃었다.

그의 오른쪽에 앉은 조카가 고개를 아주 천천히 저었다.

"큰아버님께서 브라토레 부사장에게 너그러우신 것은 인정합니다만… 좀 그런 정도가 아닙니다. 그 여자와 그라니트 용역의 사원들을 잘못 건드렸다가 불구가 된 놈이 한둘이 아니지요."

"한두 명 말고는 전부 질이 나쁜 녀석이었지 않느냐?"

갈라트가 눈을 똥그랗게 뜨며 불쾌감을 드러냈다.

"그렇습니다만… 아무튼 브라토레 부사장이 후보로 나서도 지지해 주는 사람은 아무도 없을 겁니다. 무엇보다 브라토레 부사장의 그라니트 용역은 브리치를 떨어뜨린다는 점에서 이미 독보적인 존재가 아닙니까? 그들에게 연맹 회장이라는 권한까지 넘어간다면 그때는……."

"답답하긴. 젊은 놈들이 그리 패기가 없어서 쓰겠느냐?"

갈라트는 고개를 설레설레 저으며 찻잔을 내려놓았다.

"말이 나온 김에 뎃디와 통화를 해보고 싶구나. 내 단말기를 좀 주겠니?"

"예, 당주님."

옆에 대기하고 있던 듀베리아 출신의 하인이 호주머니에서 단말기를 꺼내어 그의 손에 정중히 내려놓았다.

데스디아의 프로필을 누른 갈라트는 통화가 연결되기를 지그시 기다렸다. 가족들은 너무 즐거워하는 갈라트의 모습이 보기 좋았기에 소리 없이 웃었다.

—갈라트인가?

"오오, 뎃디. 지금 바쁜가?"

갈라트와 데스디아는 서로 말을 놓는 사이였는데, 데스디아 의 실제 나이가 갈라트보다 100살 이상 많은 것을 생각했을 때 그냥 친구로 지내는 것이 그리 이상한 일은 아니었다.

—바쁘긴 하지만 짧게는 괜찮아. 무슨 일이지?

"오늘 오후 1시에 연맹회의가 있다는 건 알고 있는가?"

—가기는 싫지만 어쩔 수 없지. 이쪽 일은 정리 단계이니 시 간에 늦진 않을 거야.

"소리가 심상치 않은데, 지금 구조 작업 중인가?"

—브리치를 처리하고 있어. 어젯밤에 모래벌레 암컷이 거기에 서 기어 나오는 바람에 골치가 좀 아팠지. 키드 녀석이 암컷만 처리하고 집에 가버려서 짜증이 나는군. 모래벌레 수컷들이 암 컷의 시체 냄새를 맡고 구더기처럼 우글거리고 있어.

"고생하는군."

갈라트는 브리치를 처리하고 있다는 데스디아의 말을 일상처 럼 받아 넘겼으나 다른 사람들의 표정은 그렇지 않았다.

'브라토레 부사장은 대체 무슨 수로 브리치들을 떨어뜨리는 거지? 칼로 벤다는 이야기를 들은 적은 있지만 그게 말이 되나? 브리치들이 무슨 도넛도 아니고.'

'브리치 격추 과정은 항상 비공개인데, 오늘 증조부님은 운도 좋으시군.'

'브리치의 파편을 지구에 팔아서 버는 돈이 어마어마하다던 데……'

'젝스의 발 냄새를 맡고 싶어.'

가족 중에 한 명이 특수한 분야에 대한 상상에 빠져 넋을 놓았으나 모두가 단말기에서 들려오는 소리에 정신이 팔려 있었기에 별다른 일은 일어나지 않았다.

"아, 갑작스럽게 말을 꺼내서 정말 미안하네만 혹시 연맹 회장을 맡을 생각이 있나?"

갈라트가 조심스럽게 물었다.

―별로.

대답에 이어서 어떤 생물체의 괴성이 찢어지게 들려오자 갈라트의 가족들이 긴장했다.

'모래벌레가 죽을 때 내는 소리잖아?'

그런데 그 괴성이 세 번 정도 연속으로, 그것도 바람 소리와 함께 근거리에서 들리자 갈라트의 가족들은 헌터의 입장에서 바짝 긴장했다.

'우리는 한 마리를 잡으려면 목숨을 걸어야 하는데 통화를 하면서 셋을 잡네.'

'1년 전에 공항에서 드래곤 한 마리를 두들기는 모습을 봤을 때도 믿을 수 없었는데.'

상황이 좀 정리됐는지 단말기에서 데스디아의 목소리가 다시 들려왔다.

─오늘은 우리 회사 사장이 돌아오는 날이야. 난 그것 때문에라도 다른 일에 신경을 못 써.

그라니트 용역의 사장이 돌아온다는 그녀의 말에 갈라트를 포함한 모든 이의 얼굴이 새하얗게 떴다.

"잠깐, 캡틴 치프가 돌아온다고?"

─집행유예 1년 판결을 받았거든. 우주연합 측에서는 항소하지 않기로 했어. 오늘 회의장 앞에서 만나기로 했으니 갈라트도 여유 되면 인사나 해.

"당연하지! 그 엠페라투스를 잡은 영웅과 만나다니, 여태까지 살아 있길 잘했어! 하하하!"

─웃음소리를 보아하니 앞으로 수십 년은 더 살 것 같군. 있다 보자고.

"그래, 뎃디! 하하!"

젊은 시절처럼 웃으며 통화를 마친 갈라트는 만족스럽게 한숨을 쉬었다.

"드디어 오늘 드래곤로크의 영웅, 캡틴 치프를 만나게 되는군. 오늘이 회의 날만 아니었으면 정말 좋았을 텐데 말이지. 아쉽구나."

"저도 아쉽습니다, 큰아버지. 큰아버지야말로 연맹 회장에 어울리는 분인데……."

조카의 말에 갈라트는 고개를 흔들었다.

"으음, 아니란다. 벌써 잊었느냐? 우리는 이곳에 사냥을 하러 왔지, 사냥꾼들의 정치적 문제를 해결해 주기 위해 온 것이 아니란다."

"……."

"난 지금까지 살아오면서 온갖 부류의 놈들을 만났단다. 덕분에 젊은 시절보다 너그러워졌지만 헌터랍시고 범죄를 저지르는 놈들과는 끝끝내 대화하지 못했지. 더러워서 피한 게 아니란다. 겁이 나서 피했어. 그놈들이 너희에게, 가족에게 보복을 할까 두려워서 녀석들의 범죄를 모른 척하고 말았지."

갈라트는 수염 속에서 마른 입술을 찻물로 적셨다.

"난 연맹 회장의 자리에 있으면서 그런 놈들을 내버려 뒀고, 결국 그놈들에 의해 망가진 연맹의 존폐 여부를 오늘 지켜보게 되었단다. 난 자격이 없어. 이 행성에 희망을 품고 온 모든 헌터에게 사죄해야만 해. 그런데 사죄를 한답시고 회장 자리에서 물러날 생각을 하고 있으니… 내 황혼기가 너무도 비겁하게 지나가는구나."

갈라트는 깊은 한숨을 내쉬었다. 그와 함께 있는 가족 모두가 같은 표정으로 가문의 당주를 걱정했다.


\*　　　　　\*　　　　　\*

검은색의 거대한 칼바람이 하늘을 대각선으로 가로지르면서 브리치를 때렸다.

칙칙한 황금색의 쇳덩어리로 이루어진 그 브리치는 이윽고 장난감 블록처럼 산산조각이 나면서 지상으로 추락했다.

데스디아는 엠페라투스에게 받았던 그 대렵도를 오른쪽으로 한 번 더 휘둘러서 칼날에 서린 검은색의 연기를 털어냈다. 그녀가 팔을 움직여 칼날의 각도를 바꾸자 붉은색의 칼집이 순식간에 나타나 칼날 위에 씌워졌다.

데스디아는 1년 전, 그 칼을 알아본 파울라에게서 칼의 진짜 이름이 '제루스트라투스'라는 사실을 알게 되었다.

그 뜻은 '하늘 도살자'였는데, 파울라 자신은 물론 데스디아와 직원들 모두 제루스트라투스라는 말을 어려워하여 결국 '스트라투스'라고 줄여서 부르게 되었다.

"동이 틀 무렵부터 지금까지 싸웠군. 키드 이 자식, 죽여 버리겠어."

스트라투스를 칼집째로 모래 위에 꽂은 데스디아는 머리에 쓴 터번을 풀어서 그 안에 싸매고 있던 자신의 긴 머리카락을 자유롭게 해주었다. 땀에 젖은 검은색 장발이 구겨짐 하나 없이 그녀의 망토 위로 쏟아졌다.

"부사장이다. 브리치를 떨어뜨렸다. 수거 팀은 즉시 파편들을 챙기도록."

─수거 팀의 죠니입니다. 브리치 추락을 확인. 지금 이동하겠

습니다, 부사장님.

"도중에 특별한 일은 없었나?"

―부사장님께서 전투 도중에 누군가와 통화를 하고 있다면서 전투 팀 애들이 재잘거리더군요.

"갈라트에게서 연락이 왔거든. 오늘 회장직을 내놓을 것 같더군."

―그건 좀 안 좋은 소식이네요.

"명예를 소중히 하는 그의 성격이 항상 좋은 결과를 내는 건 아니지. 그보다 키드와는 통화했나?"

―피자집 애송이는 15분 전에 전화로 깨웠습니다. 회의가 열릴 체육관의 주차장에서 얌전히 기다리라고 했죠. 그런데 그 녀석이 오늘 치프한테 해코지를 하면 어쩌죠? 치프 얘기만 나오면 죗값이 어쩌니 하면서 발광하지 않습니까?

"그렇다면 그 녀석의 쓸모없는 고환을 오늘 잘라 버려야겠군. 여러모로 얌전해지겠지."

―참으세요. 키드는 개나 고양이랑 다르게 언어를 통해서 항의를 할 겁니다.

죠니는 농담을 곁들여 그녀를 진정시키려 했으나 데스디아는 정말로 화가 나 있었다.

"항의? 나이트 스토커는 혈연으로 계승되는 것도 아니니 녀석의 스승도 뭐라 못하겠지."

그러자 통신기가 죠니의 한숨 소리로 채워졌다.

―잊으신 것 같은데요, 그 스승이라는 할아버지는 넉 달 전에 우리 회사에 찾아와서 객기를 부리다가 부사장님께 떡이 되도록 얻어맞았습니다. 그리고 아랫도리가 벗겨진 채로 회사에서 쫓겨났죠. 제자가 중성화 수술을 당해도 부사장님께는 입도 뻥긋 못 할 테니 제발 진정하세요.

"진정하라고?"

데스디아의 목소리가 한층 더 격앙되었다.

"모래벌레 암컷을 10분 내로 처리하겠다며 폼을 잡은 놈이 암컷의 시체만 잔뜩 헤집어놓고 집으로 튀었는데 화가 안 나겠나? 모래벌레들은 암컷의 시체에 알주머니가 남아 있으면 번식이 가능하다고! 급격히 불어난 수컷들 때문에 전투 팀이 당할 뻔했어!"

―요즘 키드가 좀 대충 하긴 하죠. 그런데 부사장님께선 어째서 그 애송이한테 외주를 계속 주시는 겁니까?

"능력에 비해서 몸값이 저렴하거든. 하아, 그 얘긴 그만하지. 통신 종료."

―옙, 수거 팀 통신 종료. 회사에서 뵙겠습니다.

데스디아는 통신기를 한 번 더 눌렀다.

"수송 팀, 들리나? 부사장이다."

―여기는 수송 팀의 알케온. 현재 2번 수송기와 함께 이동 중이다, 부사장.

"나와 사만다, 포프, 젝스는 1번 수송기로 빅시티에 간다.

그 외의 전투 팀은 2번 수송기를 이용해서 회사로 귀환하도
록."

─샤워기와 세탁기를 모두 가져오길 잘했군. 그럼 우리는 정
확히 어디에 착륙하면 되나?

"당연히 내 옆이지. 전투 팀은 내가 있는 곳으로 모아놓겠
다."

─모래벌레 시체들 때문에 건너가기 힘들어요!

통신채널 안에서 누군가가 칭얼대자 데스디아의 표정이 잠깐
구겨졌다.

"시체에 길이 막혔으면 소이 수류탄으로 날려서 길을 뚫어."

─예? 플라즈마 소이 수류탄은 비싸잖아요? 소형차 한 대 값
인데요?

"그래, 그 소형차를 던지라고. 네 월급에서 나가는 돈이 아니
라고 말했을 텐데? 부담 갖지 말고 던지면서 와. 당장."

데스디아가 경고하듯 말하자 통신채널이 조용해졌다.

조금 뒤, 모래벌레의 시체로 뒤덮인 사막 곳곳에서 소이 수
류탄의 폭발 섬광과 소음, 그리고 모래벌레의 시체가 구워질 때
나는 역한 냄새가 피어올랐다.

─신입답게 모래 위를 기어 다니는군. 그럼 수송 팀은 부사
장이 있는 곳으로 가겠다. 수송 팀 통신 종료.

"알았다. 통신 종료."

알케온의 통신 종료 신호를 들은 데스디아는 통신기에서 손

을 떼었다.

"신입 사원 교육을 다시 해야겠군. 아무리 작전이 끝났다고 해도 다른 팀과의 통신채널에 함부로 끼어들다니, 제정신인가?"

"다들 개성이 뚜렷하니 어쩔 수 없지요."

커다란 대검 모양의 블레이드하운드 제어장치와 헬멧을 든 여성, 사만다가 데스디아의 옆으로 다가왔다.

사만다의 표정은 1년 전에 데스디아를 대할 때보다 훨씬 밝았다. 곁으로 가는 몸짓도 이제는 가족의 그것에 가까웠다. 온몸을 가린 적갈색 무늬의 전투복만 아니었다면 관광객이 아닐까 싶을 정도로 느슨했다.

"개성? 우선 예의범절의 영역에서 따져야 하지 않을까?"

"너그럽게 봐주세요."

"흠."

데스디아가 한숨을 쉬면서 사만다에게 손을 내밀었다. 사만다는 허리에 차고 있는 작은 물통을 건네주었다. 둘은 이제 그 정도의 커뮤니케이션은 굳이 말을 하지 않아도 통하는 사이였다.

"사막은 싫군. 넌 어때?"

데스디아는 물통의 물을 반쯤 마시고 그것을 돌려주며 물었다. 사만다는 돌려받은 물의 나머지를 들이켠 후 덩치에 맞지 않게 귀여운 미소를 지었다.

"평소 복장이라면 심각하게 고민했겠지만 이 전투복만 있으면 더위나 추위 모두 쾌적하게 대응할 수 있습니다. 부사장님도 이제 옷을 바꿔보시죠?"

사만다는 지난 1년 동안 이런저런 사연으로 인해 곳곳에 구멍이 뚫린 데스디아의 망토를 쳐다봤다.

망토뿐만 아니라 그녀가 그라니트에 올 때 입었던 전투복도 이제는 낡아서 제 성능을 발휘하지 못하고 있었다.

전투복이 제대로 된 상태였다면 사막의 열기를 막아주고 땀도 즉각 흡수하여 배출했겠지만 지금은 고무로 된 지구의 옛 잠수복보다 조금 시원한 옷에 지나지 않았다.

"그래야 할까?"

데스디아는 심각하게 고민했다.

"물론이죠. 라이트스톤 사장에게 부탁하시면 전투복도 핑크 색으로 맞춰줄 겁니다."

핑크색이라는 말에 데스디아가 움찔했다. 그녀는 진지한 표정으로 핑크색 전투복을 입은 자신을 상상해 봤다.

"음… 아냐. 그렇게 입으면 정신을 집중하기 힘들 거야."

"그런가요?"

"옷이 더러워지지 않을까 신경을 쓸 테니까."

"……"

데스디아가 '그' 핑크색 운동복을 얼마나 아껴 입는지 잘 알고 있는 사만다는 아무 말도 하지 않았다.

"새 전투복은 한번 고려해 보지. 하지만 오늘만큼은 이 복장을 입고 싶어."

"아저씨라면 부사장님의 망토만 봐도 감격하실 겁니다. 지난 1년 동안 정말 고생하셨습니다, 부사장님."

"뭘."

데스디아는 팔을 뻗어 사만다의 어깨에 걸친 후 그녀의 하얀색 포니테일 머리를 쓰다듬어 주었다.

"이제 다시 시작이지."

"그렇지요."

사만다가 저 멀리에서 걸어오고 있는 두 명의 소녀를 향해 손을 흔들었다.

젝스와 포프였다.

둘은 사만다와 색깔만 다를 뿐, 다른 점이 거의 없는 전신전투복을 착용하고 있었다.

검은색과 회색, 흰색 조합 무늬의 전투복을 착용한 젝스는 헬멧까지도 충실히 쓰고 있었다.

사만다의 인사를 목격한 젝스는 아주 천천히 헬멧을 벗었다. 하지만 사막의 열기와 모래벌레의 시체가 뿜어내는 습기가 확 느껴지자 얼른 헬멧을 다시 썼다.

어지간한 경우가 아니면 헬멧을 쓰지 않고 다니는 포프는 젝스의 그 모습을 보고 깔깔 웃었다. 그녀가 입은 전투복은 황색과 회색, 흰색의 조합이었다.

"저 애들도 이제는 한몫을 하게 됐죠."

"그건 확실히 기쁘지만 신입들은 한참 멀었군."

데스디아는 저편에서 걸어오고 있는 몇 명의 직원을 쏘아봤다.

인솔 및 보호를 맡은 전직 UNSMC 대원 두 명을 제외하고는 모든 이가 금방이라도 쓰러질 것 같은 표정으로 건하운드 제어장치 등을 모래에 질질 끌며 걸어오고 있었다.

한 명은 아예 인솔자의 등에 업혀 있었다.

데스디아는 우선 등에 업힌 직원을 살펴봤다.

"조셉, 그 애는 다쳤나? 부상자 보고는 받지 못했는데?"

"부상이라기보다는 상태 이상입니다."

헬멧으로 얼굴을 단단히 가린 남자가 고개를 저었다.

"사막용 방열장치를 안 켜서 일사병에 걸렸습니다. 사막에서의 일은 처음이라 긴장했나 봅니다."

"그렇군. 다른 직원들은 어떤가, 딕슨?"

조셉과 마찬가지로 헬멧을 단단히 쓴 남자, 딕슨이 어깨를 으쓱했다.

"보시다시피 젖은 빨래가 됐죠. 입사한 지 두 달이 다 됐는데 이 정도라니, 실망스럽네요. 내일부터 다시 굴려야겠습니다, 부사장님."

"내일모레. 좀 봐주자고."

"알겠습니다."

데스디아가 지시하자 딕슨의 표현대로 축 늘어진 사원들의 표정에 생기가 돌아왔다.

하지만 데스디아의 은색 눈동자는 얼음처럼 싸늘했다.

"대신 오늘부터 내일 저녁까지, 우리 회사에서 수류탄 따위를 아끼면 왜 안 되는지를 가르치도록 해. 훈련장에서 말이야. 수면 시간과 식사 시간만 허락하도록 하지."

"분부대로 훈련장에서 교육시키겠습니다, 부사장님."

딕슨이 각을 잡아 경례했다. 아슬아슬하게 서 있던 직원들은 한꺼번에 모래 위로 무릎을 꿇으며 무너져 내렸다.

"얘는 어떻게 할까요?"

조셉이 등에 업은 직원을 보여주며 물었다. 데스디아는 착륙을 준비하는 수송기 두 대를 보며 한숨을 쉬었다.

"셀레스티아에게 맡기도록 해. 잘 관리해 줄 거야."

"알겠습니다, 부사장님. 회사에서 공동대표님께 인계하겠습니다."

조셉도 날카로운 각도로 경례했다.

데스디아는 알케온이 조종하는 1번 수송기로 향했다. 사만다, 젝스와 함께 그녀를 따르던 포프는 2번 수송기로 기어 들어가는 직원들에게 팔을 흔들었다.

"모두 힘내요! 빅시티에 들렀다 갈 테니 필요한 거 있으면 단말기로 알려주세요!"

답례할 힘마저 잃은 직원들은 반응이 없었다.

"나는 맥주! 내가 좋아하는 브랜드는 알지?"

딕슨이 직원 한 명을 수송기 안으로 밀어 넣으며 소리쳤다.

"나는 치즈볼."

조셉도 직원들의 등을 떠밀며 말했다.

포프는 그들의 주문을 단말기에 바삐 옮긴 후 다시 팔을 흔들었다.

"주문 받았습니다! 수고하세요!"

포프가 올라타자마자 수송기가 후방 출입문을 닫으며 힘차게 날아올랐다.

단말기를 조작하여 전투복의 잠금장치를 해제한 포프는 상의를 벗으며 숨을 돌렸다.

"근데요, 부사장님. 딕슨 아저씨랑 조셉 아저씨는 어째서 헬멧을 안 벗을까요?"

"그러고 보니 그들과 넌 단 한 번도 함께 식사를 한 적이 없구나. 식사할 때나 각자의 방에 있을 때, 씻을 때 등등은 벗고 다니니까 안심해."

전투복과 망토, 터번은 물론 속옷과 부츠까지 벗은 데스디아는 세탁기에 그것들을 전부 집어넣었다.

"내가 이 장치에 익숙해질 줄은 몰랐군."

데스디아는 살짝 투덜거리며 자신의 코를 집게와 비슷한 물건으로 집고 귀마개를 한 후 샤워기 안으로 들어갔다.

수송기에 설치된 1인용 샤워기는 지상은 물론 우주에서도 쓸 수 있는 물건이었다.

안에 들어온 사람을 중력조절장치로 둥실 띄운 후 모든 방향에서 뿜어지는 샤워 물살로 사람을 털어버리는 것인데, 실수로 코와 귀를 막지 않을 경우 물살이 폐와 고막을 손상시킬 위험성이 있었다.

하지만 세척 및 건조까지 평균 1분이 걸리지 않으며, 세척 대상의 피부 상태에 따라 물살을 조절하기 때문에 익숙해지기만 한다면 상쾌함까지 느낄 수 있었다.

데스디아는 그 장치를 그리 좋아하지 않았는데, 이유는 지구에서 코집게와 귀마개를 하지 않고 그 장치를 썼다가 봉변을 당한 적이 있었기 때문이다.

땀과 모래벌레의 체액을 모두 털어낸 데스디아는 샤워기에서 나오자마자 세탁기를 열었다. 옷은 물론 신발까지 깨끗이 세척되어 아무런 냄새도 발산하지 않았다.

포프, 젝스와 마찬가지로 전투복 상의를 벗은 상태인 사만다는 옷을 차려입는 데스디아를 지켜봤다.

"부사장님께선 언제 화장을 하십니까?"

"알타이르의 여자들은 제사 때와 목숨을 건 결투를 할 때를 제외하면 화장을 하지 않지. 화장이라기보다는 얼굴에 색칠을 하는 거지만 말이야. 하지만 향수 정도는 그럴듯하게 써."

"왠지 자연물에서 추출한 천연 향수일 것 같군요."

"요즘은 그렇지도 않아. 지구의 향수는 알타이르에서 꽤 인기가 있어. 의외로 말이지."

정말 의외였기에 사만다는 할 말을 잃었다.

데스디아는 바닥에 정좌를 하고 앉은 후 머리를 정돈하고 터번을 다시 감았다.

"구경하지 말고 너희도 씻으렴. 치프에게 모래벌레 냄새를 소개해 주고 싶진 않겠지?"

지적당하자마자 사만다가 먼저 전투복을 해제한 후 안에 입고 있던 타이즈를 벗고 샤워기 안으로 들어갔다.

터번을 새로 맨 데스디아는 일어나서 수송기의 바깥을 봤다. 브리치 하나가 지평선 저편에서 날다가 구름 속으로 사라지는 모습이 그녀의 눈에 들어왔다.

'스트라투스를 갖고 내려야 할지도 모르겠군.'

차분한 표정으로 좌석에 앉은 데스디아는 반대편 벽에 걸어 둔 칼, 스트라투스를 지켜봤다.

'1년이 참 길었지.'

그녀는 뒤이어 자신의 단말기를 봤다. 작전 도중이라 확인하지 못하여 쌓인 메시지들이 화면을 가득 덮고 있었다.

그중에서도 [누님☆ 오늘도 즐겁고 건강하게 사냥 뿅☆뿅★]이라는 문자메시지가 데스디아의 눈을 강렬히 자극했다.

'…병신도 많아졌고.'

지난 1년 사이 수송기나 차량 안에서 시가를 피우지 않기로 한 그녀는 담배 연기를 대신하여 인내의 한숨을 조용히 흘렸다.

한참 가만히 시간을 허비하던 데스디아에게 알케온의 목소리가 들려왔다.

─빅시티 영공 진입 1분 전. 부사장, 뭔가 특별히 주문하고 싶은 것 있나?

"도심 중앙 고속도로에 날 내려주겠나?"

─그럴 줄 알았지. 꽃은 공용 사물함에 넣어놨어.

알케온의 말에 따라 공용 사물함의 문을 연 데스디아는 하얀색의 꽃으로만 이루어진 꽃다발을 발견했다.

데스니아는 꽃의 상태와 줄기의 절단면을 세심히 살펴봤다.

"꽃집에서 사 온 게 아니군. 알케온 수송 팀장, 당신이 직접 꺾어 왔나?"

─역시 안목이 있군. 지금 할 수 있는 일이 그것뿐이라서 개인적으로는 안타까울 뿐이야.

"괜찮아. 일이 끝나면 좀 더 크고 성대한 추모비를 세워주자고."

─그들의 희생이 비석의 크기와 형태만으로 채워질 가치는 아니지 않나?

알케온의 걱정에 데스디아는 고개를 갸웃했다.

"지금 설치된 작은 추모비는 그저 부족할 뿐이지."

─흠, 그럼 도심 중앙 고속도로로 방향을 바꾸겠다.

수송기는 치프와 엠페라투스의 격전이 벌어졌던 장소로 이동했다.

중앙 고속도로는 빅시티의 모든 시설 가운데 가장 먼저 복구된 장소였다. 치프와 엠페라투스가 정면으로 충돌하면서 고속도로를 포함한 건물 대부분이 박살 났지만 지금은 그런 일이 있었나 싶을 정도로 깔끔히 복구되어 있었다.

고속도로는 2,500대에 가까운 건설용 기계가 투입되어 사흘 만에 제 모습을 되찾았다.

80층짜리 건물의 고속 건축에 투입되는 건설기계의 숫자가 800여 대가 안 되는 것을 따지자면 실로 굉장한 투자였다.

도로의 오른쪽에는 작은 둔덕이 있었다. 그리고 그 둔덕의 꼭대기에는 높이 3미터 가량의 검은색 추모비가 세워져 있었다.

그 위를 그라니트 용역의 수송기가 지나갔다.

수송기에서 낙하산 없이 내린 데스디아는 계단 두 칸 정도의 높이에서 뛰어 내려온 사람처럼 안전히 착지하여 추모비를 향해 걸어갔다.

그녀는 망토로 잘 보호한 꽃다발을 추모비 옆에 내려놓은 다음 망토를 벗었다.

"지저분하군."

데스디아는 벗은 망토로 추모비 위에 쌓인 흙먼지를 날려 보냈다. 흙먼지 말고도 새들의 분뇨 등이 묻어 있었으나 그녀는 상관하지 않았다.

"레투가에게 추모비 관리에 대한 얘기를 좀 해야겠어."

청소를 완전히 마친 데스디아는 몸가짐을 바로 한 후 추모비 아래에 꽃다발을 경건히 놓았다.

"다음에 다시 오겠소. 23명의 용맹한 자들이여."

그 추모비는 1년 전, 환상종 및 엠페라투스와의 싸움에서 전사한 전투경찰들을 기리는 곳이었다.

드래곤로크 직후에는 수많은 사람이 이곳을 찾아와 촛불과 메시지 등으로 그들의 넋을 기렸지만 1년이 지난 지금은 죽은 이들의 유족과 친구들만이 이따금씩 찾아올 뿐이었다.

하지만 데스디아는 정말 급한 경우가 아니라면 근처를 지날 일이 있을 때 반드시 이곳에 들러 추모비와 그 주변을 깔끔히 정리해 주었다.

묵례를 하는 것으로 참배를 마친 데스디아는 단말기로 현재 시간을 확인했다.

'앞으로 10분 정도 남았군. 택시를 타야 하나?'

그녀는 단말기 화면의 왼쪽 구석에 위치한 택시 호출 앱을 눌렀다. 그러자 1분도 되지 않아 택시 마크가 찍힌 4인승 차량이 공중에서 날아왔다.

바퀴 대신 네 개의 추진기를 단 그 공중부양 택시는 비록 기본 요금이 일반 택시의 10배임에도 불구하고 교통체증과 관계없이 목적지로 향할 수 있다는 점 때문에 사람들 사이에서 제법 각광을 받고 있었다.

택시가 데스디아 곁에 곱게 내렸다. 데스디아는 운전수가 군대에서, 그것도 험지에서 항공기를 다뤄본 베테랑임을 알아봤다.

체크무늬 베레모를 낀 택시 운전수는 뒷자리에 탑승하는 데스디아를 보며 씩 웃었다.

"아직도 이 추모비에 정성을 다해주시는 분이 계실 줄은 몰랐소."

"기회가 되면 기사님께서도 저들에게 인사를 하시는 것이 어떻습니까?"

"후후, 난 나만 이 추모비에 오는 줄 알았다오. 내 조카의 이름도 저기에 있소."

"실례했습니다."

"음, 아니오. 아무튼 시립 체육관으로 가실 거요?"

"그렇습니다만, 어찌 아셨습니까?"

"당신, 헌터들 사이에서 꽤 유명한 사람이지 않소? 뉴스에도 자주 나왔고. 하하."

"후후, 그렇지요."

데스디아는 어색하게 웃었다.

그녀가 택시의 문을 닫자 택시가 붕 떠올랐다. 택시는 조용히 고층 건물 사이를 날며 목적지로 향했다.

$$* \qquad * \qquad *$$

연맹회의가 열릴 빅시티의 시립 체육관은 구름처럼 몰려든 헌터들로 인해 안팎이 떠들썩했다.

현장의 분위기는 최악이었다.

추구하는 방향이 다른 몇몇 헌터는 주변 기물들을 박살 낼 만큼 심한 몸싸움을 벌이다가 보안국에서 출동한 전투경찰들에게 끌려가기도 했다.

하지만 전투경찰들이 해결할 수 있는 것은 개인 간의 마찰 뿐이었다. 조합, 가문, 혹은 회사 단위로 뭉친 헌터들은 당장에라도 무기를 꺼내어 서로를 곤죽으로 만들기 일보 직전이었다.

실외 주차장 구석에서는 덩치 큰 헌터 십여 명이 마치 두더지처럼 생긴 작은 헌터 한 명을 몰아넣은 채 뭔가를 추궁하고 있었다.

"어이, 데스디아 브라토레의 회사에서 일했다는 게 사실이야?"

멧돼지처럼 듬직한 얼굴과 온몸을 덮은 거친 털, 그리고 두꺼운 상체를 가진 헌터가 두더지 모습의 헌터를 무릎으로 쿡쿡 찌르며 물었다.

신장이 140센티미터가 안 되는 그 두더지 모습의 헌터는 겁에 질린 얼굴로 상대의 무릎을 막듯이 두 손을 들었다.

"두, 두 달이야! 두 달 정도 계약해서 일을 했을 뿐이라고!"

"하긴 했잖아, 망할 자식!"

이번에는 투구벌레와 비슷하게 생긴 헌터가 발끝으로 상대의 정강이를 찍었다.

"걔네가 브리치를 어떻게 떨어뜨리는지 봤겠지? 무슨 수를 쓰는 거야? 미사일이나 폭탄 같은 것으로 날려 버리나?"

"난 회사 내부 관리직이어서 현장에 나가본 적이 없어! 훈련과 기계류 점검을 맡았을 뿐이라고!"

두더지 모습의 헌터, 정확히는 다빙 행성 출신의 헌터는 여태껏 이어진 추궁으로 인해 이미 몸 곳곳에 멍이 들어 있었다.

"그럼 브리치의 파편들이 회사로 들어오는 모습은 봤겠군!"

"그건 확실히 봤어. 지구의 구축함을 개조한 선박을 이용해서 파편들을 옮기고 있어."

"흠, 우리도 봉고책 패밀리처럼 그 사업에 끼어들 방법이 없을까? 브리치 하나에서 나오는 황금과 백금, 이리듐, 티타늄의 양이 무려 톤(t) 단위라고! 400톤이 넘는 금괴 더미를 본 적이 있어? 냄새만 맡아도 소변이 질질 샐 정도로 쩐단 말이야!"

헌터 한 명이 소리치자 주변의 헌터들 모두가 탐욕에 젖은 표정을 지었다.

하지만 그들에게 얻어맞던 다빙 행성인은 손사래를 쳤다.

"저기, 그건 내가 어떻게 해줄 수 있는 일은 아니잖아? 사업 얘기는 브라토레 부사장에게 직접 문의하는 게 더 빠르다고!"

"우리가 물어봤다가는 두들겨 맞을 게 뻔하잖아! 그러니까 네가 좀 도우라고!"

다빙 행성인에 대한 폭행과 협박이 이뤄지는 한편, 다른 한쪽에서는 악어와 비슷한 머리를 가진 행성인 한 명이 주변에 모인 헌터들을 향해 신나게 떠벌리고 있었다.

"너희가 잘 몰라서 그러는데, 데스디아 브라토레는 의외로 겁쟁이라고."

"혼자서 알파 샐러맨더도 잡아내는 괴물인데 겁쟁이라고요?"

약간 어수룩한 표정의 헌터가 지적하자 악어 머리의 헌터는 고개를 설레설레 저었다.

"소문일 뿐이지. 게다가 알파 샐러맨더는 실력파 헌터들을 돈으로 잔뜩 긁어모아서 잡아낼 수 있었던 거야. 그 헌터들 가운데에는 이 몸도 있었지!"

악어 머리의 헌터는 주황색 가죽 재킷의 호주머니에서 붉은색으로 빛나는 비늘 하나를 꺼냈다.

"이게 바로 알파 샐러맨더의 머리 비늘이야!"

"오오!"

주변의 헌터들이 비늘에서 나오는 영롱한 빛깔에 취하여 환호성을 질렀다.

악어 머리 헌터는 더욱 기가 살아 만면에 미소를 지었다.

"몇 주 전에도 브라토레 부사장이 나에게 외주를 주려고 했지. 근데 난 거절했어."

"왜요?"

"나처럼 잘나가는 헌터들은 너무 바빠서 잠을 잘 시간도 없단 말이야. 하지만 조건 하나를 걸었더니 순순히 응하더군."

"어떤 조건이요?"

"혀로 내 불X을 둘로 나누듯이 핥아주면 일을 받아주겠다고 했지! 그래서… 아."

악어 머리 헌터의 말이 뚝 멈췄다.

마침 택시에서 내린 데스디아가 그의 앞을 슥 지나친 것이다.

'데스디아……!'

'브라토레!'

주차장에 모인 모든 헌터가 그녀를 보자마자 눈을 부릅떴다. 어떤 이는 흰자위에 핏발을 세우기도 했다.

모든 이의 시선을 한 몸에 받는 가운데, 데스디아는 음료수 자판기를 향해 걸어가서는 페트병 녹차를 구입했다.

"이 자판기의 녹차는 돼지 오줌 같은 맛이지. 진짜 오줌보다는 낫지만."

돌려서 여는 뚜껑을 엄지 끝으로 틱 날린 그녀는 녹차를 꿀꺽꿀꺽 마시며 주차장 한가운데를 지나갔다.

헌터들은 부릅뜬 눈을 유지한 채 기적에 의해 갈라지는 바다처럼 좌우로 후다닥 흩어졌다. 바닥을 구르며 몸싸움을 하던 헌터들도 즉각 행동을 멈추더니 친구처럼 나란히 서서 그녀의 앞길을 터주었다.

주차장 전체를 침묵시킨 데스디아는 헌터들에게 괴롭힘을 당하고 있는 두더지, 아니, 다빙 행성인을 향해 똑바로 걸어갔다.

그를 괴롭히던 헌터들이 억지 미소를 지으며 우르르 물러났다. 얼굴에까지 멍이 든 다빙 행성인은 데스디아를 보자 비틀거리며 일어났다.

이윽고 데스디아는 자신보다 머리 하나는 더 큰 투구벌레 모습의 헌터 앞에서 걸음을 멈췄다.

"싸, 싸우자는 거냐?"

투구벌레 모습의 헌터가 잔뜩 긴장하여 고함을 질렀다. 목소리가 도중에 피식 튀었지만 그를 비웃는 헌터는 아무도 없었다.

데스디아는 특유의 차가운 은색 눈동자로 그를 가만히 보다가 손에 든 페트병을 들어 올렸다. 녹차의 3분의 1가량이 병 안에 남아 있었다.

"음식을 남기면 벌을 받는다고들 하지. 나 좀 도와줄래? 고개만 숙이면 돼."

"웃기지 마라! 난 명예로운……!"

"그래, 네 후장에 병을 처박아 처리하는 것도 괜찮겠네. 집에까지 안 흘리고 가져갈 자신 있지?"

"……."

데스디아는 순순히 몸을 숙인 투구벌레 헌터의 머리 위에 녹차를 부어버린 뒤 그의 뒤편에 있는 분리수거함에 빈 병을 넣었다. 그러한 굴욕을 당했음에도 불구하고 투구벌레 헌터는 꼼짝도 하지 못했다.

다빙 행성인은 고개를 숙여 고마움을 표한 뒤 자신의 일행이 있는 곳으로 달려갔다.

데스디아는 주차장 입구에서 마주쳤던 악어 머리 헌터를 향해 걸어갔다. 악어 머리 헌터는 바짝 굳은 채 식은땀을 줄줄 흘리고 있었다.

"켐리, 아까 뭐라고 했지? 고환을 4개로 나눠 갖고 싶다고 했던가?"

"저기 누님, 그게 아니고요……."

악어 머리의 헌터, 켐리는 데스디아를 향해 두 손을 모은 채 거의 기다시피 했다.

그의 그런 모습에 실망과 분노를 느낀 헌터들은 허풍쟁이라고 욕을 하며 사방으로 흩어졌다.

"오늘은 분위기가 한층 더 안 좋군. 평상시엔 그냥 정화조 같은데, 오늘은 뚜껑을 활짝 연 정화조처럼 역겨워. 이유가 뭐지?"

데스디아가 짜증을 섞어 말했다.

"봉고잭 패밀리 때문에 그렇지요."

켐리가 공손히 대답했다.

"봉고잭? 환상종 중에서 라미아들만 집중적으로 사냥하는 패거리잖아?"

데스디아는 주차장을 둘러봤다.

"하지만 봉고잭은커녕 그 똘마니들도 안 보이는데?"

"지금은 아마 자기네 아지트에 있을 거예요. 한 20분 전에 봉고잭의 부하 한 명이 미친 소리를 내뱉고 도망갔죠."

데스디아의 눈썹이 찌릿 울렸다.

"미친 소리?"

"자기네들 요구 사항을 들어주지 않으면 오늘 아침에 납치한 캡틴 치프를 고자로 만들어 버린다고 했어요. 잘라낸 부분은 누님한테 등기소포로 붙이겠다던데요?"

치프가 납치됐다는 말에 데스디아는 주변을 쭉 둘러봤다.

'그가 이토록 시간을 어긴 적은 없었는데… 역시 일이 있었군.'

악어 머리의 켐리는 그녀가 놀라기는커녕 눈을 다른 곳으로 돌리며 인상만 살짝 쓰자 상당히 당황했다.

"누님은 배짱이 좋으신 건가요, 아니면 둔감하신 건가요?"

"무슨 말이지?"

"사장이 납치됐다는 말을 들으시고도 멀쩡하시잖아요?"

"그거야 뭐……."

데스디아는 뭔가 말을 하려다가 입을 다물었다.

치프 정도면 얼마든지 빠져나올 수 있다고 자신 있게 말을 할까 하다가 조금은 걱정이 된 것이다.

"음, 아냐. 봉고잭 패밀리의 요구 사항이 뭔데?"

"자신들과 함께 브리치를 격추시키고 그 파편의 판매 이익을 나누자는 거죠."

"그래?"

데스디아는 팔짱을 끼고 곰곰이 생각했다.

"뭔가 좀 이상하군. 그런 이야기는 네가 아니라 봉고잭 패밀리가 해야 하지 않나?"

"누님이 오시면 다시 나타나겠다고 말했어요."

"이곳을 감시하고 있다는 뜻이군."

데스디아는 주변을 빠르게 살펴봤다.

'저격소총을 든 놈이 셋에 망원경을 든 자가 넷이야. 전부 나를 보고 있어.'

그녀는 단말기를 들어서 그들의 위치를 입력했다.

그녀가 뭘 하는지 잘 모르는 악어 머리 켐리는 고개를 갸우뚱했다.

"누님은 어찌하실 건가요?"

"놈들이 제 발로 내 앞에 나타날 때까지 기다려야지. 지금 내가 섣불리 움직였다가는 납치당한 치프에게 무슨 일이 일어날지 모르거든."

"그럼 녀석들과 거래하실 생각이세요?"

켐리가 승합차처럼 육중한 몸집에 걸맞게 큰 소리를 냈다.

브리치의 파편과 돈 이야기에 눈이 뒤집어지다시피 한 헌터들은 데스디아 쪽으로 신경을 집중했다. 방금 전에 브리치의 일로 두더지, 아니, 다빙 행성인을 괴롭혔던 헌터들 역시 마찬가지였다.

"글쎄? 기다려 보면 알겠지."

"말씀에서 자신감이 느껴지네요."

"자신감까지는 아니고……."

데스디아는 주머니에서 시가를 꺼내 물었다. 악어 머리 켐리가 얼른 라이터를 꺼내 시가 끝에 불을 붙여주었다.

"상식적으로 생각해 보라고. 엠페라투스를 혼자서 작살낸 남자가 양아치 패거리들에게 얌전히 거세당할 것 같아? 말도 안되는 얘기지."

"누님, 손을 그렇게 떨면서 말씀하시면 설득력이 떨어져요."

켐리의 순진한 지적에 데스디아가 꿈틀했다.

"피곤해서 그런 거야."

"에이, 그보다는 자식 걱정하는 엄마처럼 보이는데요?"

다음 순간 정강이를 걷어차인 켐리는 공중에서 빙글 돌고는 주차장 바닥에 추락했다.

몸무게가 250킬로그램이 넘는 그 거구는 눈만 똥그랗게 뜬 채 비명도 지르지 못하고 주차장 위를 굴러다녔다.

"으윽, 왜 그러세요? 좋잖아요? 모성애!"

따졌던 켐리는 데스디아의 부츠에 연거푸 짓밟혀 주차장이 떠나가라 비명을 질렀다.

## 20
### 입을 다물게 하는 방법

"그런데 왜 내 별명이 캡틴 치프야? 계급으로 따졌을 때 캡틴(대위)은 위관이고 치프(원사)는 부사관이라고. 혹시 해군식 캡틴(대령)을 뜻한 거야? 그래도 어설픈데?"

검은색 바지, 그리고 소매를 접은 흰색 셔츠 차림의 남자가 앞서가는 사람에게 물었다.

그는, 1년 만에 그라니트 행성으로 돌아온 치프는 납치되어 끌려가는 사람이라고는 생각하기 힘들 만큼 장난스런 짜증을 부리고 있었다.

치프에게 고리가 여덟 개 달린 수갑을 채운 채 끌고 가는 사내는 총 다섯 명이었다. 모두 다른 행성 출신이었고 머리 모양과 체형도 제각각이었다.

그들은 치프의 말에 아무런 대답도 하지 않고 묵직하게 걷기만 했다.

치프를 구속한 수갑은 그의 손목만이 아니라 팔뚝까지도 토시처럼 완전히 감싸고 있었다. 전자석으로 고정되는 그 수갑은 수 톤의 힘에도 연결 부위가 끊기지 않을 만큼 견고한 물건이었다.

그런데도 치프의 표정은 평온했다.

끝까지 입을 열지 않을 것 같았던 사내들, 봉고책 패밀리의 일원 중 한 명이 반쯤 뭉개진 공장 건물 앞에서 걸음을 늦췄다.

"여기가 우리 아지트다, 지구인."

사자 머리의 남자가 말했다. 치프는 설마 자기네 아지트를 정직하게 소개하는 바보들이 헌터를 빙자한 범죄자일 줄은 몰랐다며 내심 비웃었다.

"그렇군. 드래곤로크 때 망가진 공장 부지인가? 다른 곳들은 복구가 잘 된 것 같던데 여긴 왜 이 꼴이지?"

"땅 주인이 무섭다면서 도망쳤거든. 이렇게 방치된 폐허는 빅시티 곳곳에 있지. 아무튼 너, 지금은 캡틴 치프랍시고 꽤 여유를 부리지만 내일 아침이면 아랫도리를 흔들면서 살려달라고 빌게 될걸?"

사자 머리 남자의 협박에 치프가 깜짝 놀랐다.

"정말 데스디아랑 협상을 할 생각이야? 걔 잘못 건드리면 너희들 진짜 큰일 나! 너희들 몸에서 산 채로 내장을 뽑아낸 다음에 그걸로 줄넘기를 해보라고 협박할걸?"

"닥치고 네 걱정이나 해라, 지구인."

사자 머리 남자가 황색 털에 뒤덮인 손으로 치프의 가슴을 밀쳤다.

"하, 좋아. 내가 내 걱정을 하는 건 당연한 일이지. 그런데… 나와 함께 있던 택시 운전수는 왜 죽인 거야? 그것만 아니었으면 너희가 죽을 일은 없었을 텐데 말이야."

"뭐라고?"

봉고잭 패밀리의 사내들은 하나같이 험악한 표정을 지으며 치프를 돌아봤다.

치프는 묶인 팔뚝을 이리저리 움직였다.

"이 수갑의 모델번호는 GGAX-77이야. 지구인한테 지구에서 만든 수갑을 채우는 건 괜찮은 생각이었지만 상대를 잘 골랐어야지. 위, 위, 아래, 아래, 좌우, 좌우, 튕기기 두 번."

치프는 입으로 읊는 방향대로 팔뚝을 즐겁게 움직였다.

"무슨 헛짓을……."

치프를 향해 권총을 뽑았던 사자 머리의 남자는 자신의 총이 치프에게 강탈당하는 것을 허무하게 목격했다.

수갑은 이미 깔끔하게 해제되어 땅에 떨어져 있었다.

"아……."

순간 할 말을 잃은 봉고잭 패밀리가 다급히 권총을 꺼냈다.

치프는 사자 머리 남자의 이마에 권총을 대며 빙긋 웃었다.

"이 수갑의 개발자가 좀 괴짜라서 수갑 해제용 신호를 잠금 장치에 몰래 심어놨거든. 옛날 게임을 너무 좋아하는 할아버지였지."

간단히 설명을 한 치프는 권총을 분해하여 바닥에 깔았다. 그리고 사자 머리 남자가 허리에 차고 있는 단검을 훔치듯 뽑아 들었다.

"소리 내지 말고 조용히 해결하자고. 아지트라며?"

치프의 미소가 그 말과 동시에 지워졌다.

사자 머리 사내가 자신의 동료들 쪽으로 뒷걸음질을 했다. 그와의 거리가 너무 가까워지자 사내 중 한 명이 권총의 방아쇠에 힘을 넣었다.

"뭐하는 거야? 겁내지 말고 맞서란 말이야! 우린 다섯 명이라고!"

사자 머리 사내가 결국 뒤로 넘어졌다. 반쯤 잘린 그의 목에서 피가 폭발하듯 터졌다.

그 붉은 분수에 넋이 나간 네 명의 옆쪽에서 단검을 든 치프가 들이닥쳤다.

겨드랑이 밑 동맥, 쇄골과 목 사이, 두개골 밑 쪽 소뇌를 후비는 것으로 세 명을 처리한 치프는 마지막으로 여우 머리 사내의 턱 아래에 단검을 박았다.

"그러니까 사람을 함부로 죽이지 말았어야지."

치프는 자신의 단검에 턱과 콧등, 정확히는 주둥이를 관통당한 사내를 돌아봤다.

그 여우 머리 사내는 단검에 머리 일부가 뚫렸다는 사실로 인해 패닉에 빠져서 손에 멀쩡히 들고 있는 권총을 사용할 생각조차 하지 못했다.

어린아이를 다그쳐 물건을 넘겨받듯 그 권총을 빼앗은 치프는 한숨을 푹 쉬었다.

"봉고잭 어쩌고 하던데, 너희 정확히 뭐하는 놈들이야? 저 수갑은 50년 전에 지구에서 쓴 고물이지만 일단 군용이라서 쉽게 얻을 수는 없었을 텐데?"

"으, 으음……!"

여우 머리의 사내가 신음 소리를 내며 자신의 입을 가리켰다.

"흠, 다른 방법을 쓸 걸 잘못했군. 하지만 이게 제일 효과적이라서 말이지."

치프는 상대방의 턱밑에 손을 대고는 단검을 단숨에 뽑았다. 여우 머리 사내는 비명을 지르려 했으나 단검이 그의 눈을 파고드는 바람에 마지막 숨소리만을 터뜨리며 쓰러졌다.

"직접 알아봐야지 뭐. 내 단말기는 택시에 두고 내렸으니 이 녀석들 것을 빌려야겠군."

그는 쓰러진 사내들의 주머니를 뒤져 단말기 하나를 꺼냈다.

"…음, 아냐. 데스디아는 자기가 모르는 번호의 전화 따윈 받지 않을 거야. 레투가? 보안국에 넘기기엔 좀 그렇지. 정당방위치고는 너무 많이 죽이기도 했고."

치프는 사내들의 시체를 조사하는 와중에 분홍색 액체가 든 앰풀 몇 개를 발견했다.

"이건 또 뭐야?"

앰풀 중 하나를 멀리 있는 폐가의 벽에 던져 깨뜨린 그는 바닥에 액체가 퍼지는 것을 확인한 후 시체 냄새를 맡고 달려온 생쥐 중 하나를 붙들었다.

"얘는 암컷이고… 좋아, 이게 수컷이군."

자신이 원하는 성별의 생쥐를 붙잡은 치프는 그 동물을 액체 쪽으로 던졌다.

액체 위에 떨어진 생쥐는 이내 사지를 쭉 펴고 눈을 뒤집으며 생식기를 뚜렷하게 발기시켰다.

"천연 성분의 마약인가? 하지만 처음 맡는 냄샌데?"

고개를 갸웃거린 치프는 사내들이 갖고 있던 권총 중 가장 상태가 좋은 것을 들고는 아지트를 향해 걸어갔다.

"이 총에 맞는 소음기를 프린팅할 수 있을까나?"

치프는 왼손을 들고 정신을 집중했다. 주변에서 푸른색의 입자가 떠올라 그의 왼손 위로 모여들었다.

경찰봉처럼 생긴 검은색의 물체가 완성되자 치프는 그것을 즉시 권총의 입구에 꽂아봤다.

"잘 맞는군. 너무 크긴 하지만."

쓸쓸히 웃은 치프는 봉고책 패밀리의 아지트로 쓰이는 폐공장의 출입문 좌우를 쌌다.

"조심, 그리고 또 조심."

출입문을 당겨 열은 치프는 벽을 관통한 탄환에 가슴과 어깨를 맞고 쓰러진 경비원들을 지나치면서 그들의 머리에 탄환을 한 발씩 박아 넣었다.

그는 내부 구조를 알지 못했지만 상관없었다. 바닥에 찍힌 발자국들을 쫓아 이동하면 그만이었다. 발자국들이 좌우로 나뉘어 있으면 더 많은 사람이 지나간 방향으로 걸어갔다.

상태가 가장 깔끔한 문을 발견한 치프는 잠깐 고민하다가 손등으로 문을 세게 노크했다.

"누구야?"

밖에서 죽은 자와 털색이 다른 사자 머리 사내가 문을 열고 불쑥 걸어 나왔다. 그의 머릿속에 총알을 박아준 치프는 시체를 문 밖으로 끌어내며 혀를 찼다.

"음식이라도 배달시켰나? 문을 두드렸다고 진짜로 튀어나오는 건 좀 심하잖아?"

상대의 아마추어적인 행동에 실망한 치프의 표정은 공장 안쪽을 돌아보는 것과 동시에 냉랭하게 바뀌었다.

거대한 유리관과 같은 형태의 시설 안에는 낯선 것들이 있었다.

상반신은 인간, 하반신은 뱀의 모습을 한 환상종들이 머리와 턱 아래에 파이프가 박힌 채 두꺼운 케이블 타이에 묶여 신음하고 있었다.

파이프에서 뽑히는 액체는 치프가 밖에서 가지고 온 앰풀의 내용물과 똑같은 분홍색이었다.

"저 괴물에게서 뽑아낸 거라고?"

치프는 이 상황을 어떻게 처리할지 잠시 고민했다.

"쯧, 마약은 정말 싫단 말이지. 그럼 수고를 좀 더 해볼까?"

자신의 풍성한 검은색 머리를 긁적인 그는 공장 여기저기에서 느슨하게 움직이는 사내들을 바라보며 천천히 걸어갔다.

그리고 5분 정도의 시간이 흘렀다.

자기 방의 욕실에서 샤워를 마치고 나온 회색 곰 모습의 외계인은 천장에 달린 건조기를 이용해 몸을 말렸다. 그는 진짜 곰처럼 털이 무성하기 때문에 수건 몇 장으로는 몸의 물기를 처리하기가 힘들었다.

"어이, 물어볼 게 있는데 말이야."

낯선 목소리가 들리자 회색 곰 사내가 움찔했다.

회색 곰이 쓰는 책상 위에는 셔츠와 얼굴에 핏물이 조금 묻은 치프가 권총을 흔들며 앉아 있었다.

"캡틴 치프?"

회색 곰 사내가 씁쓸히 웃었다.

"분명 부하들에게 네놈을 데려오라고 하긴 했지만 내가 기대하던 모습은 아니군. 내가 네놈을 너무 얕봤어."

"됐고, 네가 봉고잭이지?"

"그렇다만?"

치프의 권총에서 튀어나간 탄환이 봉고잭의 목덜미에 꽂혔다. 봉고잭의 목에서 쭉 뿜어진 피가 사무실의 한쪽 벽을 빨갛게 물들였다.

치프는 쓰러진 봉고잭의 머리맡에 무릎을 굽히고 앉았다.

"넌 네가 왜 총을 맞았는지 잘 알 거야. 진짜 봉고잭은 어딨지?"

쓰러진 회색 곰 사내는 어금니 뒤쪽에 숨긴 신호 발생기를 깨물었다.

부하들을 부르기 위해서였는데, 그는 자신이 이 공장에 배치된 30여 명의 조직원 중 유일한 생존자라는 사실을 아직 모르고 있었다.

치프는 자신이 봉고잭이라고 거짓말을 했던 회색 곰 사내의 이마를 쓰다듬어 주었다.

"진정하고 내 말 잘 들어. 넌 앞으로 2분 내에 제대로 지혈하지 않으면 죽게 돼. 사람이라면 수십 초 정도였겠지만 너희 종족은 과다출혈에도 꽤 견디더라고. 아, 지혈용 생체 거품은 다행히도 내 뒷주머니에 들어 있어."

"흐, 훅! 훅!"

회색 곰 사내는 눈앞이 희미한 가운데 숨을 거칠게 몰아쉬었다.

"봉고잭이 여기에 없다는 건 이 사무실을 지키던 녀석에게 들었어. 어느 행성 출신인지는 말을 하지 않았지만 일단 네가 봉고잭이 아닌 건 확실하지."

"……."

"뭐, 어찌 됐든……."

치프는 쓰다듬던 상대의 이마에 조금 힘을 주었다.

"봉고잭은 어딨지?"

"웨, 웨스트… 웨스트 하모닉 거리 72에 3 건물이야."

"웨스트 하모닉 72-3이라."

치프는 도중에 얻은 다른 이의 단말기를 통해 주소를 검색했다.

"네가 말한 곳도 공장이네? 거기서도 환상종을 이용해서 뭔가를 하고 있나?"

"말했으니… 지혈을… 해… 줘."

회색 곰 사내의 호흡이 잔잔해지다가 이내 멎었다.

"흠, 지혈하지 않고 버틸 수 있는 시간이 1분 남짓이었네. 미안."

죽은 상대의 이마를 두드려 준 후 일어난 치프는 사무실의 창문 쪽으로 가서 검지로 블라인드를 살짝 내렸다.

그가 공장 내에서 죽인 것보다 좀 더 많은 인원이 공장 밖에 있었다. 치프가 공장 안에 들어오는 모습을 카메라를 통해 목격하고 달려온 자들이 분명했다.

하지만 그들 중에서 살아 있는 자는 아무도 없었다.

UNSMC 전투복을 입은 남자 두 명이 소음기가 달린 자동소총을 옆에 든 채 치프가 서 있는 창문을 향해 손을 살짝 들었다.

"A—9987에 A—9988. 딕슨이랑 조셉이잖아?"

치프는 블라인드를 걷고 창문을 올렸다.

"어이, 어떻게 알고 여기까지 왔어?"

"우주연합 수도에서 변호사에게 새 신발을 받으셨죠?"

"아……."

신발 안에 신호 발신기가 들어 있다는 뜻이었다. 자신의 신발을 잠시 바라본 치프는 쓴웃음을 지었다.

"위험요소는 더 없나?"

"살인 드론들까지 다 정리했습니다. 은근히 돈이 많은 놈들이네요. 아, 그리고 이것도 가져왔습니다."

헬멧 옆에 노란색 스마일 마크를 붙인 딕슨이 단말기를 꺼내흔들었다. 치프가 납치당할 때 택시 안에 놓고 내렸던 물건이었다.

"좋아, 내려가지."

사무실의 출입문 쪽으로 나가다가 잠깐 멈춘 치프는 권총에 남아 있는 탄환 한 발을 이미 죽은 회색 곰 사내의 이마에 쏴서 소비했다.

"미처 말을 못 했는데, 난 지금 진짜 화가 나 있거든."

그는 권총의 지문을 깨끗이 닦고는 물이 남아 있는 욕실의 욕조 안에 빠뜨렸다.

공장 밖으로 나온 치프는 딕슨과 조셉을 이끌고 폐가 안으로 들어갔다.

그는 돌려받은 자신의 단말기를 점검하며 둘에게 물었다.

"회사 일은 어때?"

"보유한 현금만 작년의 네 배입니다."

딕슨이 대답했다.

"네 배? 작년에 다 쓰고 남은 돈의 네 배라는 거야, 아니면 가장 많았던 시절의 네 배라는 거야?"

"물론 가장 많을 때의 얘기죠. 브리치의 파편들이 정말 큰돈이 되거든요."

"파편들이? 왜?"

"모르셨습니까? 구성 물질이 황금과 백금, 이리듐, 티타늄에 미지의 금속까지 섞인 합금입니다. 불순물도 거의 없어서 값어치가 대단하죠."

"이리듐은 몰라도 금은 지구 외엔 거의 취급을 안 해주잖아?"

"지구제 무기를 구입하기 위해서 금을 모으는 외계인들이 최근 부쩍 늘었습니다."

금에 대해 대답한 자는 조셉이었다. 그는 화가 난 표정의 해골 스티커를 헬멧에 붙이고 있었다.

그 스티커들 때문에 둘은 UNSMC 전우들 사이에서 스마일 딕슨, 앵그리 조셉이라는 별명으로 불린다.

단말기의 재부팅을 마친 치프는 레투가에게 전화를 걸었다.

"여어, 친구. 바쁜가 봐?"

—이런, 빌어먹을! 지금 어디인가? 납치됐다면서? 나와 보안국 전투경찰들이 자네를 얼마나 찾아다니고 있는지 알고 있나?

"나야 계속 잡혀 있었으니 모르지. 그보다 여기에 재밌는 일들이 일어나고 있더라고. 자네가 와서 좀 봐야겠어."

—그 위치는… 버려진 맥주 공장이 아닌가?

"맥주 말고 다른 액체를 생산하더라고."

—그럼 당장 그쪽으로 가도록 하지. 아, 브라토레 부사장에게는 연락했나?

"데스디아? 아직은."

—자네가 납치됐다는 소식을 헌터연맹회의가 열릴 체육관에서 전해 들었다더군. 자네를 납치한 자들의 일당이 주차장에 납치 소식과 협상 조건을 외치고 도망갔다고 하던데?

"그럼 전해 들었다는 말이네? 음… 그러면 데스디아한테 내가 무사하다는 얘기는 하지 마."

딕슨과 조셉이 치프의 말을 듣고는 좋은 판단이라며 끄덕끄덕했다.

—얘기를 하지 말라고? 어째서인가?

"데스디아도 그곳에서 감시당하고 있을 거야. 봉고잭 패밀리라는 놈들이 분명 그곳에 저격수를 심어놨겠지."

―꽤 자신하는군. 하지만 브라토레 부사장 정도라면 저격수의 위치는 간단히 파악할 텐데?

"문제는 데스디아가 아니야. 저격수들이 이상한 낌새를 느끼면 아무에게나 총알을 박아 넣고 튈 수도 있어. 그렇게 혼란을 일으켜야만 그 장소에서 빠져나갈 확률이 크거든. 그리고 봉고잭도 어디론가 도망가겠지. 아무튼 빨리 이곳으로 와. 데스디아가 움직이기 전에 말이야."

―알겠네. 지금 수송기에 타긴 했는데… 그쪽은 안전한가?

치프가 딕슨과 조셉을 봤다. 둘은 엄지를 세워 걱정하지 말라는 말을 대신했다.

"어서 오기나 해. 그럼 좀 있다가 보자고."

―알았네.

통화를 마친 치프는 딕슨과 조셉의 헬멧 위쪽을 쓰다듬어 주었다.

"죠니가 확실히 앞을 읽을 줄 아네. UNSMC 중에서 최고라고 불리는 테러범 처리 팀을 남겨놨잖아?"

"죠니 상사님도 추천하셨지만 실제로 힘을 쓰신 분은 해군청장님이십니다."

"톰 아저씨가?"

"행성에서 드래곤이라는 억제력이 사라지면 그다음에는 돈을 노린 인간 사냥이 시작될지도 모른다고 하셨거든요. 실제로 죠니 상사님과 저희가 지난 1년 동안 처리한 얼뜨기의 숫자만 해도 엄청납니다."

"무법지대가 되어간다 이거군."

"그렇죠."

둘의 말을 들은 치프는 한숨을 푹 내쉬었다.

"이것도 내 탓일까?"

"자연의 법칙이겠죠. 태양계 식민지에 군벌들이 생긴 과정도 약육강식을 바탕으로 하지 않습니까?"

딕슨이 말했다. 치프는 굳게 다문 입술에 힘을 주며 고개를 저었다.

"식민지의 군벌들은 기업과 UN이 일부러 봐준 것도 있어. 덕분에 지구는 디스토피아 같은 미래를 면하고 긍정적인 힘을 얻게 됐지. 수많은 사람을 희생시켜서 만들어낸 그 분위기도 자연의 법칙에 의한 결과라고 봐야 하나?"

"인간의 육체와 사고 능력이 자연에 속해 있는 한 그렇다고 봅니다. 우리가 진짜 바이러스처럼 기생하고 소모하며 증식만 하는 존재였다면 애초에 멸망했겠죠."

딕슨이 어깨를 으쓱했다.

"편하게 생각하세요, 치프. 여긴 아직 군벌도 없고 소년병도 없습니다. 그럴 기미가 보이는 미친놈들이 좀 있을 뿐이죠. 집중하고 그놈들을 청소해야 드래곤들이 돌아와도 우리를 욕하지 않을 겁니다."

"음."

딕슨과 조셉은 치프의 약점을 알고 있었다. 그것은 바로 마약과 소년병이라는 방아쇠로 작동하는 PTSD, 즉 '외상 후 스트레스 장애'였다.

치프가 공장 안에 있는 자들을 아무런 죄책감 없이 죽인 것도 식민지 청소작전에서 얻은 PTSD에 기인하고 있었다.

치프는 이마에 손을 댄 채 자신이 오늘 겪은 일들을 냉정히 되돌아봤다.

"봉고객이 대체 누굴까?"

"정말 많은 놈이 봉고객을 자칭하지만 진짜 봉고객은 지구인입니다. 게다가 우리와 구면이죠. 일단 이걸 보세요."

조셉이 팔뚝보호대에 장비한 단말기를 두드려 영상을 띄웠다.

"브리치의 파편을 팔아서 얻는 이익을 자신들과 나누지 않으면 치프를 고자로 만들어 버리겠다고 고래고래 소리치고 있죠?"

"데스디아가 오기 전의 일이군."

"부사장님께서 현장에 계셨다면 아마 이놈들 엉덩이에 항문이 하나 더 생겼을 겁니다."

"배설기관 하나로 끝나면 다행이지."

치프가 인상을 구겼다.

"아무튼 지나치게 아마추어적인데? 자기네 정체를 까발리면서 납치 및 협박이라는 범죄 사실도 자랑하고 다녔잖아? 감옥보다는 유치원에 먼저 보내야 하는 거 아냐?"

"그냥 병신들이라고 치고 쓸어버리면 됩니다만… 정말 이런 걸로 일이 해결될 거라고 믿는 바보들일까요?"

조셉이 신중하게 말했다.

치프는 생각의 방향을 바꿔봤다.

"봉고객이 지구인이고 우리랑 구면이라고 했지? 어디서 얻은 정보야?"

"해군 정보부가 얻어낸 겁니다. 본명은 본프레 고르카 잭스미스. 화성 군벌 출신이죠."

마른 얼굴에 M자 탈모가 뚜렷한 백인 남성의 사진이 치프의 눈에 들어왔다.

"아, 이 매부리코. 본 적이 있어. 마약 생산 및 거래 담당이었지."

"잘 아시네요?"

"내가 체포 과정에서 이놈 코를 주저앉혔거든. 하지만 이 정도로 깡이 좋은 놈이었나? 마약 관련 사건은 그라니트 보안국에서 지나칠 정도로 엄하게 다룰 텐데?"

치프는 다시 고민에 빠졌다.

"혹시 이거 본 적 있어?"

그는 분홍색 액체가 든 앰풀 하나를 바지 뒷주머니에서 꺼냈다.

"약과 관련된 일은 잘 모릅니다만……."

딕슨이 단말기에서 투사되는 빛으로 앰풀을 조사했다.

"이건 라미아의 독이군요."

"라미아의 독?"

"예. 라미아들의 독주머니에서 나오는 체액이죠. 이건 이물질만 제거한 놈이네요."

"이게 마약으로서 유통되나?"

"아뇨. 지금 빅시티에서 주로 거래되는 마약은 대부분 메스암페타민 계열입니다. 환상종의 체액이 약으로서 거래된다는 정보는 아직 없습니다."

조셉이 단호하게 말했다.

"다시 알아봐. 뭔가 있어."

"알겠습니다."

딕슨이 어딘가에 연락을 하는 사이, 남색으로 도색된 중형 수송기가 치프 일행이 있는 곳을 향해 날아왔다. 보안국 소속의 수송기였다.

착륙한 수송기에서 내린 레투가와 보안국 전투경찰들은 공장 앞에 쫙 깔린 시체들을 보고 할 말을 잃었다.

"전부 자네가 저지른 일인가? 언제 어떻게 죽어도 이상할 게 없는 놈들이긴 하네만."

레투가가 묻자 치프는 무슨 소리냐는 표정으로 고개를 저었다.

"몰라? 갑자기 총질하는 소리가 들려서 난 가만히 숨어 있었어. 겁이 많거든."

어차피 깊게 질문할 생각도 없었던 레투가는 실소를 터뜨렸다.

"후후, 그러시겠지. 그럼 자네가 말했던 '다른 액체'가 생산되는 곳으로 안내해 주게."

레투가는 자신과 함께 온 전투경찰을 둘로 나누어 한쪽은 자신을 따라오게끔 했고 나머지는 시체들을 처리하도록 했다.

공장 안으로 들어가 문제의 시설을 목격한 레투가는 부하들에게 증거를 채집하고 촬영하라는 지시를 내린 후 심각한 표정을 지었다.

"환상종… 라미아들을 생포해서 독을 뽑고 있었군. 아무리 환상종이라고 해도 측은한데? 게다가 전부 살아 있어."

"라미아의 독에 대해 알아?"

치프가 묻자 레투가는 자신의 단말기에서 뽑아낸 자료를 치프의 단말기 쪽으로 밀었다.

"라미아는 먹잇감을 산 채로 삼킨 후 뱃속에서 녹여 먹는 걸 즐기는데, 그런 주제에 내장이 약한 편이라 독을 이용해서 먹잇감을 얌전하게 만든다네. 독에 당해 삼켜진 먹잇감은 환각과 쾌락에 빠져서 반항하지 못하고 곱게 소화가 되지."

"그 독을 뽑아서 상품으로 쓴다 이거군."

"호오, 일리 있는 생각인데?"

"뭐?"

치프는 레투가의 말을 듣고 굉장히 당황했다. 라미아의 독을 이용한 마약이 세상에 나돌지 않고 있다는 조셉의 정보가 레투가를 통해서 증명됐기 때문이다.

"라미아의 독은 아직 어디에서도 유통된 적이 없다네. 팔아먹을 생각을 한 놈도 없었을걸? 같은 효과를 가진 합성 마약의 생산량을 못 따라가거든. 하지만 이렇게 많은 라미아를 생포해서 대량으로 뽑아낸다면 꽤 비싸게 팔 수 있을 것이네."

"어째서?"

"라미아의 독은 다른 마약류와 달리 중독성도, 금단증상도 없다네. 효과는 더 강력한데 부작용이 없다면 뭘 쓰겠나?"

"흠……."

"아무튼 굉장하군. 자네 회사의 직원들 말고도 라미아를 산 채로 잡아들일 수 있는 헌터가 이 행성에 있을 줄은 몰랐네."

"무슨 소리야?"

"저걸 보게. 라미아들의 몸에 상처 하나 없어. 브라토레 부사장보다 실력이 좋을지도 모르겠군."

"…쯧."

치프가 혀를 차며 레투가의 굵직한 어깨에 손을 얹었다. 레투가는 어리둥절한 표정을 지었다.

"왜 그러나?"

"범인이 누군지 알 것 같아."

"범인이 누군지 알 것 같다고? 봉고잭이 아니란 말인가?"

레투가는 공장 안팎에서 죽은 자들이 봉고잭 패밀리의 졸개들이라는 사실을 알고 있었다. 시체들의 신원이 보안국의 범죄자 자료와 정확히 일치했기 때문이다.

그라니트 행성 보안국에서는 마약 관련 범죄자들을 추방이나 사형으로 엄단한다.

하지만 사형을 제대로 집행하기 위해서는 여러모로 복잡한 절차를 거쳐야 하고 레투가 자신도 사형에 대해서는 부정적인 입장이기 때문에 정말 엽기적인 짓을 저지른 마약사범이 아니라면 대부분 추방대상자로 지정하고 있다.

하지만 추방대상자 지정이 그렇게 좋은 것만은 아니었다.

추방이 확정된 자는 그라니트 행성에 존재하지 않는 사람으로 낙인찍히는 것이기 때문에 제대로 된 경제활동을 하지 못하는 것은 물론 교통사고로 죽더라도 보험사와 보안국에서는 동물이 죽었을 때와 비슷한 절차로 사건을 간단히 마무리해 버리고 만다.

심지어 길에서 총이나 칼에 맞아 죽는다 해도 마찬가지였다. 시체는 소각로에 버려져 사라지고 행여 다른 행성에 유족이 있다 하더라도 그 소식이 제대로 전해지지 않는다.

추방대상자들이 인간으로서 인정받고 뭔가를 할 수 있는 곳은 빅시티의 공항뿐이었다.

봉고잭 패밀리는 헌터 면허를 소유한 자를 제외한 전원이 추방대상자였다. 헌터들을 돈으로 영입하기 전에는 그리 눈에 띄는 무리가 아니었는데, 헌터들을 고용하고 중화기로 무장을 하면서 그들은 빅시티의 위험요소 중 하나로 부각되기에 이르렀다.

"내가 그 봉고잭이란 놈을 만나서 얘기를 해볼게. 아무래도 상황이 골 때리게 돌아갈 것 같거든."

치프의 말에 레투가는 이해할 수 없다는 표정으로 그를 쏘아봤다.

"자네는 방금 전에 범인이 누구인지 알 것 같다고 나에게 말을 했네. 그런데 범인에 대한 얘기는 생략하고 봉고잭을 만나겠다고 선언하는군. 이건 실례가 아닌가?"

"아, 큰 실례지. 지금 자네한테 얻어맞아도 난 할 말이 없어."

"……."

"하지만 난 한시라도 빨리 봉고잭을 만나서 진범을 잡아야 해. 이 일을 꾸민 녀석이 더 큰 실수를 저지르기 전에 말이야."

레투가는 그라니트 행성에 돌아오자마자 심각한 일을 해결하려 하는 자신의 친구를 한참 동안 조용히 바라봤다.

"그 범인을 걱정하는 것 같군."

"그래. 저 환상종들의 모습을 다시 봐."

치프는 갇혀 있는 라미아들을 손으로 가리켰다.

"몸길이가 15미터는 넘는 괴물들이야. 난 저 녀석들이 어떻게 움직일지, 또 움직이면 무슨 일이 일어날지 감이 안 잡혀. 자네는 어때?"

"대체 무슨 말을 하고 싶은 건가?"

"조금만 더 생각을 해보라고, 레투가! 이 행성에 있는 생물 중에서 저 큰 덩치를 상처 하나 없이 생포할 수 있는 생물이 있다면 대체 뭘 거 같아?"

레투가는 라미아들의 상태를 다시금 확인했다. 실제로 라미아들의 몸에는 뭔가에 붙잡힌 흔적만 살짝 존재할 뿐, 부상이라고 부를 만한 것들은 어디에도 없었다.

"설마……?"

"바로 그 설마야. 틀림없어. 일단 봉고잭이라는 놈부터 어떻게 할 테니 웨스트 하모닉 거리의 72—3 공장 건물의 주변을 통제해 줘."

"웨스트 하모닉 거리? 거긴 통제가 불가능한 곳이네."

"왜?"

"1년 동안 다른 곳에 있었으니 모르는 것도 당연하지. 거긴 추방대상자들과 빈민들이 뒤섞여 사는 곳이네. 현재 빅시티에서 가장 골치 아픈 지역 중에 하나지. 게다가 거주민의 숫자도 꾸준히 늘고 있다네."

치프는 어이가 없었다.

"대체 1년 동안 행성 관리를 어떻게 한 거야?"

"그 1년 동안 개척민의 숫자가 무려 네 배 정도 늘었다네. 공항 관제실 직원들 옆에 좀비를 세워놓으면 자네도 분간을 못할걸? 모든 이가 일에 치여 말라 죽어가고 있지. 보안국은 말할 것도 없고!"

"하아… 어쩔 수 없지."

치프는 단말기로 문제의 72—3번 공장 건물을 검색했다.

"이 건물의 설계도를 보내줄 수 있어?"

"어쩌려고 그러나?"

"일이 더 커지기 전에 봉고객과 범인의 연결 고리를 끊어야 해. 설계도를 보고 견적을 내야겠어."

"견적이라……."

단말기로 보안국 네트워크에 접속한 레투가는 치프가 원한 건물의 설계도를 다운로드한 후 그것을 치프의 단말기에 전달했다.

이윽고 치프의 단말기 화면 위로 72—3번 건물의 입체 영상이 떠올랐다.

"괜찮겠나? 시간이 좀 흘렀기에 건물 내부 구조가 달라졌을 수도 있네."

"그건 1분 정도면 보정할 수 있어. 전투복에 내장된 전술분석기는 폼이 아니야. 하지만 공장이라는 게 좀 걸리는군. 딕슨, 조셉. 잠깐 이쪽으로 와봐."

치프의 뒤쪽에서 두 명의 사내가 전투복의 불가시화 및 소음 기능을 끄고 모습을 드러냈다.

"오랜만입니다, 보안국장님."

"오늘은 왠지 건강해 보이시네요."

둘의 실없는 인사를 들은 레투가는 오른손으로 자신의 얼굴을 덮었다.

"역시 자네들 짓이었군."

"밖에 시체들이요? 저희는 모릅니다."

"전 피만 보면 방광이 오그라들어요."

레투가는 뻔뻔하게 주절대는 두 남자의 태도에 결국 웃을 수밖에 없었다.

"알았으니 견적이라는 것을 내보게. 한번 구경하고 싶군."

"좋아."

치프는 입체 영상의 곳곳을 손가락으로 표시했다. 그의 손끝이 닿은 부분들은 붉은색으로 확실히 강조되었다.

"이쪽을 특히 조심하도록 하고… 우리 셋이서 할까, 아니면 두 명 더 붙일까?"

치프가 묻자 딕슨과 조셉이 서로를 쳐다봤다.

"한 명은 죠니 상사님일 거고… 다른 한 명은 누굽니까? 설마 부사장님을 부르시게요?"

"뭐, 부사장님이라면 저는 찬성입니다. 저격소총으로 건물 안에 있는 놈들을 싹 쓸어버리시겠죠."

"데스디아는 안 돼."

치프가 단호히 말했다.

"재미없을 거 같아서 그러십니까?"

"아냐. 데스디아는 우리랑 호흡이 안 맞는다고. 건물 침투와 관련된 지구의 전술을 개가 알 것 같아? 알타이르의 워치프로서 최전방에서 다 갈아엎는 짓만 했을 텐데?"

"그건 그러네요."

조셉이 고개를 끄덕거렸다.

"하긴, 4개월 전에 부사장님께서 카누딕 용역에 혼자 쳐들어가시는 걸 보고 기절할 뻔했죠."

딕슨이 말하자 조셉은 웃음소리를 냈고 치프와 레투가는 궁금하다는 표정을 지었다.

"카누딕 용역의 사장이 사만다를 자기 회사에 초대해서는 무려 이틀 동안 우리 회사에 돌려보내지 않았거든요."

그러자 치프의 안색이 싹 변했다. 레투가 역시 들어본 적이 없는 일이었기에 크게 당황했다.

"그래서, 사만다는 어떻게 됐어?"

치프가 분노 어린 목소리로 물었다.

"사만다는 괜찮았어요. 부사장님이 우리 공주님을 직접 데려오셨죠."

"그게 끝이야?"

"설마요. 부사장님께서 카누딕 사장의 두 다리를 조각조각 부러뜨리신 다음에 나비 모양으로 묶어버리셨죠."

레투가는 딕슨의 그 말을 듣고 눈을 질끈 감았다. 그 '나비 모양을 상상해 버린 치프는 신 것을 씹은 표정이 되었다.

"…왠지 사장이라는 놈만 그 꼴이 되진 않았을 것 같은데?"

"음… 꽤 많은 카누딕 소속 헌터가 부사장님께 덤볐다가 가지각색으로 구겨졌다는 말씀밖에는 못 드리겠네요. 저는 사람이 택배 상자 모양으로 접히고도 살아 있을 수 있다는 사실을 그날 처음 알았죠."

"으음… 아냐. 그래도 데스디아는 안 돼. 차라리 사만다가 낫지. 테러진압부대에 있었잖아?"

"하지만 사격이 여전히 엉망인데 말입니다."

"사만다는 방탄방패랑 전술용 곤봉만 장비해도 충분해. 아니, 그게 최선이야. 목성 이주민 신세대가 어째서 그렇게 튼튼한 육체와 초인적인 순발력을 갖게 됐는지 정말 몰라서 그러는 건 아니지?"

"에이, 그래도 우리 공주님인데 말이죠."

딕슨의 말에 치프는 짧게 미소를 지었다.

"그럼 죠니와 사만다를 합류시켜서 일을 시작하자고."

단말기에서 뿜어지는 72-3 건물의 입체 영상을 끈 치프는 누군가와 통화를 시도했다.

"여어, 알케온. 잘 있었어?"

─사장? 도중에 납치당했다는 소식을 들었는데?

"일단 무사해. 그쪽은 지금 어디야?"

─연맹회의가 열릴 체육관 근처에서 대기 중이다. 헌터들이

몰고 온 차량들 때문에 착륙할 장소를 못 찾고 있지.

"그럼 거기 있지 말고 회사로 돌아가. 급한 일이 생겼거든."

─급한 일?

"그래. 죠니와 사만다에게 저고도 침투 장비를 준비하라고 말해줘. 사만다의 무기는 방패와 전술용 곤봉이야. 그리고 내가 쓸 수 있는 전투복이 있으면 그것도 가져다줘. 건하운드는 필요 없어. 최대한 빨리."

─뭔가 일이 터진 모양이군.

"맞아. 당장 처리하지 않으면 셀레스티아를 시작으로 이 행성에 잔존한 드래곤 모두가 난처해질 거야."

─뭐라고?

"자세한 설명은 만나서 할 테니 빨리 준비해서 이쪽으로 와. 강조하지만 정말 급해."

─그러지. 부사장에게도 연락을 해야 하나?

"연맹회의에나 신경 써달라고 해. 데스디아까지 올 필요는 없을 거야."

─그렇게 전하지. 하지만 부사장이 자네 말을 따를 거라고 생각하진 말게.

치프는 '왜?'라는 표정으로 주변 사람들을 쳐다봤다.

"그럼 좀 있다가 보자고."

─그러지. 통화 종료.

알케온과의 통화를 마친 치프는 조셉에게 물티슈를 받아서 얼굴에 묻은 핏물을 닦았다.

"정리해 볼까? 봉고객은 화성 군벌의 마약 담당이었어. 당시에는 다른 이름을 썼지. 아무튼 이번에는 조심해야 할 거야. 그때는 얼간이들이랑 함께 있었지만 지금은 프로들이랑 함께 있잖아?"

치프가 걱정하는 '프로'는 바로 봉고객이 고용한 헌터들이었다.

"레투가, 혹시 헌터가 사람을 상대로 무기를 들면 어떻게 되지?"

"대가를 받고 사람을 죽이면 면허취소는 물론 가중처벌을 받게 되지."

"봉고객 밑에 있는 헌터들이 우릴 공격할까?"

"면허취소나 법적 처벌 모두 사람을 죽였다는 증거가 확실해야 하니……."

레투가는 판단을 치프에게 맡긴다는 투로 말끝을 흐렸다.

"하아, 복잡하네."

치프는 팔짱을 낀 채 고민하면서 알케온이 몰고 올 수송기를 기다렸다.

# 21
## 신의 은총

그라니트 용역의 수송기가 72—3번 공장 건물 위로 옥상을 스치듯 날아갔다.

수송기의 엔진 소음에 놀란 웨스트 하모닉 거리의 사람들은 천천히 상승하는 수송기를 의욕 없는 눈빛으로 바라봤다.

주황색 머리의 옆쪽을 핀으로 깔끔히 고정한 남자, 알케온은 아까 열었던 후방 출입문을 닫으며 웨스트 하모닉 거리의 상공을 선회했다.

"저 공장을 다섯 명이서 10분 만에 정리하겠다고? 그게 가능한가?"

알케온이 염려의 말을 하던 그때 치프 일행과 봉고잭 패밀리의 첫 번째 충돌이 건물 5층에서 일어났다.

적갈색의 중장갑 전투복과 헬멧으로 무장한 사만다가 커다란 방패를 앞세워 창문 안으로 날아 들어왔다. 마침 무장한 채로 창문 근처를 걷던 사내가 사만다의 방패와 충돌하여 벼락처럼 튕겨 나갔다.

자동소총과 산탄총 등을 들고 복도를 경계하던 사내들은 자신들 앞까지 날아온 그 남자를 보자마자 경악했다.

그는 마치 트럭에 제대로 치인 사람처럼 몸이 우그러들어 있었다.

"제길, 진짜 왔잖아!"

사내들은 복도에 웅크리고 앉아 있는 사만다를 향해 사정없이 방아쇠를 당겼다. 방패를 세워 탄환들을 막아낸 사만다는 미식축구 선수처럼 그들에게 돌진했다.

방패로 산탄총을 든 사내를 들이받은 사만다는 그를 방패에 매단 채 계속 달려서 결국 벽을 뚫고 건물 안쪽으로 사라졌다.

자신의 친구가 방패와 벽 사이에서 포도알처럼 찌그러지는 것을 목격한 사내는 사만다가 사라진 벽을 향해 미친 듯이 총을 쏘며 고함을 질렀다.

"빌어먹을! 으아아아!"

그의 총에서 탄이 바닥나는 것과 동시였다.

사만다의 오른손이 벽을 뚫고 나와 사내의 목을 붙잡았다.

사내는 뼈가 부러지는 소리와 함께 바닥에 쓰러졌다. 얼굴이 가슴에 닿은 채 사망한 사내의 옆에 방패와 곤봉을 든 사만다가 자리를 잡았다.

"사만다, 진입 완료."

보고하는 그녀의 뒤쪽에서 소총의 불꽃이 번쩍 터졌다.

소총의 탄환은 그늘진 곳에 위치한 문틈을 통해 사만다를 쏘려 했던 자의 머리에 박혔다.

사만다는 자신의 뒤쪽에 서 있는 치프를 돌아봤다. 짙은 회색의 경장갑 전투복과 헬멧을 착용한 그는 소음기가 달린 지정사수용 자동소총을 든 채 양쪽 어깨를 으쓱했다.

"집중해야지, 사만다."

"제가 처리할 수 있었습니다, 아저씨."

사만다가 가볍게 투덜대자 치프는 왼손으로 그녀의 어깨를 두드렸다.

"시간 낭비할 틈 없어. 죠니와 딕슨, 조셉 팀이 지금 아래층을 정리하고 있거든. 꾸물거리다가는 그 친구들에게 따라잡힐 거야."

"합류해서 움직이는 것도 괜찮지 않습니까?"

"늦는 쪽이 맥주를 사기로 했어."

치프와 함께 진입 및 소탕작전을 해본 적이 없는 사만다는 그의 여유를 살짝 이해할 수 없었다.

하지만 사만다는 치프의 머리 위에 뚫린 천장의 구멍을 보면서 자신이 뭔가 놀라운 것을 경험할지도 모른다고 생각했다.

"어지간한 놈은 내가 다 처리할 테니 넌 지정된 위치까지 밀고 가는 것만 신경 쓰도록 해. 넌 달리는 방패이자 기습을 막는 철퇴가 되는 거야."

"알겠습니다."

사각형의 대형 방패와 전술용 곤봉을 고쳐 잡은 사만다는 치프를 뒤에 둔 채 복도를 달리기 시작했다.

그들은 복도를 돌자마자 미리 대기하고 있던 봉고객의 부하들에게 집중사격을 받았다.

탄환은 방패에 모조리 튕겨 나갔지만 한 번에 쏟아진 탄환이 너무 많아 사만다도 주춤거렸다.

그러나 그것도 잠시, 적들은 사만다가 다시 전진하자마자 머리에 구멍이 나면서 픽픽 쓰러졌다. 모여 있던 자들은 물론 급히 만든 엄폐물 뒤에 머리만 내민 채 숨어 있던 자들도 집단 최면에 걸린듯 누워 버렸다.

복도에는 두 명 남아 있었으나 사만다는 20발들이 소총탄창이 바닥에 떨어지는 소리가 들리자마자 그들의 머리에서도 피가 터지는 것을 목격했다.

'21명을 21발로 쓰러뜨리신 거잖아?'

치프는 광학위장장치로 모습을 감춘 채 사만다를 따라가면서 사격을 하고 있었다.

꽤 빠르게 뛰는 와중에도, 그것도 중장갑 전투복 때문에 한층 더 육중해진 사만다를 앞에 두고도 단 한 번의 빗나감 없이 적들을 무력화시키는 그의 사격 실력은 사만다마저 긴장시켰다.

시체들을 넘으며 거침없이 달리던 사만다가 어떤 방의 앞을 지나는 순간이었다.

갑자기 둘의 오른쪽에 위치한 벽이 부서지면서 사냥용으로 개조한 플라즈마 절단기를 든 사내 한 명이 튀어나왔다.

그는 광학위장조차도 무력화시키는 고글을 쓰고 있었으며 지금까지 쓰러진 봉고객의 부하들과 달리 침착하고 능숙하게 움직이면서 치프의 팔을 자르려 했다.

그러나 그가 마지막으로 본 것은 곤봉의 큼직한 금속 추였다. 왼쪽 쇄골과 어깨가 뭉개진 사내는 자신이 숨어 있던 벽 안에 다시 처박혔다.

상대를 때린 사만다의 몸짓은 머물고 있는 시간대가 다르게 보일 정도로 빨랐다. 그것이 치프는 물론 데스디아까지 인정한 그녀의 순발력이었다.

사만다는 계속해서 달려갔다.

"헌터 면허 소지자였는데 괜찮을까요?"

"이제 네 헬멧만 보면 똥오줌을 지릴 거야."

치프는 농담으로 받아치면서 사만다와 함께 복도의 모퉁이를 돌았다. 사만다는 거침없이 돌진했고 치프는 헬멧이 전해주는 온갖 탐지장치의 도움을 받아 복도의 엄폐물은 물론 방 안에 숨어 있는 자들에게까지 탄환을 선물해 주었다.

계단을 통해 5층에서 6층으로 올라간 둘은 마침 계단에서 기다리고 있던 자와 마주쳤다.

대형 산탄총을 손에 쥔 그는 추방대상자가 아니라 헌터였는데, 본래 형태를 파악하기 힘들 정도로 개조된 그 산탄총은 쇠구슬 대신 고열 플라즈마 입자를 뿌려서 대상을 증발시켜 버리는 사냥 전용 무기였다.

그 헌터는 플라즈마 산탄총으로 사만다와 치프를 확실히 겨누었다. 플라즈마 입자의 확산 범위를 고려하면 부상으로 그치는 게 아니라 계단과 건물의 일부가 치프 일행과 함께 사라질 상황이었다.

치프는 침착하게 두 번 사격했다. 한 발은 헌터가 산탄총의 방아쇠에 걸치고 있던 검지의 관절에, 그리고 나머지 한 발은 헌터의 이마에 적중했다.

헌터가 장비한 장갑과 복장, 그리고 머리 전체를 덮은 헬멧은 대형동물 사냥용 방호복이었기에 치프가 장비한 탄환으로는 뚫리지 않았다. 하지만 손가락 관절을 때린 탄환은 효과적으로 사격을 방해했고 이마를 때린 탄환은 헌터를 잠깐 무력화시킬 수 있었다.

치프가 벌어준 시간을 이용해 그를 방패로 쓰러뜨린 사만다는 곤봉으로 산탄총을 쳐내 날린 후 그의 두 팔도 내려찍어 부러뜨렸다.

"아악, 제길! 너 그 갈색 구멍 창녀가 기르는 빨간색 암캐지? 너희 수송기가 이곳 위로 지나가는 걸 봤다고! 나중에 찾아가서 구멍이란 구멍은 다 쑤셔주겠어!"

사만다는 그의 욕설을 듣자마자 격분하여 다시 곤봉을 들었다. 하지만 치프가 따로 준비한 전기충격탄이 헌터의 사타구니에 꽂히고는 강력한 아크방전을 일으켰다.

"갸아아아아!"

"털 타는 냄새가 죽이지? 어이, 들리나?"

치프는 근육수축과 신경 교란이 선사한 격통에 기절해 버린 헌터를 보고 혀를 차면서 사만다의 등을 두드렸다.

"저질 욕설 따위로 흔들리면 어떡해? 어서 가자."

"저놈이 부사장님을 구멍이라고 불렀습니다!"

"아니, 기분은 이해하겠는데……."

"부사장님은 팀워크를 해치는 무능력한 분이 아니란 말입니다!"

"아……."

치프는 그런 뜻의 구멍이 아니라고 말해주려 했으나 상대가 사만다였기에 차마 설명을 하지는 못했다.

마침 치프와 사만다가 열어둔 통신채널에 신호가 들어왔다.

―죠니입니다. 4층까지 정리되기 직전인데요, 밖에서 햄버거라도 사서 올라갈까요?

치프와 사만다가 늦게 가고 있다는 것을 돌려서 지적하는 죠니의 농담에 치프는 헬멧 속에서 쓴웃음을 지었다.

"우리 공주님한테 구멍 얘기를 한 잡놈이 있었거든."

통신채널에 잠깐 침묵이 흘렀다.

—그놈 살아 있습니까? 살아 있으면 데려가서 발전적인 방향으로 이끌어주고 싶네요.

죠니의 목소리가 분노로 낮게 깔렸다.

"6층 계단 옆에 쓰러져 있어. 그보다 우리 목적지인 6층에 사람이 별로 없군. 4명 정도가 모여 있는 게 확인됐는데⋯ 분위기가 좀 이상하니 빨리 올라와. 맥주는 내가 사지. 통신 종료."

—바로 가겠습니다. 통신 종료.

치프는 손짓으로 사만다를 재촉했다. 기절한 헌터를 아직까지 쏘아보고 있던 사만다는 고개를 강하게 흔들어 정신을 집중한 후 치프의 앞에 서서 방패를 세웠다.

"천천히 가자. 느낌이 안 좋아."

"알겠습니다."

치프는 헬멧에 설치된 투시 장치로 방 내부를 지켜보며 사만다와 이동했다.

'다른 행성인이 두 명에 지구인이 한 명. 나머지 한 명은 지구인과 생체파장이 비슷하지만 뭔가 달라. 저 녀석이 문제의 드래곤인가 보군. 그런데 지구인⋯ 봉고잭이겠지? 저 녀석이 눈으로 나를 쫓고 있잖아?'

치프는 사만다의 어깨를 잡았다.

"아저씨?"

치프는 대답 대신 뒤로 빠져서 죠니 일행을 기다리라는 수신
호를 보냈다.

광학위장 대신 방어용 보호막을 켠 그는 소총의 탄창을 빼
고 붉은색 페인트가 칠해진 탄창으로 갈아 끼운 뒤 장전 손잡
이를 당겨 약실 내의 탄까지 바꿨다.

땅에 떨어진 탄을 주우며 지시대로 물러난 사만다는 불안한
마음으로 치프의 뒷모습을 지켜봤다. 치프는 방 안에서 투시장
치 없이 자신을 바라보고 있는 봉고객과 마주 보며 천천히 걷
고 있었다.

'봉고객으로 판단되는 녀석 말고는 다들 심박과 움직임이 이
상해. 감정적으로 동요하고 있어. 인간의 모습을 한 드래곤 쪽
은 분석불가라 불확실하지만 저놈도 움직임만을 봤을 때는 봉
고객을 대단히 신경 쓰고 있군. 내가 화성에서 만난 그 매부리
코 봉고객과 저 안에 있는 놈은 다른 녀석인가?'

문 앞에서 멈춘 치프는 총 끝을 내리고 심호흡을 했다.

다음 순간 사만다는 치프가 왼손으로 권총을 뽑아 문을
향해 두 발을 쏘고 소총을 다시 잡아 재차 사격하는 것을 봤
다.

사만다를 놀라게 한 것은 문을 향해 쏜 그의 행동이 아니라
권총을 뽑는 속도였다. 자동권총을 0.2초 내에 왼손으로 뽑아

사격하는 것은 그의 오래된 특기였다. 사만다도 군에 들어간 이후 몇 번이나 치프의 흉내를 내봤지만 이상하게도 0.3초의 벽을 넘지는 못했다.

그런데 사만다가 지금 느낀 속도는 과거 이상이었다. 치프는 한 발이 아니라 두 발을 0.2초 내에, 그것도 실내에 있는 두 명의 방탄 헬멧을 정확히 맞춰냈다.

권총 탄환에 움찔한 봉고잭의 경호원 두 명에게 바로 날아든 소총탄은 탄창에 붉은색을 칠하여 구별할 가치가 있는 물건이었다.

표적에 적중하는 것과 동시에 탄 내부에 있는 폴로늄이 터지는 것인데, 특별히 정제된 폴로늄 분말이 공기 중에 노출되면서 일으키는 알파붕괴의 온도는 맨몸으로 맞았을 경우 내장과 골격까지 증발시킬 수 있는 수준이었다.

그 두 발로 방탄 헬멧은 물론 목 아랫부분까지 증발해 버린 경호원들은 힘없이 뒤로 쏟아졌다.

그리고 봉고잭의 사무실 문이 열렸다. 어떤 장치에 의한 움직임이 아니라 보이지 않는 힘에 의한 움직임이었기에 치프는 정신을 더욱 집중했다.

마른 얼굴, M자 탈모의 갈색 머리, 그리고 깊은 흉터가 나 있는 매부리코. 외견상으로는 분명 봉고잭, 본프레 고르카 잭스미스로 보이는 남자가 기묘한 분위기를 풍기며 두 팔을 벌려 치프를 맞이했다.

"네놈의 그 사격 솜씨와 날 조준하는 그 모습. 확실히 기억나. 화성 식민지에서 날 두드렸던 그 UNSMC 지휘관이지?"

"지금은 치프라고 불리는 것도 알 텐데?"

"그래, 치프. UN의 사냥개. 그리고 그라니트 용역의 사장."

봉고객의 동공이 뚜렷한 주황색의 빛을 내기 시작했다. 더불어 검은색의 연기와 같은 오오라가 그의 몸에서 흘러나왔다.

치프는 엠페라투스와 마주했을 때와는 또 다른 사악함을 팔다리와 오른쪽 눈으로 감지했다.

동시에 봉고객의 왼쪽에 서 있던 녹색 장발의 청년이 비명소리를 내며 수그려 앉았다.

"아르마다 님께서 네놈에게 안부를 전하라고 하시더군."

봉고객이 손을 뻗자 검은색의 강력한 파동이 치프를 덮쳤다.

벽을 부수고 건물 밖으로 튕겨 나간 치프는 반대편 건물에 충돌한 뒤 도로 위로 떨어졌다. 방어용 보호막을 미리 쳐두지 않았다면 정말 죽었을 상황이었다.

"아르마다라고……? 빌어먹을!"

신음하며 일어난 치프는 충격에 쪼개진 헬멧을 벗어 던졌다. 헬멧이 부서질 때 안으로 밀려 들어간 작은 파편이 그의 이마에 박혀 있었다.

파편을 뽑은 치프는 자신이 튕겨져 나온 구멍으로부터 바지에 손을 넣은 채 뛰어내려 땅에 착지하는 봉고잭을 봤다.

"인간이기를 포기했나?"

"그래, 치프. 넌 지금 내가 어떤 상태인지 모를 거야. 아르마다 님께 받은 이 힘! 웬만한 약은 다 빨아봤는데 지금처럼 꼴리진 않았다고!"

"받은 힘이라는 게 발기부전 치료제였나?"

치프의 비아냥거림에 봉고잭의 안색이 싹 달라졌다.

"사냥개 녀석, 신의 힘 앞에 무릎을 꿇게 만들……! 어?"

다시 손을 뻗어 치프를 공격하려 했던 봉고잭은 한 번 더 표정을 바꿨다.

치프는 봉고잭이 자신이 아니라 자신의 뒤쪽을 바라보고 있다는 사실에 의아해하며 고개를 돌렸다.

군데군데 구멍이 뚫리고 헤어진 검은색 망토가 거리 위에서, 그리고 치프의 뒤에서 나부끼고 있었다. 치프는 그 망토의 주인이 자신을 정말 무섭게 노려보고 있자 엉겁결에 미소를 지었다.

"여, 여어! 데스디아! 연락을 하려고 했어! 정말, 진짜, 농담이 아니라!"

데스디아는 말을 받아주지 않고 은색 눈동자를 빛냈다.

치프는 이제 자신도 다른 놈들처럼 그녀에게 몸이 접힐 거라 생각했다. 하지만 데스디아가 눈을 빛내며 그를 바라보는 이유는 그의 이마에 난 상처와 출혈을 자세히 살피기 위해서일 뿐이었다.

그 상처가 생각보다 깊다는 사실을 파악한 데스디아는 그제야 진짜로 분노했다.

"쯧."

혀를 찬 그녀가 옆에 주차된 중형 승용차의 뒤쪽 트렁크를 주먹으로 내려쳤다. 내장된 에어백이 모조리 터지면서 수직으로 일어선 승용차는 곧바로 이어진 데스디아의 돌려차기에 맞아 치프의 머리 위로 휙 날아갔다.

멍하니 그 광경을 보고만 있던 봉고잭은 포탄처럼 날아온 승용차에 받혀 깔리고 말았다.

봉고잭은 당장 승용차를 베개처럼 찢어발기며 일어났으나 충격이 상당했는지 만취한 사람처럼 비틀거렸다.

알케온이 모는 수송기가 하늘 위를 지나가면서 데스디아를 향해 뭔가를 투척했다.

붉은 칼집의 대검도, 스트라투스였다.

"지난 1년 동안 아르마다에게 힘을 받은 놈들을 지겹게 만났지. 네가 무슨 약을 빨고 나한테 깝치나 했더니 그놈들과 마찬가지였군."

그녀의 명백한 살의를 감지한 스트라투스의 칼집이 붉은색 입자로 변하여 마치 불꽃처럼 사라졌다.

"이제 넌 사냥감이야. 감옥이 아니라 지옥에 처박아주마."

"지옥이라고? 날 쓰러뜨릴 자신이 넘치나 보군!"

봉고잭이 고함을 지르며 데스디아의 기세에 대항하려 했다.

"쓰러뜨려서는 지옥에 보낼 수 없지. 너에게 주어질 죽음의 방식은 도살이다."

데스디아의 두 눈동자가 빨갛게 빛났다. 스트라투스의 길고 늘씬한 칼날도 그녀의 손에 이끌려 주변에 살기를 뿌렸다.

"전에는 남은 똘마니들을 어떻게 털어버릴까 고민했는데 오늘은 그럴 걱정이 없겠군. 흠, 조퇴를 앞둔 기분이야."

데스디아가 씩 웃었다.

치프는 눈앞에서 벌어지는 모든 상황, 즉 봉고잭이 이상한 힘을 발휘하고 데스디아가 길이만 2미터가 훌쩍 넘어 보이는 칼을 들며 자세를 잡는 모든 모습으로부터 굉장한 이질감을 느꼈다.

'지난 1년 동안 장르가 바뀌었나?'

당황하는 그를 향해 죠니가 헬멧의 바이저를 걷고 소리쳤다.

"치프, 물러나십시오! 거기 계시다가는 휘말립니다!"

치프는 일단 데스디아의 싸움이 끝나야 자세한 설명을 들을 수 있을 거라 판단했다. 그는 자신이 벗어 던졌던 헬멧을 주워들고는 건물에서 추락할 때 놓쳤던 자신의 소총을 향해 달려갔다.

데스디아는 자신이 설정한 위험 범위 밖으로 치프가 물러나자마자 봉고잭을 향해 돌진했다.

칼 전체의 길이가 2.8미터에 이르는 스트라투스가 봉고잭의 머리를 향해 고속으로 움직였다. 치프의 눈에는 그녀가 마치 순간이동이라도 한 것처럼 보였다.

봉고잭은 자신이 찢어발긴 승용차의 절반을 집어 들어 데스디아에게 내밀었으나 그가 택한 무기는 왼쪽 팔뚝과 함께 칼날에 잘려 날아갔다.

봉고잭의 잘린 팔에서는 피 한 방울 나지 않았다. 잘린 팔도 부메랑처럼 돌아와서는 본래 있어야 할 장소에 단단히 붙었다.

그는 오른손으로 차의 엔진을 들어 데스디아를 내려치려 했다. 중형 승용차의 엔진은 들고 휘두를 수만 있다면 단단함과 무게, 그리고 형태를 충족시키는 훌륭한 둔기였다.

게다가 봉고잭의 모든 행동은 데스디아가 칼을 휘두른 자세를 바꾸기도 전에 마무리되려 하고 있었다.

설명하자면 데스디아보다 빠른 속도로 움직인다는 것인데, 데스디아는 그러한 상황에 1년 가까이 익숙해진 상태였다.

칼을 휘두른 자세로부터 부드럽게 몸을 돌려 뛰어오른 데스디아는 공중에서 팔다리를 벌리고 몸을 비틀더니 봉고잭의 뒤쪽에 거의 선 채로 착지했다.

봉고잭은 뒤로 돌면서 엔진을 휘둘렀다. 엎드려서 공격을 피한 데스디아는 그 상태로 다시 뛰어오르며 칼을 휘둘렀다. 공중에서 몸을 비트는 자세까지 더해진 그 공격에 봉고잭의 몸은 순식간에 조각이 났고 몸의 파편이 여기저기로 튀었다.

그런 공격을 했음에도 불구하고 데스디아는 다시금 똑바로 착지했다.

알타이르 행성인의 정향반사는 지구인과 차원이 다른데, 굳이 비유하자면 고양잇과 동물에 가까웠다.

그들은 등뼈를 비롯한 몸 전체가 유연할 뿐만 아니라 다리의 관절과 인대의 구조도 겉보기에만 지구인과 비슷할 뿐, 실제로는 동물의 꼬리 역할도 수행할 수 있을 만큼 큰 차이가 존재했다.

지구인은 훈련을 해야만 180도로 다리를 벌릴 수 있으며 그마저도 꾸준히 스트레칭을 하지 않으면 각도가 줄어들지만 알타이르인은 고령이 되어서도 지구인 체조선수 수준의 유연성을 발휘한다.

데스디아처럼 극도의 훈련을 받고 매일 몸을 유지하는 젊은 이들은 두말할 나위가 없었다.

그리고 그들의 긴 귀는 정말 뛰어난 평형기관이었다. 소리를 듣기 위한 역할보다는 몸의 중심을 맞추기 위해 존재하는 기관이라고 해도 과언이 아니었다.

머리를 포함한 상체가 파쇄기를 통과한 종이처럼 너덜너덜해진 봉고잭은 온몸에서 주황색의 연기를 뿜으며 제 모습으로 돌아왔다.

치프는 그 모습에서 엠페라투스의 재생능력이 떠올라 속이 뒤집어졌지만 데스디아에게 필요했던 것이 바로 그 순간이었다.

그들이 몸을 완전히 재생하는 데 소비하는 몇 초의 시간 동안 데스디아가 든 스트라투스의 칼날에 검은색의 기운이 맺혔다.

데스디아는 준비가 끝난 스트라투스로 봉고객의 머리부터 사타구니까지를 한 번에 베어 끊었다.

"어, 어어어……!"

몸이 나뉜 채로 서 있던 봉고객은 자신의 절단면이 검은색의 기운에 오염된 것을 느끼고 손으로 그것들을 털어내려 했으나 그의 피부와 근육, 그리고 내장은 모래처럼 분해되어 땅으로 쏟아져 내렸다.

"아르마다… 님!"

단말마를 끝으로, 땅 위에 표본처럼 남은 봉고객의 뼈가 주황색으로 발광하다가 결국 소각되어 사라졌다.

스트라투스의 칼바람으로 그 잔해들까지 날려 버린 데스디아는 큰 동작 때문에 몸에 감긴 망토를 손으로 풀어 정리하며 칼을 내렸다. 그녀의 공격 의지가 사라지자 스트라투스의 붉은색 칼집이 다시 구축되어 칼날을 단단히 감쌌다.

데스디아는 귀에 통신기를 끼우고 그것을 눌렀다.

"죠니, 공장 안에 봉고객의 부하들이 얼마나 남았지?"

─살아 있는 것은 공장에 구속된 라미아들과 봉고객에게 고용된 헌터들, 그리고 인간의 모습을 한 드래곤 애송이 한 명입니다.

"드래곤? 확실한가?"

—그렇습니다, 부사장님. 이 친구가 그동안 봉고잭과 손을 잡고 라미아들을 생포해 온 것 같습니다. 치프의 예상대로였지요.

"…헌터들은 묶어놓고 드래곤은 내가 올라갈 때까지 어디 가지 못하게 붙잡아놓도록 해. 그렇다고 너무 위협하지는 말고."

—알겠습니다. 치프 너무 혼내지 마세요. 통신 종료.

"통신 종료."

통신기에서 손을 내린 데스디아는 자신을 향해 멋쩍은 미소를 지으며 다가오는 치프를 마중하듯 그에게 걸어갔다.

치프는 가까이 온 데스디아를 향해 서둘러 설명을 시작했다.

"그게 말이지, 그 드래곤 친구가 더 큰 사고를 치기 전에 어떻게든 봉고잭과의 연결점을 끊어버리려고 했거든. 다행히 사건 초기라서 라미아의 독이 마약처럼 판매되는 것까지는 막을 수 있었던 것 같… 윽!"

스트라투스를 아스팔트 위에 박은 데스디아는 두 손으로 치프의 얼굴을 힘주어 감쌌다.

그녀는 아무 말 없이, 매우 진지하게 치프의 얼굴 이곳저곳을 봤다.

그녀는 1년이라는 시간 동안 그에게 자신이 모르는 흉터가 생겼는지, 그리고 지금 이마 말고 다친 곳이 더 있는지 확실히 알아보기 위해 눈을 부릅뜨고 그를 살폈다.

그녀 입장에서는 진심이 넘치는 걱정이었으나 정작 치프는 그녀의 심각한 표정과 엄청난 완력 때문에 생명의 위협을 느끼고 있었다.

"자, 잘못했으니 좀 놔주세요. 앞으로 꼭… 연락드릴게요!"

"아."

자신도 모르게 힘을 넣었던 데스디아는 치프를 풀어준 뒤 잠시 우물쭈물하다가 자신의 망토 일부를 찢었다. 붕대를 대신하여 치프의 상처를 막아주기 위해서였다.

하지만 그녀는 자신이 오늘 빅시티에 오자마자 그 망토로 흙먼지와 새똥 등이 묻은 추모비를 닦았다는 사실을 기억해 냈다.

뒤틀릴 뻔했던 턱을 만지며 괴로워하던 치프는 그녀가 찢어진 망토의 일부를 손에 쥔 채 인상을 구기고 있자 한숨을 내쉬었다.

"정말 미안하다니까? 그래도 자신의 옷까지 찢으면서 화를 내는 건 좀 지나치잖아?"

"아, 으……."

자신이 단단히 오해를 사버린 것을 알아버린 데스디아는 얼굴만 더 찡그릴 뿐, 시원하게 말을 하지 못했다.

"찢어진 이마가 이제 아프네."

치프는 전투복에서 응급처치용 생체 거품기를 꺼내어 그것을 이마에 칙칙 뿌렸다. 깊게 파였던 상처가 거품에 막히고 소독되더니 새살이 돋아 찢기기 전의 상태로 돌아왔다. 남은 것은 얼굴에 흐른 피뿐이었다.

"쩝."

그는 어쩔 수 없이 장갑을 벗고 손바닥과 손등으로 얼굴의 핏물을 닦았다. UNSMC 활동을 하면서 항상 해왔던 일들이기에 손짓이나 표정 등이 응급처치라기보다는 세수나 면도를 하는 것처럼 보였다.

그 모든 것을 자신이 해주고 싶었던 데스디아는 너무 안타까웠던 나머지 관절에서 소리가 날 정도로 주먹을 꽉 쥐었다.

치프는 그 소리를 듣고 또다시 움찔했다.

"…그래, 내가 죄인이야. 실제로 집행유예 1년이지. 여기 오자마자 너한테 연락해서 여러 가지로 고맙고 미안했다고 말했어야 했는데 말이야."

그에게 화를 낼 생각이 조금도 없었던 데스디아는 연속되는 오해에 하늘 쪽으로 얼굴을 들고 한숨을 쉬었다. 치프의 눈에는 그것조차도 분을 삭이는 것처럼 보였다.

치프는 데스디아가 걸친 망토와 전투복을 언뜻 봤다. 망토는 지난 1년의 고난을 얘기해 주는 듯한 구멍이 여기저기 뚫려 있었고 알타이르 전투복 역시 표면이 많이 손상되어 있었다.

"사과의 뜻으로… 나랑 같이 알타이르 행성에 잠깐 놀러 갈래?"

"응?"

치프의 제안에 데스디아가 귀를 쫑긋 세우며 그를 봤다.

"여기서는 그런 옷을 살 수가 없잖아? 현지에서 배송도 안 해 줄 거고. 옷을 사줄 돈이랑 여객선 왕복 비용 정도는 개인적으로 갖고 있으니까 오늘 일이 정리되면 이틀이나 사흘 정도 일정으로 갔다 오자고."

"나와 함께 알타이르에 가겠다고? 진담인가?"

데스디아가 의심스런 눈초리로 그를 보며 물었다.

"당연하지. 네가 여태껏 해온 일에 비하면 그 정도는 정말 아무것도 아니잖아? 부담 갖지 말고 이 일이나 정리하자고. 레투가도 소식을 기다리고 있어."

"아, 그럼 잠시."

데스디아는 자신의 단말기를 꺼내 들었다.

"갈라트인가? 음, 1시간 정도 더 늦을 것 같으니 그냥 회의를 진행해 줘. 아, 봉고객과 관련된 일이 어떠냐에 따라 연기할 수도 있다고? 그렇다면 내가 오늘 연맹에서 지불할 모든 비용과 그곳에 모여 있던 헌터들의 교통비 및 식비를 대신 내도록 할 테니 회의 자체를 다른 날로 연기해 줘. 사양할 것 없어. 내가 미안할 뿐이지. 음, 저녁에 다시 연락하지."

치프는 단말기 안에서 들린 남자 목소리의 주인공이 궁금했다.

"갈라트가 누구야?"

"일단 나와 그렇고 그런 관계는 절대 아니야."

"…뭐, 그렇겠지."

치프는 그녀가 그 사실을 왜 강조하는지 알 수 없었다.

"갈라트는 좋은 친구이자 그라니트 헌터연맹의 초대 회장이야. 드워프… 아니, 듀베리아 행성인치고는 굉장히 훌륭한 인격자고 배포가 커서 나도 그의 도움을 많이 받았어."

"아, 맞다. 갈라트 듀크 베리몬. 예전에 들었었는데 이제 기억나네."

"나중에 소개해 줄게. 그는 캡틴 치프를 보고 싶어서 안달이나 있거든. 그는 당신을 엠페라투스와 맞서 싸운 영웅으로 생각하고 있어."

"하, 카드 결제를 할 때 말고도 사인을 할 기회가 생긴 거군. 그럼 올라가자고."

치프는 깨진 헬멧과 아까 주웠던 소총을 등의 거치대에 붙인 뒤 봉고책의 공장을 향해 걸어갔다.

"드래곤이 얽힌 문제인 이상 셀레스티아를 불러야 하지 않을까?"

치프가 묻자 스트라투스를 뽑아서 등에 멘 데스디아는 그와 나란히 걸으며 잠깐 생각해 봤다.

"함부로 셀레스티아와 만나게 할 수는 없어."

"내가 모르는 문제가 있나?"

"행성 각지에서 운이 좋아 살아남은 드래곤들의 일부가 셀레스티아에 대해 오해를 하고 있거든. 언제 테러리스트가 될지 모르니 철저하게 알아봐야 해."

"셀레스티아가 설마 다칠까?"

엠페라투스, 그리고 운캄타르를 제외하고는 가장 우월한 드래곤인 그녀가 일반 드래곤에게 당할 리가 없지 않느냐는 뜻이었다.

"몸은 안 다치겠지만 마음이 다치겠지."

"하긴."

치프는 고개를 끄덕여 납득했다.

치프와 함께 공장 건물 1층으로 들어간 데스디아는 고요하게 누워 있는 봉고객의 부하들을 살펴봤다. 살아 있는 자는 아무도 없었다.

"공장의 완전 제압에 10분도 안 걸렸다고 알케온이 말하더군. 내가 이전까지 죠니와 딕슨, 조셉을 동원했을 때는 이렇게 빠르고 간단하게 해결하지 못했는데, 대체 어떻게 한 거지?"

"어떻게 하긴? 나랑 그 친구들이 지금껏 해온 게 그런 일인데 뭐. 앞으로는 잔당 처리 같은 자잘한 일에 신경 쓰지 마."

데스디아는 그 대답을 듣고서야 비로소 그가 진짜로 자신의 곁에 돌아왔다는 안도감을 느꼈다.

생존자가 남아 있을 확률이 0은 아니었기에 치프는 앞서 걸으며 주변을 철저히 경계했다. 그 때문에 그는 데스디아가 자신을 보며 행복하게 웃는 모습을 볼 수가 없었다.

"그보다 봉고잭 말인데, 대체 어떻게 된 거야? 정말 약이라도 먹고 그런 힘을 낸 거야?"

치프의 그 질문에 데스디아의 표정이 차갑게 식었다.

"아르마다가 그들의 육체를 변질시킨 것 같지만 정확히 아르마다가 그랬다고 단정 지을 수는 없어."

"아르마다 님이 어쩌고 하면서 죽던데, 왜?"

"아르마다의 입장은 어디까지나 '문지기'야. 신이라고 해도 게이트와 브리치의 관리 외의 재주는 없을 가능성이 커. 사람의… 지구인을 비롯한 행성인들의 변질을 맡은 자가 따로 있을 수 있다는 뜻이지."

대답한 데스디아가 눈을 가늘게 뜨며 말을 이었다.

"변질된 자들은 지난 1년 동안 우리를 꾸준히 노렸어."

치프는 그녀의 말에 자못 놀랐다.

"1년 내내 나타났다면 피해가 심각했겠는데?"

"다행히 그들의 표적은 우리뿐이었어. 봉고잭 녀석은 약장사로 돈도 챙기려 했다는 게 차이랄까? 처음 있는 경우였으니 나도 잘 기억해 놔야겠군."

데스디아는 대답을 마치자마자 자신도 모르게 한숨을 쉬었다. 치프는 그녀의 마음에 쌓인 정신적 피로가 상당하다는 것을 느꼈다.

둘은 1층의 또 다른 문을 통해 라미아들이 잡혀 있는 '생산

라인'으로 들어갔다.

"봉고잭 녀석, 소문대로 라미아들만 철저히 잡았군. 독선에서 독을 뽑고 있어."

중얼거린 데스디아는 붙잡혀 있는 라미아들이 자신의 발소리를 듣자마자 흠칫 놀라는 것을 보고는 지겹다는 투로 콧김을 뿜었다.

치프는 데스디아를 알아보는 라미아들의 반응에 흥미를 느꼈다.

"넌 환상종들 사이에서도 유명한가 봐?"

"지능이 어느 수준 이상이고 무리를 지어 사는 환상종들은 나를 확실히 인식하고 있지. 내가 브리치를 부숴서 녀석들의 출입구를 봉쇄하고 있으니 더 그럴지도 몰라. 정작 내가 녀석들을 사냥하는 일은 잘 없지만 말이야."

"그래? 사냥 자체는 잘 안 하나 봐?"

"고생에 비해서 벌이도 안 좋고 무엇보다 직원들이 위험하거든. 어차피 우리가 사냥하려고 여기 온 건 아니잖아?"

"그거야 그렇지."

"그래서 사냥은 구조 활동 와중에 잡는 것이 다야. 돈은 브리치 철거로 벌고 있어. 지구에서 브리치의 파편들을 정말 비싸게 사주거든. 대규모 사냥을 해야 한다 싶으면 다른 헌터 그룹들에게 외주를 주고 있지."

"그래? 그런데 어째서 네가 공포의 대상이 된 거야? 네가 카누딕 용역을 혼자 박살 냈다는 얘기도 들었는데?"

"카누딕? 후후."

데스디아가 쓴웃음을 지었다.

"1년 동안 이 행성에 들어온 헌터의 수가 정말 엄청나지. 그 중에는 괜찮은 헌터도 많아. 하지만 병신은 더 많지. 카누딕 용역의 사장 녀석도 그 병신 중에 하나고 말이야. 그래서 진짜로 병신을 만들어놨어."

"사만다 때문에?"

"사만다를 초대한답시고 감금을 해놓고는 웃기지도 않는 짓을 저지르려고 했거든. 아마 당신이 그 얘기를 들으면 당장 카누딕 사장의 얼굴 가죽을 벗겨서 햇볕에 말리고 싶어질 걸?"

"…최대한 참아볼 테니 말해봐. 혹시 덮치려고 한 거야?"

데스디아는 정말 참을 수 있겠냐는 듯 쓴웃음을 지었다.

"당신 말대로 난 녀석이 사만다에게 발정이라도 난 줄 알았는데 그게 아니었어. 사만다의 근육으로 안을 꽉 채운 안락의 자를 만들고 싶어 했지."

"잘 이해가 안 되는데요?"

"근육 덩어리를 적출해서 의자의 쿠션으로 삼으려 한 거야."

그 순간 치프의 얼굴은 데스디아의 예상대로 납빛이 되었다.

"적출한 근육을 특수수지로 처리를 하면 감촉이 끝내준다

나? 내가 사만다를 구하러 갔을 때는 카누딕이 그 애한테 프로틴과 스테로이드를 섞은 수프를 강제로 먹이려고 안간힘을 다하고 있었어."

치프는 기가 막혔다.

"나 잠깐 그놈한테 다녀와도 될까?"

"집행유예 먹은 주제에 뭘 하려고? 제대로 병신을 만들어놨을 뿐만 아니라 녀석의 회사 건물과 땅은 내가 돈으로 인수한 다음에 셀레스티아에게 맡겼어."

"셀레스티아에게?"

"셀레스티아도 그 일 때문에 정말 화가 났거든. 너무 놀라서 울고불고하더니 파울라 장로의 도움도 받지 않고 자기 힘으로 그곳을 작살냈어. 다들 그곳에 소행성이라도 충돌한 줄 알더군. 충격파가 빅시티까지 전해졌거든."

"하아……."

치프는 왼손을 얼굴에 댄 채 마음을 진정시켰다.

"죠니와 다른 애들이 그 얘길 듣고 가만히 있었어?"

"다들 미쳐서 날뛰었지. UNSMC 출신들이 왜 사만다를 공주님 내지는 보물로 취급하는지 궁금할 정도였어."

"지금 네가 한 얘기를 내가 UNSMC 인트라넷에 그대로 게시하면 어떻게 될 거 같아?"

"글쎄?"

"아마 경력자들은 전부 들고 일어나서 카누딕은 물론 그 가문의 씨를 말려 버리려고 할걸? 그것도 총질이 아니라 고문으로 말이야."

그 말에 데스디아가 놀랐다.

"그 정도인가?"

"나랑 죠니는 목성 식민지의 임무를 처리하면서 당시 꼬마였던 사만다를 구출했어. 딕슨과 조셉은 우리를 실어 가려고 온 수송기에 타고 있었지. 사만다는 우리와 함께 피츠버그 호에 타서 지구로 돌아왔는데, 당시 동행했던 UNSMC들은 우리가 구출한 그 큼지막한 여자애를 하나의 상징으로 여기게 됐어. 소문은 다른 UNSMC 그룹에도 퍼졌고."

"사만다가 그 정도로 예쁜 짓을 했나?"

"아니."

치프의 표정이 잔잔해졌다.

"사만다는 우리가 인간으로서 마음을 먹고 구출한 최초의 민간인이거든."

"……"

"임무를 받고 민간인들이나 VIP들을 구출한 적은 많았는데 사만다만은 그렇지 않았어. 정말 순수하게 마음이 움직여서 구한 거야. 사람 목숨에 대한 가책을 전혀 느끼지 못했던 아저씨들이 마치 만화에 나오는 정의의 사자라도 된 양 기뻐했어."

"하나의 상징이었군."

"맞아. 그 무렵엔 다들 지쳐 있었어. 아동을 생체부품으로 키우는 놈들부터 마약이니, 소년병이니, 자살 테러니 하는 것들에 말이야. 자신들이 인간이 아니라 청소기로 취급받는 것 같다며 나에게 상담하는 녀석도 많았지. 특히 딕슨과 조셉은… 그 친구들의 맨얼굴을 봤다면 너도 알 거야."

"음, 그렇지. 나도 조금은 놀랐으니까."

데스디아가 끄덕거렸다.

"하아, 정작 그런 일로 남에게 상담을 받고 싶었던 사람은 나였는데 말이야. 그런데 사만다 덕분에 모두 기운을 차렸어. 작은 기적이라고나 할까? 그래서 다들 사만다를 그렇게 걱정하고 아끼는 거야. 그런데 어떤 이상한 놈이 사만다의 근육을 적출해서 의자의 쿠션으로 삼으려 했다는 이야기가 들려와. 어떨 것 같아?"

"여러 가지 의미로 끝내주는 일이 일어나겠군."

"음… 하아."

치프는 한숨을 터뜨렸다.

"뭐, 그 얘긴 됐고. 이제 저 라미아들은 어떻게 하지? 다른 공장에도 몇 마리 있는데, 전부 처리해야 하나?"

"두 가지 방법이 있지. 하나는 죽이는 것. 그러면 뒤끝도 없고 여기저기서 약간의 돈을 받을 수 있지. 다른 하나는 우리 회사에 데려가서 가둬놨다가 저 녀석들이 사용한 브리치를 파괴시키는 거야. 그러면 라미아들은 자연스럽게 고향으로 되돌아가겠지. 우리는 수송비용과 온도관리비용, 그리고 녀석들의 사료값을 소비해야만 해."

데스디아가 설명했다.

"평소에는 어떻게 처리했는데?"

"말을 잘 알아듣거나, 공격성이 낮거나, 크고 멍청해도 주변에 피해를 적게 입히는 환상종들은 가급적이면 죽이지 않고 있어. 녀석들도 자신이 원해서 이곳으로 오는 건 아니거든."

"그럼 처리 방법은 결정했어?"

"일단 위층에 있는 드래곤부터 만나보는 게 좋겠군. 그 뒤에 처리해도 늦지 않을 거야."

고개를 끄덕여 데스디아의 말에 동의한 치프는 그녀와 함께 다시 이동했다.

데스디아의 표정은 어두웠다. 그녀는 라미아들이 자신에게만 겁을 먹은 것이 아니라는 사실을 확실히 감지하고 있었다.

그래서 그녀는 치프에게 라미아의 처리보다는 문제의 드래곤을 먼저 만나겠다는 뜻을 밝혔다. 라미아들이 갖고 있는 두려움의 정체를 확실히 하고 싶었기 때문이다.

다른 이들이 기다리고 있는 6층에 도착한 데스디아는 케이블 타이에 묶인 채 기절해 있는 헌터를 발견했다. 기절한 채로 구속된 자들은 아래층에도 있었지만 그는 다른 이들과 큰 차이가 있었다.

그는 사타구니 사이에 전기충격탄을 꽂고 있었다.

"지구의 무기가 다리 사이에 꽂혀 있군. 누구 짓인지 알 것 같긴 한데, 이렇게까지 할 필요가 있었나?"

"꽤 실력이 좋은 친구여서 말이지. 무기도 위협적이었고. 죽이지 않고 끝낼 수 있는 방법은 그것밖에 없었어."

치프는 그 헌터의 목숨을 지켜주기 위해 대강 설명했으나 데스디아의 눈은 날카로웠다.

"두 팔이 부러졌군. 이건 당신 짓이 아니야. 죠니와 딕슨, 조셉도 아니지. 관절을 노리지 않은 것을 봐서는 사만다 짓이 분명한데… 사만다처럼 순한 애가 저곳에 전기충격탄이 꽂힌 자를 확인 사살하듯이 공격할 리는 없어. 분명 그 애가 먼저 이 녀석의 팔을 부러뜨리고 그 뒤에 누군가가 이걸 꽂았을 거야."

"……."

"누군가라고 할 것도 없지. 당신, 아무래도 이 녀석을 혼내려 한 것 같은데?"

"저기, 좀 넘어가면 안 될까요?"

"이놈이 대체 사만다와 당신에게 뭐라고 지껄인 거야?"

"글쎄? 하하."

"흠, 궁금해지는군."

데스디아는 발끝을 전기충격탄 위에 걸쳤다. 진짜로 밟게 된다면 끔찍한 일이 일어날 상황이었다.

"당신이 내 앞에서 그토록 말을 돌리는 걸 보니 분명 이놈은 나와 관계된 말을 했을 거야. 흠, 그럼 난 이걸 이대로 밟으면 되겠네."

치프는 자신이 벼랑 끝에 몰렸음을 느꼈다. 그러나 그는 자신이 들은 모든 것을 차마 입에 담을 수가 없었다.

"그래, 그놈이 널 욕했어! 팀워크를 해치는 무능한 계집이라고 말이야!"

"아하."

치프와 함께 웃은 데스디아는 그대로 발에 힘을 주었다. 푸직, 하는 소리가 데스디아의 발밑에서 터졌다.

"구멍이라고 했다 이거지?"

"네?"

"주둥이에 X을 달고 다니는 수컷들에게 그런 표현 자주 들어. 그 구멍이라는 게 어떠한 신체기관들을 뜻하는지도 잘 알지. 다들 별의별 물건을 동원해서 쑤시고 싶어 하더라고."

"민망할 정도로 해박하시네요."

힘이 쭉 빠진 치프는 자신을 탓했다.

'어이, 사만다랑 데스디아가 똑같을 리 없잖아? 쟤는 알 걸 다 아는 수준을 떠나서 술 한잔 걸친 할머니들처럼 거시기에 대한 농담을 늘어놓을 수 있는 수준일걸? 나이부터 200살이 넘는다고!'

그는 자신이 여자에 대해서 몰라도 한참 모른다며 쓴웃음을 지었다.

'평생 군에 있으면서 사람만 죽여댔는데 어쩌라고?'

한탄한 치프는 데스디아에게 '밝힌' 헌터의 그곳을 게슴츠레 살펴봤다. 우려와 달리 전기충격탄은 헌터의 옷만 찢었을 뿐이 었다.

"후후, 그래도 기분은 좋네."

데스디아가 슬쩍 웃었다.

"응?"

"그런 욕설들을 들을 때마다 속이 상했는데, 설마 당신이 나 대신 이런 놈들에게 화를 내줄 줄은 몰랐어. 가볍게나마 속이 시원하네."

데스디아가 아니라 사만다 때문에 화를 냈던 치프는 조금 당 황했지만 굳이 그 사실을 밝히진 않았다. 대신 그녀가 자신의 예상과 달리 그런 욕을 들을 때마다 속으로 꾹꾹 눌러왔다는 것을 알게 되었기에 앞으로는 사만다를 대할 때만큼이나 신경 을 써줘야겠다고 마음먹었다.

"그럼 드래곤이나 만나러 가자고."

데스디아가 앞장섰다.

"으음."

치프는 옷의 밑이 제대로 터진 헌터의 아랫도리를 슬쩍 본 뒤 그녀를 따라갔다.

봉고책에게 뚫린 벽을 통해 안으로 들어간 데스디아와 치프 는 죠니와 딕슨, 조셉 사이에 몸을 숙이고 앉은 녹색 장발의 청

년을 봤다. 사만다는 방패와 곤봉을 든 채 혹시나 일어날지 모
를 일에 대비하고 있었다.

"봉고객과 손을 잡고 라미아들을 잡은 장본인이 당신인가?"

녹색 장발의 청년이 고개를 들고 데스디아를 봤다.

"예… 뭐……."

"난 그라니트 용역의 부사장인 데스디아 브라토레다. 당신,
날개 달린 자인가?"

"그렇습니다만……."

치프는 이 자리를 그냥 데스디아에게 맡기자고 생각하며 한
발 물러났다. 자신은 1년씩이나 이 행성을 떠나 있던 사람이었
고 그 시간 동안 실질적 리더로서 실무를 처리해 온 사람은 데
스디아였다.

'그냥 견학을 하는 게 낫겠지.'

하지만 그의 머리는 멈추지 않고 돌아갔다.

'그러고 보니 데스디아는 봉고객의 얼굴을 확실히 알고 있었
어. 라미아를 잡고 다닌다는 사실도 알았고 말이야. 근데 내가
죽인 그 회색 곰은 왜 굳이 하지 않아도 될 거짓말을 한 걸까?
조셉도 현장에서 그랬잖아? 정말 많은 놈이 봉고객을 자칭한다
고 말이야.'

그는 일이 겉만 그럴싸할 뿐, 맞아떨어지지 않는 것들이 있다
는 사실을 느꼈다.

"저기, 조셉."

"예, 치프."

"여기 오기 전에도 물었던 건데, 봉고잭의 부하들이 왜 봉고잭을 사칭하는 거야? 진짜 봉고잭의 얼굴과 하는 짓거리는 꽤 잘 알려진 것 같은데? 그 매부리코 녀석은 특별히 성형을 하지도 않았잖아?"

"글쎄요? 사칭하는 당사자들이 너무 확고하게 사칭을 해대서 잘⋯⋯."

"꽤 값싸고 얄밉게 들리지 않습니까? 봉고잭이란 이름 말이죠."

가로채듯 말을 한 자는 바로 녹색 장발의 드래곤 청년이었다. 그는 어딘가가 망가진 듯한 표정으로 치프를 바라보고 있었다.

'저 녀석, 맛이 간 표정으로 엉뚱한 소리를 지껄이잖아?'

치프는 앞서 자신이 죽인 가짜 봉고잭, 아니, 회색 곰 사내의 태도를 한 번 더 되짚어봤다.

'그놈, 네가 봉고잭이냐는 내 질문에 망설임 없이 그렇다고 대답했지. 기대하던 모습이 아니다, 얄봤다 같은 쓸데없는 말을 서슴지 않았어. 무슨 만화에 나오는 악당처럼 말이야. 그게 장난이 아니었다면⋯ 저 녀석이 그렇게 만든 건가?'

치프는 죠니, 딕슨, 조셉만 알아들을 수 있는 수신호를 왼손가락으로 빠르게 보내며 그 청년에게 다가갔다. 딕슨과 조셉은 방어용 보호막을 전투복에 둘렀고, 역시 보호막을 두른 죠니는 알케온과의 통신채널을 열었다.

데스디아는 치프를 바라보면서 사만다가 있는 방향으로 움직였다. 그녀는 치프가 보낸 수신호의 뜻을 몰랐지만 모든 이의 행동과 드래곤 청년의 태도를 통해서 상황을 비교적 정답에 가깝게 유추해 냈다.

"궁금해서 그러는데, 당신에게 있어서 봉고객은 뭘 의미하지?"

치프가 청년에게 물었다.

"간단해요. 라미아의 독에 중독된 자들이에요."

드래곤 청년은 솔직히 대답했다.

"잠깐, 라미아의 독에는 중독성이 없다고 들었는데?"

"판매용으로 계획한 물건은 당신 말대로 중독성이 없죠. 하지만 전기분해를 이용하면 성질이 완전히 달라져요. 아예 다른 목적을 가진 물질이 되어버리죠."

"다른 목적이라면?"

"예를 들어서, 생물체에게 딱 10초 정도의 공백기를 만들 수 있어요. 그 공백은 도화지나 마찬가지라서 어떠한 정보든 새겨넣을 수 있죠. 세뇌와는 달라요. 상대의 기억, 의식, 신경, 근육에 제가 원하는 모든 것이 입력되거든요."

"…그렇군."

치프의 표정은 심각해졌으나 그 녹색 장발의 청년은 더욱 기운을 냈다.

"약에 의한 공백기를 이용해서 버릇을 심을 수도 있어요. 버릇이라는 건 무의식적이고 기계적인 거예요. 게다가 버릇의 소유자가 그러한 행동을 하는 자기 자신을 전혀 의심하지 않기에 이용하기도 편하죠."

"간추리자면 상대에게 자신을 봉고객이라고 착각하는 버릇을 심어서 이용한다 이거군? 기억을 조작하는 게 아니라?"

"맞아요. 당신은 말이 좀 통하네요."

청년의 태도가 좀 더 느슨해졌다. 자신의 말을 진지하게 들어주는 상대가 너무 오랜만이었기 때문이다.

"그렇게 입력한 버릇들은 안타깝게도 지속 기간이 2주밖에 안 돼요. 하지만 중독성이 강해지도록 약의 성질을 바꿔놨으니 강제적으로 약을 끊지 않는 이상 그들은 봉고객의 탈을 벗을 수가 없어요."

조금 멀쩡해지나 싶었던 청년은 갑자기 자신의 옆머리를 두 손으로 감싸고는 신경질적으로 긁었다.

"저 부사장이라는 분께 죽은 오리지널 봉고객도 처음에는 독이 먹혀서 제 말을 잘 들었어요. 라미아들을 이용한 제 사업 계획에 고분고분 따라줬고, 결국 최근에는 공장까지 차릴 수 있게 됐어요. 그런데 갑자기 이상하게 변질되더니 저를 브리치 안으로 밀어 넣어버리겠다고 겁을 줬어요! 게다가 제가 어렵게 모았던 몇 푼의 돈까지 그에게 다 빼앗겼다고요!"

드래곤 청년의 눈가가 반짝거렸다.

치프는 뒷목을 만지면서 잠시 생각에 잠겼다.

"사업 계획이라고 했는데, 대충 얼마를 벌 생각이었어? 최소 목표치는 있었을 거 아냐?"

치프가 묻자 청년은 이해할 수 없다는 표정으로 그를 쳐다봤다.

"그냥… 많이요. 돈은 많으면 많을수록 좋잖아요?"

"그래? 그럼 라미아의 독은 1회분에 얼마를 받을 생각이었지?"

"저렴하면 더 많은 사람이 구입해 주지 않을까요?"

치프는 난감했다.

'돈의 원초적 본질만을 이해해 버린 거군.'

그는 도움을 청하듯 데스디아를 돌아봤다.

"이건 내 손으로 해피엔딩까지 끌고 갈 수 있는 문제가 아닌 것 같은데?"

데스디아는 자신에게 도움을 청하는 치프의 그 모습이 너무 귀여워서 부디 사진으로 남기고 싶었다. 그러나 그녀는 욕망보다 이성이 앞서는 성격이었기에 아쉬움을 뒤로하며 청년에게 가까이 다가갔다.

"자신이 옳지 못한 일을 하고 있다고 생각한 적은 없나?"

"아, 알아요. 약은 반드시 임상 실험을 거쳐서 안전성을 공인받고 판매 허가까지 받아야 하죠?"

그 대답 한 번에 데스디아는 할 말을 잃었다.

"제 얘기를 좀 들어보세요, 브라토레 부사장님. 날개 달린 자들은 인간의 모습을 하고 있어도 신분을 보장받을 수가 없어요. 본래의 모습으로 돌아가면 다른 친구들처럼 브리치 안으로 빨려 들어갈 것 같아서 무섭고요! 만약 그렇게 되지 않더라도 그다음에는 헌터들에게 사냥감 취급을 받으며 죽을 때까지 쫓겨 다닐 거라고요!"

"잠깐, 너무 흥분한 것 같군."

데스디아는 그를 진정시키려 했지만 청년의 정신 건강은 이미 최악의 상태였다.

"인간의 모습으로 안전하게 먹고살려면 돈이 필요한데, 제가 가진 재주 가운데 돈이 되는 것은 약에 대한 것뿐이었다고요! 길거리에서 제가 손수 만든 약들을 판매하려 했다가 보안국에 잡혀갈 뻔하기도 했죠! 결국 돌고 돌아서 여기까지 왔어요! 다른 사람들을 괴롭히고 죽이는 녀석들이랑 손을 잡아야만 했다고요! 그런 놈들을 봉고객으로 만든 게 뭐가 나쁘죠?"

"나쁜 건 그대가 아니다, 날개 달린 자여."

치프를 비롯한 모든 이가 갑자기 목소리가 들린 방향을 돌아봤다.

적갈색의 커버올 작업복을 입은 알케온이 잔뜩 화가 난 얼굴로 방에 걸어 들어왔다.

"누구시죠?"

청년이 그에게 묻자 알케온은 눈을 크게 부릅떴다. 그러자 알케온의 어깨 뒤편에서 저온 플라즈마로 이루어진 붉은색의 날개가 방 안을 가득 채우듯이 펼쳐졌다.

"나는 유성을 바라보며 하늘을 나는 불꽃의 날개다."

청년은 알케온이 발휘하는 그 능력의 위압감을 통해 그가 어떤 존재인지 대번에 알아차렸다.

"여, 영주님? 정말 영주님이십니까?"

"그렇지."

알케온은 허울뿐이라는 말을 덧붙이려다가 말았다.

그가 대답하자 청년은 알케온을 향해 무릎으로 기어가서는 그의 허리를 껴안으며 통곡했다.

"살아계신 영주님이 계셨다니! 눈으로 직접 뵙고 이렇게 만지면서도 믿을 수가 없습니다! 저는 여태껏 이곳에서… 이방인들의 틈에서……!"

청년은 목을 놓아 우느라 말을 마무리하지 못했다. 알케온은 숙여 앉아 그를 포용하여 달래주었다.

"나도 빅시티에서 생활하는 동포가 있을 줄은 몰랐군. 안심하게, 동포여. 이제부터 왕녀 전하께서 자네를 보호해 주실 것이네."

"왕녀 전하요?"

녹색 장발의 청년은 달갑지 않은 듯 알케온에게 꽂아놨던 시선을 다른 곳으로 돌려 버렸다.

"왕녀 전하께서 이방인들을 들이시지 않았다면 우리는……."

그가 중얼거리자 알케온이 밝게 웃었다.

"하하, 그렇지. 자네 말대로 왕녀 전하께서 이방인들을 절대 허락지 않으셨다면 우리는 아무 문제 없이 시간을 보냈을지도 모른다네. 엠페라투스도 부활하지 않았겠지. 나도 그렇게 생각한 적이 있다네."

알케온은 청년의 어깨를 두 손으로 짚으며 일어났다.

"그런데 우리는 아주 오래전부터 누군가의 증오를 받으며 살아왔다네, 동포여. 왕녀 전하께서 만약 선택을 잘못하셨다면 우리 날개 달린 자들은 '신들의 잔재'에게 더 끔찍한 일을 당했을 것이네."

"예?"

신들의 잔재라는 말을 처음 들은 청년은 자신을 분노와 안타까움이 뒤섞인 눈으로 내려다보는 알케온을 멍하니 마주 봤다.

"동포여, 이 약 냄새로 가득한 거리에서 이방인들과 살아가긴 싫겠지?"

"무, 물론입니다! 부디 저를 거두어주십시오!"

청년은 알케온을 따라서 일어나려 했으나 알케온은 그를 누른 손을 가만히 유지했다.

"지금까지 악몽을 꿨다고 생각하게. 모든 것이 정리되면 자네를 다시 깨우도록 하지."

알케온의 손에서 발동된 힘이 청년의 몸에 번졌다. 그 힘에 의해 온몸이 황금색으로 물들어 빛을 내던 청년은 평온한 표정으로 눈을 감고는 옷만 남긴 채 그 자리에서 사라졌다.

"어이, 죽인 거야?"

치프가 놀라 묻자 알케온은 1년 전과 달리 푸근한 미소로 상대를 마주 봤다.

"죽인 것은 아니라네. 저 청년의 의식을 본체로 되돌렸을 뿐이지. 아마 내가 깨울 때까지 본체가 있는 곳에서 계속 잠을 자게 될 것이네. 죄를 이해시키는 것도 하나의 방법이지만… 그 과정에서 왕녀 전하께선 또다시 마음의 상처를 입으시겠지."

치프는 셀레스티아가 마음을 다칠 거라고 했던 데스디아의 이야기와 방금 알케온이 했던 말이 왠지 겹쳐진다고 생각했다.

"지난 1년 동안 정말 많은 일이 있었나 보네."

"…재회의 순간에 이런 모습을 보여줘서 미안하군, 사장."

"괜찮아."

치프는 소리가 날 만큼 강하게 알케온의 어깨를 두드려 주었다.

"사만다와 죠니, 딕슨, 조셉을 데리고 근처에서 대기하도록 해. 난 데스디아와 함께 밑에서 일을 좀 처리하고 합류할게."

"밑에서 처리할 일이 있다고?"

알케온이 의아해했다. 데스디아도 마찬가지였다.

"아까 웬 자동차 한 대를 주인 허락도 없이 폐차시켰거든. 난 집행유예 판결을 받아서 이런 걸로 시비 걸리면 곤란해져."

"아……."

수송기에서 봉고객과 데스디아의 대치 상황을 봤던 알케온은 고개를 끄덕였다. 반면 데스디아는 쓴 것을 씹은 얼굴이 되었다.

모든 이가 건물 위에 띄워둔 수송기를 이용해 그곳을 떠난 후, 치프는 데스디아와 함께 계단을 통하여 아래층으로 내려갔다.

"원숭이들에게 화폐의 개념을 이해시키려 했던 과학자가 있었어. 원숭이들은 수개월의 기간 동안 진행된 학습 끝에 동전으로 자신이 원하는 것을 얻을 수 있다는 사실을 이해했지. 바나나 모양의 구멍에 동전을 넣으면 바나나를 얻을 수 있고, 사과 모양의 구멍에 동전을 넣으면 사과를 얻을 수 있고."

치프가 갑자기 이야기를 꺼내자 데스디아는 옆에서 나란히 걷고 있는 그를 흘끔 봤다.

"비극적인 내용을 품은 이야기 같군."

"아무튼 원숭이들은 나중에 자신들이 좀 더 많은 돈을 구멍에 넣어야 비로소 원하는 것을 받을 수 있다는 경우까지 배우게 됐어. 과학자가 의도적으로 물건값을 올려 버렸거든. 하지만 원숭이들에게 지급되는 돈은 한정되어 있었고 결국 원숭이들은 다른 이의 돈을 강탈하기까지 했어. 그런데 그중에서 가장 충격적이었던 건 암컷들의 돈벌이 방법이었지."

"충격적인 돈벌이 방법?"

"무려 수컷들을 상대로 매춘을 한 거야. 그렇게 모은 돈으로 자신이 즐겨 먹는 포도를 무진장 샀다고 하더군."

데스디아의 표정이 흐려졌다.

"어이없긴 하지만 이해가 안 되는 건 아니군. 근데 그 얘기를 왜 꺼낸 거지?"

"아까 녀석의 말을 듣다 보니 그 얘기가 떠오르더라고. 제아무리 드래곤들이라고 해도 돈에 대한 개념이 잘못 박히면 답이 없다는 사실이 증명된 케이스잖아?"

그러자 데스디아는 코웃음을 쳤다.

"연구할 가치가 있는 짓만 하면 다행이지."

"응?"

"아까 드래곤들의 일부가 셀레스티아에 대해서 오해를 하고 있다고 말했을 텐데?"

치프는 걸음을 늦추며 데스디아를 돌아봤다. 데스디아의 미소에는 짜증과 실망감, 그리고 걱정이 뒤섞여 있었다.

"원숭이 매춘부 이야기보다는 좀 더 직접적이고 심각한 문제인가 보군."

"맞아."

공장 건물 밖으로 나온 데스디아는 벨트에 달린 하드케이스에서 시가를 꺼내 입에 물었다.

"드래곤들이 10개체 넘게 몰려다니면서 헌터들을 상대로 강도 및 살인을 저지르고 있어. 자신들이… 음… 그래, 무슨 의적 피터 팬인 줄 알더군."

"…로빈 후드겠지."

가볍게 지적한 치프는 꺼둔 채로 팔뚝의 보호대에 넣어놨던 자신의 단말기를 다시 켰다. 레투가에게 연락을 하기 위해서였다.

그는 단말기에 집중한 나머지 데스디아의 갈색 얼굴이 뻘겋게 달아오르는 것을 미처 보지 못했다.

"뭐, 헷갈릴 수도 있지. 피터 팬이나 로빈 후드나 왠지 모르게 녹색 이미지를 갖고 있잖아? 둘 다 영국 쪽 이야기이기도 하고. 그런데 네가 피터 팬을 알 줄은 몰랐네."

치프는 그녀를 위로하듯 말했지만 시선은 여전히 단말기 화면에 꽂혀 있었다. 수치심에 얼굴이 빨개졌던 데스디아는 심호흡을 하면서 몸과 마음을 진정시켰다.

"피터 팬이 소재였던 로맨스 드라마를 봤거든."

"그래? 하지만 네가 관련 상품을 갖고 다니는 걸 본 적이 없는데?"

"마지막에 웬디 그 걸레 같은 년이 뜬금없이 후크 선장이랑 결혼해 버렸어. 방송사에는 항의가 빗발쳤지."

"그래? 원작에서 묘사된 후크 선장은 상류층의 외동아들에 얼굴도 미남이었는데?"

"그 드라마에서는 1화에 피터 팬을 겁탈하면서 등장한 변태였어."

그녀의 대답에 치프가 움찔할 만큼 당황했다.

"내가 아는 피터 팬 얘기와는 몹시 다르네."

"욕하면서 보는 드라마라고 있잖아. 그런 류야."

"……."

그제야 데스디아 쪽을 본 치프는 그사이 진정이 되어 멀쩡한 얼굴이 된 그녀를 잠시 쳐다봤다.

"난 네가 그런 건 안 보는 성격인 줄 알았는데 말이야."

"나도 속았지."

데스디아가 투덜거렸다.

"속았다는 분께서 피터 팬이 겁탈당하는 1화부터 마지막에 웬디가 결혼하는 꼴까지 다 보셨다 이거군."

"……."

"아, 레투가가 전화를 안 받네. 그럼 아까 했던 얘기나 계속하자고."

"흠, 그러지."

데스디아가 시가 연기를 듬뿍 들이마신 뒤 엄중한 목소리로 말했다.

"웬디는 피터 팬이랑 이어졌어야 했어."

"…말고, 드래곤들 얘기."

"……."

데스디아는 왼손으로 얼굴을 덮었다. 방금 들이마셨던 시가의 연기가 그녀의 손과 얼굴 사이에서 흐물흐물 새어 나왔다.

"뭐, 그럴 수도 있지. 괜찮아."

"으음."

다시 손을 내린 데스디아는 엉망이 될 뻔한 표정을 잘 관리한 후 다시 입을 열었다.

"처음에는 정말 분풀이에 불과했어. 헌터들의 시체들을 밟아서 박살 내고 그들의 물건도 철저히 부쉈거든. 하지만 대대적으로 문제가 되진 않았어. 한 달에 두 번 꼴이었고 헌터가 사냥터에서 목숨을 잃는 것은 여기서는 일반적인 일이니까 말이야. 그런데 계절이 한 번 바뀌면서 문제의 양상이 달라졌지."

"어떤 식으로?"

"녀석들의 머릿수가 10개체 이상으로 불어나면서 헌터들의 물건을 털어 가는 것은 물론 물건만이 아니라 헌터들까지 납치하고 있어. 납치된 자의 숫자가 벌써 50명이 넘었지. 게다가 반드시 헌터만을 대상으로 삼는 것도 아니야. 언론인과 관광객들도 공격당했어."

"관광객?"

치프는 그라니트 행성에서 볼 게 뭐가 있냐는 얼굴로 데스디아를 바라봤다.

"그래, 관광객. 자기 행성 내의 녹지가 많이 사라진 행성인들이 주된 관광객이야. 하지만 몇몇 관광객은 간이 배 밖으로 나왔는지 빅시티에서 한참 떨어진 대형 숲까지 관광을 하겠다며 기어 들어가고 있어. 보안국에서도 온갖 수단을 동원해서 막고는 있지만 인력 부족으로 인해 제대로 된 단속을 못 하고 있지."

치프는 엄지 끝으로 자신의 턱을 긁으며 생각해봤다.

"지금까지 들은 얘기와 분위기로 봐서는… 사건의 목격자가 아직 없나 봐?"

"맞아. 사진 한 장 제대로 찍힌 게 없어."

데스디아는 자신의 단말기 화면에 현장에서 찍었던 상황들 가운데 몇 가지를 출력했다.

"이게 첫 번째 발견된 흔적이야. 녀석들이 아직 분풀이를 할 때의 이야기지."

"신발 밑에 붙은 껌을 떼듯이 발밑에 붙은 인간의 시체를 바위에 대고 긁어서 떼어냈군. 전형적인 자기과시 수법이네."

치프는 단말기를 잡고 있는 데스디아의 왼손 위에 자신의 손을 얹었다.

"여기는 내가 조작해 볼게."

"음."

단말기의 왼쪽을 치프에게 양보한 데스디아는 그와 함께 화면을 살폈다.

"그다음 사진은 완벽한 습격이군. 드래곤들의 발자국 외엔 아무것도 없어. 차량에 탄 헌터들을 기절시킨 뒤 그들과 장비들을 모조리 털어 간 거야. 단순히 지능적인 게 아니라 전술을 아는 놈들인데?"

이후 사진 몇 장을 더 살펴보며 생각하던 치프가 문득 데스디아를 봤다.

"우리 회사에 있는 드래곤들은 별말 안 해?"

"장로님이 빅시티 주변을 순찰하고 계시지만 아직까지 소득은 없어. 게다가 방법이 제각각이라고 말씀하시더군. 자신들이 남부, 서부, 북부의 드래곤임을 과시하는 듯한 흔적을 일부러 남길 정도라고 하셨어. 점점 흥에 겨워 일을 저지르고 있다는 뜻이지."

치프는 무장 강도로 변해 버린 민병대나 자경단들의 이야기를 알고 있었기에 아주 천천히 고개를 끄덕거렸다.

"문제는 그들을 이끄는 리더야."

"리더라……."

"영주급 드래곤임이 확실하다고 알케온이 말했어. 장로님과 셀레스티아도 동의했지."

"이상하군. 강도와 납치를 주도할 만큼 성격이 이상한 영주가 이 세상에 존재했었나?"

"다들 그것만은 모르겠다고 하더군. 그래서 영주가 아니라 영주급이라고 한 거야."

"그렇군."

데스디아의 곁에서 나와 자신의 단말기를 꺼낸 치프는 한 번 더 레투가와의 통화를 시도했다.

"나야, 레투가. 이쪽 일은 처리됐어."

치프가 레투가와 통화를 하는 사이, 데스디아는 녹슨 쇠의 냄새가 나는 도시를 살피며 주변을 경계했다.

통화가 끝나기를 기다리는 그녀를 향해 자동차 번호판을 든 노인이 슬금슬금 걸어왔다.

"무슨 일이십니까?"

데스디아가 묻자 노인은 손에 쥔 번호판을 영수증 제출하듯 내밀었다.

"주변 사람들에게 물어보니 당신이 내 차를 이상한 용도로 사용했다고 하더이다."

노인은 단말기로 자신과 자동차 번호판 사이의 관계를 증명해 보였다.

"바로 변상해 드리겠습니다."

데스디아는 자신의 계좌에서 노인의 계좌로 충분한 금액을 즉시 이체해 주었다.

노인이 만족스러운 걸음걸이로 그곳을 떠난 뒤, 치프가 자신의 단말기를 데스디아에게 건네주었다.

"레투가가 할 말이 있다네."

"음."

그녀는 치프의 단말기를 귀에 댔다.

"나야, 레투가."

─그곳에 있는 시체들은 우리가 처리하기로 했다네. 라미아들은 어떻게 할 생각이지?

"발견된 라미아들은 전부 내가 맡도록 하지. 오늘 오후 5시까지 작업을 완료하겠어."

─알았네. 그럼 내일 아침에 회사에서 보자고.

"아… 내일 아침에는 나와 치프가 자리를 비울 예정이야."

─그래? 치프에게 그런 이야기는 못 들었는데?

"그렇게 됐어. 괜찮다면 오늘 저녁에 볼까?"

─후후, 오늘 일어난 사건들을 전부 처리하려면 새벽까지 고생해야 할 거야. 저녁에 통화나 하자고.

"으음. 치프를 바꿔주지."

데스디아는 단말기를 치프에게 돌려주었다.

"나야. 응, 알타이르 행성으로 휴가를 갈 생각이거든. 내일 가게 될 줄은 몰랐지만 말이야. 중요한 일이 있으면 언제든지 연락해 줘. 응."

통화를 마친 치프는 고개를 한 번 갸웃한 뒤 데스디아 쪽을 봤다.

"이젠 말을 놓고 지낼 정도로 친해졌나 봐?"

"그만큼 많은 일이 있었다는 뜻이지."

"뭐… 이상한 일은 아니지. 그보다 정말 내일 출발할 생각이야?"

치프가 질문했을 때, 데스디아는 이미 항공권을 예매하느라 분주했다.

'이런 시기에 휴가를 가게 될 줄은 몰랐네. 드래곤 강도단 이야기도 마음에 걸리는데……. 그보다 알케온 녀석은 괜찮은 건가?'

치프는 알케온이 걱정되었다. 그가 아까 그 드래곤을 잠재운 것이 아니라 정말로 죽였다는 사실을 알고 있었기 때문이다.

녹색 장발 청년이 눈을 감을 때 치프가 느낀 것은 공허감이었다. 드래곤이 인간의 형태로, 또는 인간의 형태에서 드래곤의 모습으로 바뀔 때 의식이 이동하는 독특한 느낌이 전혀 느껴지지 않았다.

치프는 그 공허감이 아마도 의식의 완전한 단절, 즉 죽음일 것이라 생각했다. 하지만 현장에서 알케온이 부정했기에 더 이상 말을 하지 않았을 뿐이었다.

'회사에 가서 직접 물어봐야겠군.'

항공권 예매를 끝낸 데스디아가 치프를 불렀다.

"가자고, 치프. 새로 뽑은 직원이 꽤 많으니 회사를 구경할 맛이 날 거야."

치프는 데스디아와 함께 수송기가 대기하고 있을 장소를 향해 걸어갔다.

"새 직원을 몇 명이나 뽑았어?"

"14명."

"설마 14명 전원이 여자인 건 아니겠지?"

"아니야. 그리고 기대해도 좋아. 신입 사원 중에서 한 명은 상당한 재능이 있어. 단지 체력이 형편없을 뿐이지."

"모험을 하는 심정으로 회사에 돌아갈 줄은 몰랐군."

치프는 자못 기대가 된다는 표정으로 고개를 끄덕였다.

# 22
어머니의 마음

회사로 돌아온 데스디아를 기다리는 것은 대량의 사직서였다.

사직서들을 정리하여 데스디아에게 내민 셀레스티아는 고개를 푹 숙인 채 아무 말도 하지 못했다.

"어떻게 된 일이야, 셀레스티아?"

"그게 말이지……."

1년 전과 비교해서 복장을 포함해 아무것도 달라지지 않은 셀레스티아는 한 번 훌쩍거린 뒤 대답했다.

"사람의 진을 빼놓는 회사의 운영 방식에는 동참할 수 없다면서 다들 나가 버렸어. 퇴직금은 일주일 내로 정산해 달라고

요구했고."

"이런, 쯧……!"

혀를 찬 데스디아는 서류를 하나씩 살폈다.

"요르엘은 없네?"

"응, 요르엘은 그냥 여기 있겠다고 했어."

"그건 그나마 다행이군."

서류를 잡아 구긴 데스디아는 수송기 정비창 쪽을 노려봤다.

"그 아가리에 걸레를 문 드워프 녀석도 멀쩡히 다니는데 말이야. 끈기 없는 녀석들 같으니!"

"드워프? 듀베리아 행성인도 우리 직원이야?"

옆에 있던 치프가 물었다.

"맞아. 게다가 당신과는 구면 아닌 구면이지."

"누군데 그래?"

데스디아의 말에 치프의 궁금증은 한층 더 깊어졌다.

"작년에 선금만 받고 튀었던 그 드워프야."

"잠깐, 라이노 건쉽 담당 예정자였던 그 망할 놈? 그 잡놈이 여기 있다고?"

"맞아. 당신이 우주연합에 잡혀간 이후 한 달이 지나서 라이트스톤 사장의 손에 끌려왔지. 죽기 싫으면 선금이라도 내놓으라고 하니까 다 써서 없다고 배짱을 부리더군."

"그렇다고 녀석을 고용했단 말이야? 말도 안 돼!"

치프가 따졌으나 데스디아는 진정하라는 투로 고개를 저

었다.

"나도 반대했지만 기계들을 다루는 솜씨 자체는 정말 훌륭하더군. 조종 실력이 한없이 정석에 가까운 알케온과 달리 전혀 생각지 못한 방법으로 수송기를 움직여서 사람들의 목숨을 수없이 구했지. 그래서 지금은 정식으로 채용하고 있어."

"흠……."

치프는 문제가 된 그 듀베리아 행성인의 면상조차 보기 싫었지만 지금까지 회사를 이끌어온 데스디아가 괜찮다고 한 이상 가만히 있을 수밖에 없었다.

"아, 그리고 셀레스티아."

데스디아가 풀이 죽은 셀레스티아를 불렀다.

"응?"

"내일부터 치프와 함께 휴가를 겸해서 고향에 다녀올 예정이야."

"고향? 알타이르 행성에?"

"응. 옷도 새로 마련할 겸."

데스디아는 구멍이 숭숭 뚫린 자신의 망토를 들어 보였다.

그녀가 자리를 비운다는 생각에 아주 잠깐 공황상태에 빠졌던 셀레스티아는 얼른 고개를 흔들며 힘을 냈다.

"괘, 괜찮아. 난 데스디아가 없어도 하루 정도는 견딜 수 있어."

"미안, 사흘 일정이야."

사흘이라는 말에 셀레스티아가 우지끈 주저앉았다.

"들은 적 있니, 데스디아? 사실 드래곤들은 이틀 정도 머리 손질을 못 받으면 죽게 돼."

"웃기지 말고 일어나, 셀레스티아. 올라가서 드래곤들에 대한 얘기를 좀 하자고."

"응……."

데스디아가 셀레스티아를 끌고 회사 건물로 가는 한편, 치프는 옆에 가만히 서 있는 알케온을 돌아봤다.

"어이, 알케온. 잠깐 얘기 좀 할까?"

"흠, 그 어리석은 동포에 관한 이야기인가? 그래, 솔직히 말하지. 내가 죽였네만?"

알케온은 뭐가 문제냐는 식으로 대답했다.

치프는 신장 163㎝의 청년, 알케온을 복잡한 심경으로 바라봤다.

"몇 안 남은 너희의 동포잖아? 셀레스티아의 허락도 없이 함부로 죽인다는 게 말이 돼?"

"내가 전하를 위한 유토피아를 만들기 위해서 그를 죽였다고 생각하나?"

알케온이 위치를 조금 바꿔서 치프와 마주섰다.

"사장이여, 드래곤로크에서 살아남은 동포의 숫자는 아직도 파악이 안 되고 있네. 하지만 발견되는 동포 대부분이 이상한 쪽으로 빠져 있었지. 강도, 살인, 마약 거래… 게다가 매춘까지."

"매춘?"

치프는 앞에 나열된 것들 가운데 가장 믿을 수 없는 것에 대해서 물었다.

"얼굴도 반반하고, 몸매도 망가지지 않고, 무엇보다 임신의 걱정이 없거든. 포주들 입장에서는 최고의 상품이지 않나?"

대답한 알케온은 웃지도, 화를 내지도, 슬퍼하지도 않았다.

치프는 그의 말에 마음이 저렸지만 한편으로는 화가 났다.

"설마 지난 1년 동안 그들을 전부 죽인 건 아니겠지?"

"뭐가 나쁘단 말인가?"

"……."

"그들은 영혼까지 타락한 존재였다네! 이 행성에는 어울리지 않아!"

"이상한 이론 따위는 집어치워! 네가 저지른 행동은 뒤틀렸다고!"

"…뒤틀렸다?"

알케온은 돌아서서 회사의 높다란 외부방벽과 하늘이 맞닿는 지점을 봤다. 털구름 몇 개가 치프와 알케온의 시야 속에서 천천히 움직이고 있었다.

"빅시티의 영역 바깥에서 표류하던 동포들을 회사에 데려온 적이 있었네. 두 번 정도 시도했는데 두 번 다 실패했지. 나와 루할트가 그들에게 용돈을 충분히 줬지만 그들은 밖에서 학습한 대로 회사 기물이나 다른 직원들의 물건을 훔치는 것도 모자라서 남자 직원들을 상대로 몸을 팔려고 했지. 난 실망했고 왕녀 전하의 마음은 산산조각이 났다네."

그 젊은 영주는 오른손으로 자신의 이마를 세게 눌렀다.

"모른 채로 살아가도 상관없었던 이방인들의 경제와 문화, 그리고 사회구조가 우리 날개 달린 자들을 실제로 좀먹고 있는 것이네. 고작 1년 만에 말일세! 지금 이 시간에도 빅시티 안팎을 표류하는 우리 동포들은 돈을 벌기 위해 무슨 짓이든 다 하고 있다네! 자네도 봤지 않나? 그 청년의 일그러진 표정을!"

"루할트의 부하들도 그런 식이야? 아니잖아?"

루할트의 이름이 나오자 알케온의 표정이 마치 바늘에 살짝 찔렸을 때처럼 움찔했다.

"루할트는 오래전부터 부하들에게 가짜 신분증을 주고 이방인들의 사회를 철저히 학습시켰다네. 난 처음에 루할트를 비웃었지만 이제는 앞을 볼 줄 아는 친구라고 칭찬하고 있지."

"그럼 루할트의 방식대로 드래곤들을 교육시키면 되잖아?"

"갱생이 가능한 자들은 얼마든지 그리할 것이네. 하지만 살인이나 마약 같은 강력 범죄에 손을 물들인 자들은 어떻게 해야 하지? 그들이 지금껏 지었던 죄를 전부 사면시켜 주면 되는 건가? 그들 때문에 고통받거나 죽은 이방인들은 어떻게 되는 거지?"

"……."

치프는 한숨을 쉬었다. 거칠게 숨을 쉬던 알케온은 앞에 보이는 차량 진입 방지용 장애물 위에 앉아 호흡을 조절했다.

"작년의 일이라네."

알케온이 말했다.

"모두가 엠페라투스 때문에 우왕좌왕하고 있을 때 자네는 지구 식민지에서 있었던 일들을 꺼내어 모든 이의 관심을 돌렸다네. 훌륭한 처사였지. 난 그때 자네가 했던 얘기를 모두 기억하고 있다네."

"그런 지저분한 얘기는 잊어버리는 게 나아."

치프가 쓰디쓴 표정을 지었다.

"지금은 그때 들었던 이야기들을 바탕으로 자네에게 묻고 싶다네."

알케온이 치프를 올려다봤다. 그는 얼굴선뿐만 아니라 턱에서 목으로 내려오는 모든 곡선들이 잘 다듬어 기른 난초처럼 가냘픈 미소년이었다.

하지만 그 미소년이 사실 엄청난 크기의 드래곤이라는 것을 알고 있는 치프는 그냥 가만히 있었다.

"궁금한 게 뭔데?"

"소년병들을 처음 쐈을 때의 기분을 말해주게."

치프는 물어봐도 꼭 그런 걸 물어봐야겠냐는 눈으로 알케온을 바라봤다.

"어느 쪽을 선택하든 지옥이 뻔히 보이는 느낌이라고나 할까? 쏴 죽이면 생지옥이고, 죽이지 않으면 불지옥이고 말이야."

"……."

"처음엔 잠도 제대로 못 잘 만큼 괴로웠는데, 그 짓을 며칠 반복하니까 믿을 수 없을 정도로 적응이 되더라고. 이후 쭉 남자애든 여자애든 사람이라고 생각하지 않고 쐈어. 애들은 몸집이 작아서 머리를 바로 노리기 힘들기 때문에 몸통을 먼저 쏘고 머리를 날렸지. 우리 숙소에 어린애들을 이용한 자살폭탄테러가 일어난 이후에는 죄책감조차 날아가 버렸어."

잠깐 과거의 이야기를 꺼냈던 치프는 숨을 크게 내쉬어 그 기분 나쁜 기억들을 머리 밖으로 날려 보냈다.

"혹시 후회해?"

치프가 묻자 알케온은 쓴웃음을 지었다.

"그래서 이렇게 자네를 붙들고 있는 것이라네."

"하하, 처음 만났을 때는 자신감이 넘치던 아저씨였는데 말이야."

치프는 건조하게 웃었다.

"사실 우리 모두 결과 따위는 각오하고 하는 일이잖아? 근데 저지른 일의 후폭풍은 우리만이 아니라 우리 주변에도 영향을 끼치겠지. 원한과 오해, 보복이라는 이름으로 말이야."

"음……."

어둡기만 했던 알케온의 얼굴에 조금씩 생기가 번졌다.

"셀레스티아와 장로님, 루할트를 불러놓고 네가 뭘 했는지 말을 해. 그래야 네 마음이 편해질 거야. 난 그때까지 입 다물고 있을게."

"알겠네."

치프가 회사 본관으로 향하자 알케온이 벌떡 일어났다.

"1년 동안 고생했네, 친구여."

알케온은 처음으로 치프를 친구라고 불렀다.

"응, 너도."

치프는 위화감 없이 손을 흔들었다.

*　　　　*　　　　*

"사장님!"

사장실에 들어온 치프를 가장 먼저 맞이한 사람은 포프였다. 마치 태클을 하듯 치프의 허리를 감싼 그녀는 얼굴을 그의 복부에 문지르며 반가움을 표시했다.

"이야, 작년보다 묵직해졌는데? 젓가락처럼 얇았던 팔다리도 제법 튼튼해졌어."

치프는 떨어질 기미가 보이지 않는 포프를 가만히 놔둔 채 젝스 쪽을 봤다. 그녀는 눈물을 질질 흘리며 그에게 다가가고 있었다.

"별일 없었어? 남자친구는 생겼고?"

"윽……!"

그러자 젝스는 모자를 벗더니 치프의 어깨를 손바닥으로 밀쳤다.

"사귀는 애가 있다는 뜻이야, 뭐야?"

"농담하지 마라, 사장! 반년 가까이 우리 넷이서 정신없이 뛰어다녔단 말이다! 얼마나 고생했는데……!"

치프는 같이 뛰어다녔음에도 불구하고 그 '넷'에 포함되지 못한 죠니와 딕슨, 조셉을 흘끔 봤다. 죠니는 어깨를 으쓱했고 아직 헬멧을 벗지 않은 딕슨과 조셉은 어쩔 수 없지 않느냐는 몸짓을 했다.

"일단 앉자고. 그동안 무슨 일이 있었는지 듣고 싶어 죽겠어."

포프를 어렵사리 떼어낸 치프는 젝스에게 줄 휴지를 찾기 위해 주변을 둘러봤다.

그는 사장실 한쪽 벽에서 물구나무를 서고 있는 듀베리아 행성인을 무심코 목격했다.

'저건 또 뭐야?'

그 듀베리아 행성인의 수염은 마치 만들어 붙인 것처럼 시커멨고 피가 쏠려 빨갛게 된 얼굴은 화로 안에서 불타는 숯처럼 보였다.

"내가 없는 동안 난쟁이 예능인을 고용했나 봐?"

치프의 말에 데스디아가 한숨을 쉬었다.

"아까 얘기했던 그 드워프야."

"아… 그 선금 떼어먹고 도망간 놈? 아주 잘 만났네."

치프는 당시 라이노 건쉽만 제대로 움직였으면 전투경찰 쪽의 희생자를 줄일 수 있었을 거라며 고함을 지르고 싶었으나 포프와 젝스가 놀랄까 봐 그러지 못했다.

"우리 제대로 인사나 할까? 이쪽으로 좀 와보시지?"

그 검은색 수염의 듀베리아 행성인이 자세를 바꾸려 하자 치프가 데스디아 전용으로 마련된 크리스털 재떨이로 테이블 위를 두드렸다.

"그 자세 그대로 와야 무사할 수 있을걸?"

"으, 으음……."

듀베리아 행성인은 물구나무를 선 채로 어렵사리 치프에게 다가갔다.

"롸켓 에드바드입니다. 지구인들은 로켓이라고 잘못 부르지만 듀베리아식 발음으로는 롸켓입니다. 앞으로 잘 모시죠, 사장님."

"그래, 롸켓 에드바드. 앞으로 롸켓이라 부르지."

"뜨, 뜻대로 하십시오. 그러니 제발……."

"됐으니 똑바로 서서 사장실 밖으로 나가. 앞으로 며칠간은 얼굴 보지 말자고."

"후우."

물구나무서기에서 풀려난 롸켓 에드바드는 넉살좋게 웃었다.

"으하하! 사장님의 은혜는 사만다 팀장의 빨통만큼 큼지막하군요!"

"……"

롸켓의 뜬금없는 말에 자제력이 픽 사라진 치프는 재떨이를 든 채로 일어났다.

"참으십시오, 치프! 롸켓은 원래 저런 친구입니다!"

죠니와 딕슨, 조셉이 한꺼번에 달려들어 치프를 말렸다.

"듀베리아 행성인들의 특기이니 이해하셔야 합니다!"

"남자고 여자고 다 저 모양이지 말입니다!"

"제길, 이거 놔! 당장 저 새끼를 빨통 모양이 될 때까지 패서 죽이고 보안국에 자수하러 갈 거라고!"

장정 셋이서 1분 가까이 치프를 말리는 동안 문제의 발단인 롸켓은 쪽을 지어 뒤로 묶은 머리카락과 너무 풍성한 나머지 얼굴을 사다리꼴처럼 만들어 버리는 수염을 매만져 자신의 스타일을 다듬었다.

"흠, 솔직히 실망이군요. 사장님은 부사장님보다 유머에 대해서 관대하실 줄 알았는데 말이지요. 사장님의 그 풋풋한 분노는 꼭 면도를 방금 끝낸 포프의 겨드랑이처럼 말랑하게 보이는군요."

키득거리던 롸켓은 자신의 뒤편에서 데스디아의 은색 눈동자가 빛나는 것을 눈치채지 못했다.

한참 뒤, 마음을 정리하고 엘리베이터에 올라탄 알케온은 사장실로 통하는 복도 구석에 뭔가 있는 것을 발견했다.

바로 택배 상자처럼 네모나게 몸이 접힌 롸켓이었다.

알케온은 그가 왜 그러한 모습으로 변했는지 알고 있었다.

"좀 자제하게, 롸켓. 계속 그러다가는 그 꼴로 자네 집 앞까지 배달될 수도 있네."

"듀, 듀베리아 남자로서 유머를 양보할 수는……!"

"적어도 사만다만큼은 사장 앞에서 소재로 삼지 말게. 정말 큰일 나니까."

조언을 한 알케온은 사장실 안으로 들어갔다.

사장실 안은 시끌벅적했다. 재회의 인사를 마친 그들은 알타이르 행성으로의 휴가 계획 때문에 난리가 나 있었다.

"쌓인 문제가 한둘이 아닌데 사장까지 데리고 휴가를 가시다니, 당치 않습니다! 부사장님! 몇 달 동안 키워놨던 신입 사원들까지 집단으로 사직서를 제출하고 도망친 마당이라 인력까지 부족하지 않습니까?"

가장 기세 좋게 반대하는 사람은 젝스였다. 그녀는 회사 안에서 항상 쓰고 다니는 모자까지 벗어 던진 채 목에 핏대를 세웠다.

흥분한 그녀를 셀레스티아가 뒤에서 껴안아 말렸다.

"치프도 뎃디도 휴가가 필요한 건 사실이야. 그 점은 너도 인정하잖니, 젝스?"

"그럼 자리를 비우신 사흘 동안 지휘는 누가 맡습니까?"

"으음……."

셀레스티아는 곧장 대답하지 못했다.

"쉬운 문제로 고민하네."

치프가 코웃음을 쳤다.

"너희도 사흘 동안 놀면 되잖아? 듣자 하니 1년 동안 제대로 쉬지도 못했다면서?"

"그건… 그렇지만."

"혹시 회사에 무슨 일이라도 생기면 알케온이랑 파울라 장로님, 셀레스티아가 나서겠지."

그건 그랬기에 젝스의 표정이 누그러들었다.

치프가 사장실을 다시 둘러봤다.

"근데 파울라 장로님은 어디 가셨나? 안 보이네?"

"파울라 장로님은 빅시티 주변을 정찰 중이서."

셀레스티아가 대답했다.

"그 강도단 때문에?"

"응."

치프는 마침 사람들이 모였으니 드래곤 강도단에 대한 얘기를 꺼내봤다.

"영주인지 아닌지 구별하기 힘든 놈이 그 무리에 껴 있다는 것부터가 문제 같은데, 혹시 그 영주에 대해서 밝혀진 바가 있나?"

"전혀 없어."

셀레스티아가 아쉬운 표정으로 부정했다.

"너도 모르는 영주가 있단 말이야?"

치프가 물었다.

"장로님께서는 그 무리의 리더가 장로님 자신이나 아바마마, 그리고 엠페라투스처럼 옛 땅에서 태어난 존재… 그러니까 2세대일 수도 있다고 하셨어. 그렇다면 내가 모르는 것도 당연한 거야. 2세대라면 분명 장로님만큼 강력하겠지. 어쨌거나 대단히 영악하게 움직이고 있는 것만은 분명해."

설명한 셀레스티아는 한숨을 쉬었다.

"영악하다면, 구체적으로?"

"그들은 제대로 된 증거를 남긴 적이 한 번도 없어. 처음에는 파괴된 물건에 남겨진 손발톱과 송곳니의 흔적을 통해서 인원이 몇 명인지를 추측할 수 있었는데, 그 영주급 드래곤이 나타나면서 그것들을 지우거나 남기지 못하도록 지시하고 있는 것 같아. 그래서 장로님이 그를 찾아내기 위해 혼자 정찰을 하고 계신 거야."

"같은 옛 땅의 존재라면 감지할 수도 있을지도 모른다는 거지?"

"응, 맞아."

치프의 질문에 셀레스티아는 고개를 끄덕였다.

"음……."

사만다가 가져온 탄산음료를 마시며 생각을 해보던 치프가 이윽고 말했다.

"우리의 주된 적은 말이지, 신들이 포함된 우주연합 군부야.

이 녀석들 때문에 우리는 전우와 동포들을 잃었어. 녀석들의 목표인 엠페라투스의 부활 때문에 말이야. 그런데 그 목표는 작년에 실패해 버렸지."

치프는 테이블 위에 자신이 마시던 음료수 캔을 놓았다.

"그런데 이해가 안 가는 점이 있어. 이 녀석들은 이 행성을 얼마든지 박살 낼 힘이 있음에도 불구하고 소극적인 짓만 계속하고 있지. 난 변질자뿐만 아니라 드래곤 강도단도 그 소심함의 일부라고 생각해."

"그럼 왜 소극적인 행동으로 우릴 괴롭히는 거지?"

데스디아가 물었다.

"아무래도 우주연합 군부의 일에 간섭할 수 있는 힘을 가진 집단이 있는 게 분명해."

치프는 자신의 말을 강조하듯 음료수 캔을 손가락으로 두드렸다.

"우주연합 내에서 정치적으로 군부와 대적할 수 있는 존재가 있어. 바로 행정부지. 난 실제로 재판 과정에서 행정부의 덕을 좀 봤어. 그래서 집행유예 1년으로 끝날 수 있었지."

음료수 캔을 바라보던 데스디아는 가볍게 숨을 내쉬었다.

"고작 일반인으로 구성된 행정부가 신들과 대적할 수 있다는 건 말도 안 돼. 아무래도 엠페라투스의 부활은 앞으로 일어날 터무니없는 일의 일부일지도 모르겠군."

"바로 그거야."

"흠."

데스디아는 팔짱을 꼈다.

"군부와 대적하고 있는 자들과 접촉할 수 있는 방법은 없나?"

"해군 정보부에서 행정부의 뒤를 캐봤지만 소용없었어. 적당할 때 다시 만나게 될 거라는 쪽지만 받았다고 하더라고."

"레투가는 알고 있을지도? 행정부 출신이잖아?"

데스디아가 태연히 말했다.

"아!"

레투가에 대한 생각을 전혀 하지 못했던 치프는 데스디아의 질문을 듣자마자 눈을 휘둥그레 떴다.

"맞아, 레투가라면 도움을 줄 수 있을 거야! 우주연합의 군부도 그 친구만은 제대로 건드리지 못하고 있으니까!"

치프의 말을 들은 데스디아는 '레투가가 정말 행정부 출신이라는 이유 때문에 건드리지 못하는 건가?'라는 의문을 가져 봤다.

그러나 치프의 기세는 금방 꺾였다.

"하지만 오늘은 우리랑 보안국 모두 일이 산더미처럼 많아서 통화할 시간이나 있을지 모르겠네. 내일은 알타이르 행성에 가야 하고… 후."

시작부터 지친 얼굴의 치프와 달리 데스디아는 만반의 준비를 마친 표정이었다.

"난 셀레스티아와 함께 수거 팀을 맡아서 라미아들을 포획하도록 하지. 나머지 인원들은 '던전'에서 대기하고 있어. 자, 움직이자고."

모두가 기계처럼 후다닥 움직이는 모습을 본 치프는 어리둥절한 표정을 짓고 있다가 알케온의 손에 붙들려 사장실 밖으로 끌려 나갔다.

환상종들을 가두는 지하 건축물, 일명 던전이라 부르는 곳으로 이동하던 치프는 브리치의 파편을 수거할 때 쓰는 함선이 하늘로 올라가는 것을 보고 깜짝 놀랐다.

"저건 지구 쪽 우주구축함을 개조한 거잖아?"

"설치된 무장을 포함해서 이것저것 다 들어내니 제법 괜찮아지더군. 라이트스톤 사장이 적절한 물건을 헐값에 팔아줬지."

옆에서 걷던 알케온이 대답했다.

"그 아저씨하고는 거래를 계속하고 있나 봐?"

"그는 이 우주에 있는 무기의 대부분을 알고 있는 것 같더군. 이 던전의 설계와 건설도 그가 맡았지. 라이트스톤은 실로 대단해."

알케온이 아주 천천히 고개를 저었다.

치프는 고개를 끄덕여 동의했다.

"그래, 작년 일만 해도 그렇지. 브리치와 엠페라투스에 대한 해결책의 기본은 그가 마련해 줬어. 딱 맞는 도구들을 괜찮은 가격에, 그리고 너무 좋은 타이밍에 팔았지. 너무 의심스러워서 해군 정보부를 동원해 봤지만 소용없었어."

"잡히는 게 아무것도 없었나?"

"아니, 라이트스톤으로 추정되는 자가 어디 있는지 검색해 보니 무려 3조 2천억 개 정도 되는 라이트스톤의 생체신호가 전 우주에서 잡혔어. 거리에 설치된 카메라, 호텔 숙박부, 여객선 탑승자 명단, 음식점 예약 명단, 주유 및 충전소 등등. 아, 놀이 공원의 자유이용권도 끊었더라고."

"추적 자체가 불가능에 가까운 것이군."

"맞아. 여러모로 평범한 존재가 아니야. 우리의 적들도 그걸 알기에 라이트스톤을 건드리지 않는 걸지도 몰라."

알케온은 치프가 처음 보는 원형의 공터로 그를 안내했다. 지름이 200미터가 넘는 그 공터는 콘크리트처럼 보이는 물질로 단단히 덮여 있었다.

"저 뚜껑이 열리면 미사일이라도 나가나?"

치프가 묻자 알케온은 쓴웃음을 지었다.

"일종의 감옥이지."

알케온은 단말기를 이용하여 그 던전의 출입구를 개방했다.

공터 전체가 한 차례 지면 아래로 가라앉고는 오른쪽으로 움직였다. 치프는 그 밑에도 똑같은 방식으로 작동하는 예비 문이 여럿 존재하는 것을 목격했다.

활짝 열린 입구 위로 올라온 것은 밑에 부드러운 건초가 잔뜩 깔린 철창이었다.

"저기가 환상종들의 임시 보금자리라는 거지? 그런데 저기에 어떻게 집어넣지?"

"보면 알 것이네."

알케온은 다른 동료들이 미리 자리를 잡고 있는 임시 천막을 향해 걸어갔다.

그로부터 2시간 후, 라미아들을 실은 수송선이 던전 근처에 내려왔다.

치프는 기계나 마취제를 사용하여 라미아들을 철창 안에 넣을 거라 생각했지만 그것은 너무 신사적인 예상이었다.

수송선이 착륙하자마자 알케온과 젝스가 드래곤의 형태로 모습을 바꿨다. 몸길이만 라미아의 10배가 넘는 두 생물은 압도적인 육체적 이점을 살려서 라미아들을 철창 안으로 차근차근 물어 옮겼다.

주로 일을 하는 쪽은 알케온이었고 젝스는 보조를 맡았는데, 드래곤들에게 기세까지 제압당한 와중에도 탈출을 시도하는 환상종들이 있기 때문이었다.

적정 숫자의 라미아가 채워진 철창은 던전 내에 설치된 기계 팔을 이용해 안으로 들어갔다. 그리고 새로운 철창이 올라와 라미아들의 입실을 기다렸다.

약 15분에 걸쳐 23마리의 라미아를 가둔 알케온과 젝스는 다시 인간의 모습으로 돌아온 후 던전의 입구를 닫았다.

입구가 닫히는 것과 동시에 던전 내부로부터 온갖 환상종의 끔찍한 비명 소리가 화산의 용암처럼 터져 나왔다. 하지만 던전의 입구는 냉정하게 닫혔고 환상종들의 울음소리는 빠르게 잦아들었다.

"오, 이런 식이었군."

치프는 솔직히 감탄하여 박수를 툭툭 쳤다.

"혹시 드래곤들만큼 강력한 환상종이 갇혀 있진 않겠지?"

치프가 문자 단말기로 던전의 최종 관리를 맡던 데스디아가 고개를 옆으로 기울였다.

"갇힌 것들 가운데에는 없고, 확인된 것 중에서는 알파 베헤모스와 알파 샐러맨더, 그리고 '발푸르기스 나하트'가 있어."

"…앞에 두 개는 대강 알겠는데 뒤에는 처음 듣네? 그것도 환상종이야?"

"나도 직접 보진 못했어. 하지만 목격 정보가 꽤 많아. 밤에만 나타나고 다른 환상종들이나 공룡들을 지역 단위로 먹어치운다더군. 알파 샐러맨더가 이끄는 샐러맨더 그룹도 녀석에게 먹혔어. 매일 나타나는 녀석이 아니라는 것이 다행이라면 다행이지만… 느낌상 귀찮을 것 같아. 알타이르의 전설에도 등장하는 괴물이거든."

알파 샐러맨더가 얼마나 강력한 존재인지 모르는 치프는 그녀의 말을 얼른 이해하기 힘들었으나 젝스는 물론 데스디아까지 발푸르기스 나하트의 이름만 읊었는 데도 불구하고 제법 긴장하고 있다는 사실만은 확실히 감지할 수 있었다.

"모든 라미아의 보호 처리가 완료됐어요, 부사장님."

포프가 노트처럼 큼지막한 단말기를 들고 다가와서 보고했다.

"좋아, 모두 모이도록 해."

데스디아가 엄지와 검지를 입가에 대고 휘파람을 세게 불었다.

셀레스티아, 치프, 알케온, 사만다, 젝스, 포프에 이어 죠니와 딕슨, 조셉이 데스디아 앞에 모였다.

"오늘 아침보다 쓸쓸해졌군."

데스디아가 직원들을 둘러보고는 한탄을 섞어 말했다.

"요르엘은 의무실에 있나?"

"그렇습니다, 부사장님."

조셉이 대답했다.

"할 수 없군. 그럼 모두 듣도록. 우리 그라니트 용역은 내일부터 나흘 동안 휴가에 들어간다. 너무 갑작스러운 발표라서 미안하군. 지금 퇴근하여 고향으로 출발해도 좋고 회사에서 계속 지내도 좋아. 단, 회사에 남는 사람들은 드래곤 강도단에 대한 정보를 놓치지 않도록 주의해 줘. 질문 사항, 있나?"

사만다가 손을 들었다.

"얘기하렴, 사만다."

"저도 알타이르 행성에 휴가를 가도 되겠습니까?"

"상관없어. 내일 아침 6시 20분에 출발하는 여객선을 예약했으니 최대한 맞춰봐."

"알겠습니다, 부사장님."

이후 데스디아는 각종 주의 사항을 전달한 후 해산을 지시했다.

치프는 죠니, 딕슨, 조셉과 함께 식사와 술을 즐기기 위해 회사 식당으로 향했다. 알케온은 루할트도 불렀다며 분위기를 띄웠지만 치프와 아까 나눴던 이야기 때문에 안색이 좋지만은 않았다.

"그런데 지구인들이 알타이르 행성에 가도 괜찮을까? 괜히 갔다가 뼈도 못 추리는 거 아닌지 모르겠네?"

그러자 죠니가 치프의 등판을 두드리며 웃었다.

"하하! 다른 지구인들은 몰라도 치프만큼은 열렬한 환영을 받을 겁니다."

"그래? 왜?"

"부사장님께서 매달 회사와 치프의 이름으로 큰 기부를 해오셨거든요. 그러니 걱정하지 마십시오."

"…그렇군."

일단 목숨이 위험하진 않을 거라는 사실을 알게 된 치프였지만 그의 표정은 여전히 그냥 그랬다.

'거기서 뭔가 골 때리는 일이 발생할 것 같단 말이지.'

치프는 고민하고 걱정했다. 다음 날 데스디아, 사만다와 함께 여객선에 탑승했을 때도 마찬가지였다.

"잠을 못 잤나?"

마주 앉은 데스디아가 걱정하자 치프는 손을 저으며 그녀를 안심시키려 했다.

"그런 건 아냐. 멀미가 나서 말이지."

데스디아와 사만다는 그가 왜 웃기지도 않는 거짓말을 하는지 이해하지 못했다.

"사흘간이지만 드디어 그라니트 용역의 부사장 자리에서 해방되는군."

데스디아는 느슨하게 팔짱을 끼며 중얼거렸다.

"직원들이 회사를 떠난 이유가 뭘까? 급료도 다른 회사보다 많이 줬고 험한 일을 맡긴 적도 없는데 말이지. 다 내 성격 탓일까?"

"아닙니다, 부사장님. 퇴사한 자들이 일을 너무 우습게 본 것뿐입니다."

하지만 데스디아는 대답이 없었다. 그녀는 좌석에 비스듬히 기댄 채 죽은 듯 잠들어 있었다.

사만다는 지난 1년간 데스디아가 지금처럼 무방비 상태로 잠든 모습을 본 적이 없었다.

치프는 조용히 쉬게 해주자는 손짓을 한 뒤 담요를 사만다에게 건네주었다. 데스디아에게 덮어주라는 뜻이었다.

그 평온함 탓에 치프 일행은 앞으로 알타이르 행성에서 겪게 될 온갖 사건을 상상조차 못하고 있었다.

치프는 여객선이 출발하기 전에 사탕 하나를 물었다. 탄산음료를 대신하여 당분을 보충하기 위해서였다.

잠든 데스디아에게 담요를 잘 덮어준 사만다는 사탕을 우물거리는 치프를 보며 가볍게 웃었다.

"단것을 입에서 떼질 못하시는군요."

"아, 덕분에 우주연합 수도에서 인슐린 처방을 받을 뻔했지."

"진단은 받아보셨나요?"

"이것저것 검사를 해보니까 눈이 문제더라고."

치프는 셀레스티아에게 받은 자신의 오른쪽 눈을 손으로 가리켰다.

"눈이요?"

"난 팔다리에서 당분이 소모되는 줄 알았는데 눈이었어. 의사 말로는 있을 수 없는 수치라고 하던데? 내 눈을 뽑아서 연구하고 싶다는 표정으로 말이지."

"그렇군요. 혹시 오른쪽 눈으로 특별한 능력을 발휘하실 수 있으십니까?"

"없어. 무슨 광선이라도 나갔으면 좋았을 텐데 말이지."

"후후."

둘은 서로를 보며 한참을 키득거렸다.

"그보다 부사장님께서 아저씨 걱정을 정말 많이 하셨습니다."

"흠, 넌 안 했니?"

치프가 장난 삼아 지적하자 사만다의 표정이 변했다.

"제가 아저씨를 걱정하는 것은 당연한 일이지 않습니까?"

목소리도, 표정도 자못 진지했기에 치프는 손을 저으며 웃었다.

"농담이야, 농담."

"받아들이기 힘든 농담이었습니다."

"하하, 사과할게. 그 표정을 보니까 네가 네 아빠랑 처음 만났을 때가 떠오르네."

"예?"

그때의 기억이 희미했던 사만다는 다음에 이어질 치프의 이야기를 기다렸다.

"넌 나를 배신자 보듯 했어. 지금처럼 말이지."

"아……."

사만다의 갈색에 가까운 붉은색 얼굴이 당혹감으로 달궈졌다. 치프의 설명 덕분에 당시 기억이 되살아난 사만다는 살짝 화를 냈다.

"전 그때 틀림없이 아저씨의 집으로 입양이 될 거라 생각했습니다."

"그건 어쩔 수 없었어. 나와 같은 1,000번대의 A프로젝트 멤버는 결혼은 물론이고 양자도 둘 수 없거든. 그 문제가 해결된

게 죠니와 같은 8,000번대 멤버야. 8,000번 이후로는 특별한 문제가 없으면 본명으로도 살아갈 수 있어. 결혼도 할 수 있고 말이야."

사만다로서는 처음 듣는 이야기였다.

"7,000번대 멤버까지 그렇게 관리된 이유가 뭐죠? 혹시 신체적인 문제입니까?"

"아니, 몸에는 전혀 문제가 없었어."

치프는 대답에 이어 오른손 검지로 자신의 옆머리를 두드렸다.

"대신 정신적인 문제가 있었지. 공포심을 없애기 위해서 사용한 약물에 엄청난 부작용이 있었거든. 나처럼 약이 잘 받으면 극도로 위험한 상황에서도 감정이 흔들리지 않는데, 반대로 약이 안 받으면 감정이 더 심하게 뒤틀리게 되지."

"어떻게 말입니까?"

"공포라는 상황을 즐기는 거야. 더불어 공포에 대한 금단증상에 시달리지. 그래, 엠페라투스처럼 끝없이 자극을 원하는 거야. 1번부터 7,999번까지의 멤버 중에서 훈련 도중 자살로 생을 마감한 소년소녀만 5,600명 정도라면 믿겠니?"

그 말을 들은 사만다가 급히 좌우를 살폈다.

"아저씨, 지금 하신 말씀은 기밀 사항이 아닙니까?"

"아냐. 네가 태어나기도 전에 누군가가 양심선언을 하면서 세상에 다 알려졌어. 전 세계가 뒤집어졌지. 그 일과 관련해서 법적 처벌을 받거나 원인 불명의 테러로 사망, 혹은 실종된 사람의 숫자가 수백 명이었지. 8,000명에 가까운 소년소녀가 죽거나 구제 불능이 됐으니 당연한 결과였을지도 몰라. 하지만 모든 것이 끝났을 때 1번부터 7,999번까지의 멤버 가운데에서 생존한 사람은 딱 다섯 명뿐이었어. 해당 약물의 사용이 금지된 걸 제외하면 바뀐 게 없었지. A프로젝트는 계속됐고 우리가 총을 잡아야 한다는 사실도 변함이 없었어."

"……."

치프는 씁쓸하게 말했고 사만다는 복잡한 심정으로 그를 바라봤다.

"흠, 내 앞 번호 네 명만 아니었으면 내 계급은 원사가 아니라 선임원사였을 거야. 그냥 치프가 아니라 무려 마스터 치프라고 불렸겠지."

사만다는 끔찍하다면 끔찍할 수도 있는 이야기를 한 뒤에도 가볍게 농담을 하는 치프의 모습이 그 금지된 약물의 결과물일지도 모른다는 생각을 했다.

"뭐, 비율로 따지자면 살아남은 다섯 명이 비정상일 거야. 긍정적인 비정상이랄까? 전립선 치료제로 만든 약이 뜬금없이 탈모 치료제로서 각광을 받게 된 것처럼 말이지."

남성들의 탈모 치료 역사에 대해 잘 모르는 사만다는 그냥 고개를 끄덕거리기만 했다.

그녀는 긍정적인 방향의 대화를 해보기로 했다.

"아저씨 별명이 캡틴 치프인 건 아시죠?"

"아, 그렇게들 부르더라고?"

"아저씨께서 엠페라투스와 싸우시는 모습이 빅시티의 CCTV에 제대로 촬영됐죠. 아저씨께서 함선들을 프린팅하시는 모습을 보고 유령선을 소환하는 능력자라고 소문이 나면서 결국 캡틴 치프라는 별명이 만들어진 겁니다."

"유령선 소환이라……."

치프는 실소를 터뜨렸다.

"그건 그렇고 우리 부사장한테 왠지 미안하네. 내가 오자마자 그동안 모았던 직원들이 다 나가 버린 것 같던데 말이야."

"음… 아뇨, 오히려 다행입니다."

"그래?"

"기술이나 경험은 다들 괜찮았지만 정신 상태가 엉망이었죠. 우리가 다른 회사에 비해서 급료도 좋고 시설이나 장비에서도 빠질 것이 없는데 일이 힘들다면서 번번이 태업을 했습니다. 한 명 빼고는 어차피 정리될 친구들이었죠."

"한 명?"

"요르엘 카파 델 시에로 미카엘라라는 이름의 엠피레오 행성인입니다. 포프와 비슷한 정신연령대의 여자애지요."

엠피레오라는 행성의 이름을 처음 듣는 치프는 고개를 갸웃했다.

"특기나 재주가 뭐야?"

"빛과 열을 다룰 수 있습니다."

"……."

예상 밖의 이야기를 들은 치프는 즉시 단말기를 들어 엠피레오 행성에 대한 것을 검색해 봤다.

"희귀종족이네? 우주연합에서 확인한 인구가 2,000명도 안 되잖아?"

"그렇지요. 체력 문제가 있지만 능력과 정신력은 부사장님께서도 인정하셨습니다."

"음… 빛과 열을 다룬다는 게 정확히 무슨 소리지?"

"저희도 처음에는 몰랐습니다만 면접시험에서 모두를 놀라게 했죠. 야구공 크기의 빛을 만들어내더니 과녁판에 슬라이더를 던지더군요. 적중된 과녁판은 그 빛을 맞자마자 불덩이가 됐죠."

"…그 애가 야구도 좀 하나 봐?"

"그건 아니고요, 공이 휘어지는 모양새가 그랬습니다."

사만다가 학창시절 미식축구만이 아니라 야구까지 학교 대표로 즐겼다는 것을 잘 아는 치프는 그녀의 표현을 아주 쉽게 이해할 수 있었다.

"회사로 돌아가면 그 애랑 상담을 좀 해봐야겠네."

"말수가 적지만 착한 아이니 마음에 드실 겁니다. 젝스와 포프와도 친하지요."

"음, 잘됐네. 그런데 왜 그런 희귀종족이 우리 회사에 지원한 걸까?"

"본인은 인생 경험을 쌓기 위해서라고 말했습니다."

"그러면 다행이겠지만……."

치프는 말끝을 흐렸다. 사만다는 그가 어째서 의문을 가졌는지 쉽게 이해가 안 됐다.

이윽고, 그들이 탑승한 여객선이 대기권을 벗어나 그라니트 행성 밖에 있는 대형 구조물, '게이트'로 향했다.

"저게 어떤 물건인지 알아버렸으면서도 돌입해야 한다니, 기분 참 묘하네."

"별일 없기를 빌어야죠."

치프와 사만다는 눈을 감은 채 여객선의 게이트 통과를 기다렸다.

다행히도 별문제 없이 게이트를 통과한 여객선은 맑은 녹색으로 아름답게 보이는 행성, 알타이르를 향해 천천히 이동했다.

창문을 통해 알타이르 행성을 바라보던 치프는 찜찜한 얼굴로 자신의 가슴 한가운데를 눌렀다.

"내리자마자 두드려 맞는 거 아닌지 모르겠네."

"저도 일단은 지구인이니 혹시 그렇게 되면 같이 맞아야겠네요."

"여자는 봐주지 않을까? 정치, 문화, 관습 모두가 여성을 중심으로 돌아가는 세상이잖아?"

"부사장님의 기부금을 믿어봐야겠네요."

여객선이 대기에 진입하자마자 모포를 덮고 있던 데스디아가 눈을 떴다.

"고향이군. 정령들이 나를 환영해 주고 있어."

그녀가 말하는 정령에 대한 느낌을 전혀 모르는 치프와 사만다는 짧은 잠에도 불구하고 상쾌한 얼굴이 된 데스디아를 가만히 바라봤다.

창문에 손을 댄 채 알타이르의 녹색 하늘과 대지를 바라보던 데스디아는 뒤늦게 둘의 시선을 느꼈다.

"왜들 그래?"

"일단 지구인이라 좀 불안해서……."

치프가 쓴웃음을 지었다.

"괜찮아. 기부금도 기부금이지만 나와 함께 있으면 아무 문제도 없을 거야. 알타이르의 워치프는 비록 자리에서 물러난 자라 할지라도 그만한 대접을 받거든."

"하아……."

치프는 한숨을 쉬었다.

여객선은 조금 뒤 공항 위로 부드럽게 착륙했다. 치프와 사만다는 긴장된 표정으로 자리에서 일어나 짐칸에서 짐을 꺼냈다.

"여기가 알타이르구나! 숲이 정말 아름다워!"

치프는 자신들 뒤를 지나면서 명랑하게 감탄하는 여성을 돌아봤다.

갈색 반바지에 같은 색 반팔 셔츠를 맞춰 입은 하얀 장발의 여성, 셀레스티아가 창밖을 보며 즐겁게 웃고 있었다.

"왜 여기 계신가요?"

치프가 당황하여 묻자 셀레스티아는 손에 들고 있던 분홍색의 캡 모자를 당당히 쓰며 활짝 웃었다.

"루할트 경에게 부탁했더니 옷부터 시작해서 이것저것 마련해 줬어. 여객선 표도 끊어줬고!"

치프는 실로 귀신같은 행동력이라고 생각하며 실소를 터뜨렸다.

"하, 재밌는 여행이 되겠군. 괜찮겠어, 부사장?"

데스디아는 답답하다는 표정으로 셀레스티아를 바라보고 있었다.

"셀레스티아, 그런 모자는 머릿결에 나빠."

"난 이거 마음에 들어, 뎃디."

"그렇다면 딱 맞게 쓰지 말고 넉넉하게 써."

그녀의 동행을 문제 삼을 거라 생각했던 치프와 사만다는 할 말을 잃었다.

"앞장서시죠, 뎃디."

치프는 어이가 없다는 표정으로 그녀의 애칭을 불렀다. 데스디아는 눈을 깜박거리면서 그를 바라보다가 황급히 몸을 돌려 여객선 출입구 쪽으로 걸어갔다.

치프는 표정을 구겼다.

"내가 뎃디라고 하는 게 싫은가 봐."

"글쎄요?"

사만다가 웃었다.

1년 동안 데스디아의 온갖 모습을 봐왔던 사만다는 방금 그녀가 보여주었던 행동이 깜짝 놀랄 정도의 기쁨을 뜻한다는 사실을 알고 있었다.

데스디아를 따라 여객선을 나선 셋은 출입문 바로 아래에 두 줄로 빽빽이 서서 길을 만들고 있는 알타이르 여성 전사들을 보고 깜짝 놀랐다.

"라샤이드 데스디아리아!!"

전사들이 일제히 외치며 장검을 치켜 올렸다.

"라샤이드가 뭔가요?"

치프가 조그만 목소리로 물었다.

"계급명이야. 우주연합 공용어와 지구의 언어로는 그냥 알아듣기 쉽게 워치프라고 하지만 알타이르에서는 라샤이드라고 하지."

데스디아가 전사들이 만든 길을 걸으며 오른손을 들었다. 그녀의 답례에 전사들은 대각선 위로 치켜들었던 장검을 화려하게 돌리며 칼집에 집어넣었다.

80명에 달하는 전사가 마치 공장의 기계처럼 호흡을 맞춰 움직이는 그 모습에 치프는 굉장한 부담감을 느꼈다.

거침없던 데스디아의 걸음이 갑자기 멈췄다. 그녀의 먼 앞에는 대단히 굽슬굽슬한 금발을 팔뚝만큼 긴 은색 비녀를 이용해 고정시킨 알타이르 여성이 팔짱을 낀 채 서 있었다.

"라샤이드 데스디아리아? 웃기는군. 라샤이드로서의 긍지를 버린 채 재물을 탐하고 있는 천한 계집일 뿐이지 않은가? 함께 온 지구인 수컷은 네 애완동물인가, 아니면 노리개인가?"

그녀의 도발적인 발언에 데스디아가 코웃음을 쳤다.

"현역 라샤이드 주제에 남의 구역까지 와서 깝치는 꼴이 볼 만하군, 탈리케이아. 골통을 열어서 개념이 들어 있는지 살펴주기 전에 꺼지시지?"

현역 워치프인 탈리케이아와 전직 워치프인 데스디아 사이에 냉랭한 기운이 감돌았다.

치프는 서로를 향해 뚜벅뚜벅 걷는 두 여성의 모습에서 엄청난 긴장감과 당혹감을 느꼈다. 사만다도 치프와 데스디아를 번갈아서 보기만 할 뿐, 예상치 못한 상황에 당황하고 있었다.

"사만다, 여자한테 새 옷을 사주는 게 이렇게 어려운 일이었니?"

"어렵다는 표현 자체가 너무 긍정적으로 들리네요."

갑작스런 상황에 관광객들이 덜덜 떠는 가운데, 결국 두 명의 여성은 손이 닿을 정도의 거리까지 접근했다.

당장 두피라도 벗겨낼 기세로 험한 말을 퍼부었던 데스디아와 탈리케이아는 이내 활짝 웃으며 서로를 껴안았다.

"외지에서 침울해 있을까 봐 걱정했는데 그 찰진 욕설을 들으니 안심이 되는군. 잘 왔어, 뎃디. 정말 너무 반가워."

"네가 맞이해 줄 줄은 정말 몰랐어. 고마워, 탈리."

데스디아의 등까지 두드려 주며 반가움을 표시한 워치프, 탈리케이아는 치프 일행 쪽을 돌아봤다.

"친구들이니?"

"아, 회사 동료들이야."

"…저분도?"

탈리케이아가 약간 질린 표정으로 먼 위쪽을 보자 데스디아가 일행이 있는 방향으로 돌아섰다.

어느새 드래곤의 모습으로 변한 셀레스티아가 황금색 속눈썹을 깜박거리며 지상을 바라보고 있었다.

"나, 난 두 사람이 싸우는 줄 알고 말리려고 했어요!"

데스디아는 오른손으로 두 눈을 덮었고 치프와 사만다는 뒤에 서 있는 여객선을 꼬리로 눌러 버릴 뻔한 셀레스티아를 당혹감에 젖은 얼굴로 돌아봤다.

"어떻게 여기서 본체로 돌아갈 수 있었지? 여긴 그라니트 행성이 아니잖아?"

"그, 그러게? 하하."

뭔가 피하듯 대답한 셀레스티아는 치프와 사만다, 데스디아의 눈총을 오랫동안 받아야 했다.

다시 인간의 모습으로 돌아온 셀레스티아는 옆이 터진 채로 하늘에서 떨어지는 모자를 보며 안타까워했다.

"아아… 젝스가 선물해 준 모자인데……."

그녀가 지금 입고 있는 반팔 셔츠와 반바지, 등산용 부츠 등은 그녀가 실물을 참고하여 직접 제작한 것이라 괜찮았지만 그 분홍색 모자는 구입한 물건 그대로였기에 그녀가 드래곤의 모습으로 변할 때 터질 수밖에 없었다.

치프는 주변에 있는 알타이르 행성인들을 살펴봤다.

대다수가 여성인 그들은 대단히 놀라고 있긴 했지만 그렇다고 기절을 하거나 비명을 지를 정도로 감정이 흔들리진 않았다. 단말기도 갖고 있지 않았기에 드래곤으로 변한 셀레스티아의 모습을 찍은 사람도 없었지만 찍지 못해 아쉬워하는 사람도 보이지 않았다.

'종족 특기인가? 드래곤 중에서도 가장 큰 편인 셀레스티아를 봤는데 뭐 저리 냉정하지?'

치프는 여객선 쪽을 봤다.

여객선에서 아직 내리지 못한 외부인들과 승무원들은 위험할 정도로 조용했다. 셀레스티아의 드래곤 형태를 본 사람도 그렇지만 보지 않은 사람까지도 생전 경험해 보지 못한 위압감으로 인해 정신까지 압도당하여 꼼짝도 못 하고 있었다.

여객선 안으로 들어가 상황을 살핀 치프는 자신이 셀레스티아에 대해서 잘못 생각하고 있었음을 깨달았다.

'그래, 쟤는 그저 소파 위에서 굴러다니며 피자를 처리할 뿐인 생물이 아니야. 그라니트 행성 내에서 엠페라투스 다음으로

강력한 드래곤이라고. 내가 왜 그걸 잊고 있었지?'

치프는 자신과 셀레스티아가 처음 만났을 때를 오랜만에 떠올렸다.

실은 그 자신도 셀레스티아의 드래곤 모습을 처음 봤을 때 생각이 정지하여 그녀를 그냥 바라볼 수밖에 없었다. 전우들을 허무하게 잃어 혼란스러웠던 상황이었음에도 불구하고 그때만큼은 셀레스티아에게서 눈을 뗄 수가 없었다.

'이거 여러모로 만만하게 생각해선 안 되겠네.'

치프는 셀레스티아가 그라니트가 아닌 다른 행성에서 본체를 드러냈고 그로 인해 알타이르 행성인들을 제외한 민간인 전원이 그냥 두고 볼 수 없는 공황상태에 빠졌다는 것을 절대 잊지 않기로 했다.

공황을 맡은 알타이르 전사들이 여객선과 승객들을 수습하기 위해 접근하는 동안 데스디아와 탈리케이아는 셀레스티아의 사과를 받느라 정신이 없었다.

"정말 죄송합니다! 제가 여러분의 문화를 오해했습니다!"

"아니요, 오해를 살 짓을 했지요. 원인은 저에게 있으니 고개를 드십시오."

셀레스티아를 안심시켜 준 탈리케이아는 자신의 허리 양쪽에 손을 걸치며 데스디아를 봤다.

"뎃디. 백금의 신룡(神龍)에 대한 전설, 기억하나?"

"알잖아? 난 미신이나 전설에 흥미 없어."

데스디아가 심드렁하게 답하자 탈리케이아는 한숨을 쉬었다.

"아, 그랬지. 네 어머님께서는 잘 아실 테니 반드시 여쭤보렴. 난 셀레스티아 님에 대한 일을 '라레비테이티…' 최고 제사장님께 말씀드리지 않으면 안 될 것 같아."

"뭐라고? 라레비테이티 님에게까지 말씀드릴 일은 아니라고 보는데?"

데스디아가 의아해하자 탈리케이아는 고개를 저었다.

"백금의 신룡은 우리 알타이르인들의 창세신화에 나오는 위대한 존재야. 셀레스티아 님께서 보여주신 모습은 전설에 묘사된 백금의 신룡과 너무나 흡사하거든. 황금색의 속눈썹에 백금색 비늘을 가진 거대한 존재가 흔하다고 생각해?"

"그래도 최고 제사장님께 보고한다는 것은……."

"그래, 국가적인 문제지. 여왕 폐하께도 아시게 될 거야. 하지만 난 라샤이드야. 이번 일을 단순한 환상으로 치부하여 못 본 척할 수는 없어."

탈리케이아가 책임감 있는 성격임을 아는 데스디아는 자신의 곁에서 말도 못 할 정도로 혼란스러워하고 있는 셀레스티아의 손을 먼저 잡아주었다.

"내가 어머니께 말씀을 드려볼게, 탈리. 그때까지는 여유를 줄 수는 없을까?"

"흠… 하아, 그럼 일단 집으로 모시렴. 난 공항의 일을 수습하고 그쪽으로 갈게. 헤이파 님은 라레비테이티의 자리에 계셨었으니 현명한 답을 주시겠지."

"고마워, 탈리."

"아니야. 알타이르의 전사들끼리 나누는 농담이 이런 일을 불러일으킬 줄은 몰랐네. 그럼 너희 집에서 보자. 공항 밖에 네가 쓸 마차를 대기시켜 놨으니 그걸 쓰도록 해."

"알았어, 탈리."

데스디아와 가볍게 포옹을 한 탈리케이아는 데스디아를 환영하는 데 동원했던 알타이르 전사들을 이끌고 여객선으로 향했다.

셀레스티아는 울다시피 하며 그 자리에 웅크려 앉았다. 그녀의 백발이 땅에 우르르 쏟아지자 데스디아의 얼굴에 안타까움이 떠올랐다.

"아, 어쩌지? 일을 저질러 버렸어!"

"됐으니까 일어나, 셀레스티아. 우리 어머니께서 해답을 주실 거야. 조금 별나긴 해도 라샤이드와 라레비테이티를 지내신 현명한 분이셔."

데스디아는 셀레스티아의 등을 토닥여 주었다.

그녀들의 뒤편에서 상황을 지켜보던 치프와 사만다는 서로를 봤지만 뭐라고 할 수 있는 상황이 아니었기에 침묵을 지켰다.

'역시나 골 때리는 여행이 됐군. 이 흐름이면 틀림없이 데스디아의 어머니라는 분도 나에게 충격을 줄 거야.'

난감해하는 치프와 사만다의 눈치를 보던 데스디아는 일단 헛기침을 했다.

"흠, 일단 이동하지. 여기 계속 있어봤자 탈리케이아의 일에 방해만 될 뿐이야."

"그전에 묻고 싶은데."

치프가 말했다.

"아까 네 친구랑 만나자마자 골통을 따네 마네 하면서 서로 즐긴 이유가 뭐야? 그게 이 일의 원인이잖아?"

"그건 알타이르 전사들의 전통이야. 대면한 상태에서 욕설을 나누는 것은 일종의 정신적 순발력의 시험이지. 상대의 도발에 쉽게 흥분하여 말이 막히는 자는 그만큼 마음의 준비가 안 됐다는 말과 같거든."

치프는 헛웃음을 터뜨렸다.

"일단 한 번은 믿어줄 테니 두 번 다시 그러지 마."

"…미안."

사과를 한 데스디아는 우울해하는 셀레스티아를 계속 달래주었다.

셀레스티아가 진정된 후, 치프 일행은 데스디아를 따라서 공항 출입국장으로 향했다. 공항은 목조로 건축되었고 실내에도 각종 화초가 가득하여 일반적인 공항의 풍경과는 다른 따스함과 화려함을 자랑했다.

"이렇게 꽃이 많은데 벌레가 없네?"

"특별한 꽃들이거든."

치프가 궁금해하자 데스디아가 즉시 대답해 주었다.

"여기에 마련된 꽃들은 모두 곤충들이 싫어하는 꽃이야. 수액부터가 살충제로 쓰이지. 하지만 눈에 보이는 모습만은 근사해서 외부 손님들이 찾는 공항이나 관광지에 주로 배치되고 있어."

"그래? 그럼 일반 주택에는?"

"알타이르인들은 태생적으로 곤충들에 대한 거부감이 없어. 얼굴 위로 지네가 지나가도 아기들조차 울지 않지."

"아, 그래서 부사장님이 곤충 형태의 사람들을 아무렇지 않게 다루셨군요."

사만다가 감탄했다.

"음, 그 벌레같이 생긴 헌터 놈들을 두드려 팰 때 왠지 상쾌했는데 네 말을 들으니 이유를 알 것 같구나."

치프는 그냥 성격 문제라고 말하려다가 그만두었다.

탈리케이아가 마련해 준 마차에 올라탄 데스디아와 일행은 돌이 가지런히 깔린 도로를 달려갔다.

"승차감이 의외로 좋지 않나?"

데스디아가 왠지 즐거운 얼굴로 묻자 자신의 단말기 화면을 바라보던 치프는 성의 없게 고개를 끄덕거렸다.

"말의 엉덩이 냄새가 쩌는 걸 빼면… 그럭저럭."

"……."

그가 셀레스티아의 일로 심술이 났다고 생각한 데스디아는 조금 침울해했다. 그러나 치프는 루할트와 알케온에게 문자메시지를 보내어 셀레스티아의 일을 문의하느라 정신이 없었을 뿐이었다.

"어머님 외에 가족이 또 있어?"

치프가 묻자 데스디아의 표정이 약간 밝아졌다.

"둘째 여동생이 있지. 하지만 몸이 좀 안 좋은 아이라서 무녀(巫女)로서의 수업에만 전념하고 있어."

"그래? 알타이르 여성들은 다 건강한 줄 알았는데, 의외네."

"음, 알타이르 전사에겐 어울리지 않는 몸을 갖고 있지. 정령과 소통하는 재능은 뛰어나지만 말이야. 어머니께서도 매우 걱정하고 있어."

"그렇구나."

그러나 1시간 뒤, 치프와 사만다는 알타이르인과 지구인 사이에 얼마나 큰 개념 차이가 있는지를 실감해야 했다.

긴 담벼락을 지나 브라토레 가문의 저택 정문에 도달한 치프 일행은 비키니 수영복이나 다름없는 옷차림의 여성이 단말기를 만지작거리며 풍선껌을 불고 있는 모습을 목격했다.

치프는 늘씬한 데스디아와 달리 큼지막한 가슴과 둔부, 그리고 튼실한 허벅지로 무장된 그 갈색 피부의 여성을 보고는 황급히 시선을 돌렸다.

'아니, 무슨 리우 카니발 참가자인가? 몸이 왜 저리 좋아?'

치프뿐만 아니라 사만다와 셀레스티아도 매우 멋쩍어했다.

그러나 그들은 그 육감적인 몸매의 알타이르 여성이 쌍꺼풀 짙은 눈을 깜박이며 팔을 흔드는 순간 엄청난 충격을 받았다.

"언니, 어서 와."

치프와 사만다의 표정이 대번에 바뀌었다.

'몸이 안 좋은 여동생이라며? 지나치게 건강한데?'

그러나 그들의 생각과 달리 마차에서 먼저 내린 데스디아는 동생의 모습을 보면서 깊은 한숨을 내쉬었다.

"걱정이구나, 케이시아. 육류의 섭취를 줄이라고 했을 텐데?"

"맛있는 걸 어쩌라고."

코웃음을 친 데스디아의 둘째 동생, '케이시아 헤이파 알타이르 브라토레'는 언니 앞에서 대놓고 껌으로 풍선을 불었다. 언니와 달리 동그란 단발에 흰색 부분 염색까지 한 그녀의 모습은 영락없이 '잘 노는 아가씨'였다.

'육류라……'

치프는 가슴과 엉덩이에 비해 거짓말처럼 잘록한 케이시아의 허리를 보고는 머릿속이 복잡해졌다.

"엄마가 기다리셔. 탈리 언니가 아까 전서구를 보냈더라고."

"아, 그렇군. 그럼 바로 가도록 하지."

데스디아는 일행을 이끌고 저택 정문을 지났다. 동생과 일행이 서로 인사를 할 여유조차 주지 않을 만큼 빠른 발걸음이었다.

신발을 벗고 넓은 마루로 들어선 일행은 마루 저 끝에 거의 눕듯이 앉아 있는 여성을 보고는 한 번 더 당황했다.

그녀는 얼굴부터 헤어스타일까지 데스디아와 똑같았다. 차이점은 오로지 가슴의 크기였는데, 검은색의 알타이르 전통 복장 사이로 보이는 가슴골의 형태가 케이시아와 비슷했다.

뿐만 아니라 데스디아와 나이 차이가 거의 보이지 않을 정도로 젊기까지 했다.

"건강하셨습니까, 어머니?"

데스디아가 그녀를 향해 깊숙이 허리를 굽혀 인사했다.

입에 물고 있던 곰방대를 뗀 데스디아의 모친은 장녀의 흐트러짐 없는 모습에 만족하여 싱긋 웃었다.

"탈리케이아가 전서구로 재미있는 이야기를 전해주더구나. 하지만 손님맞이가 먼저겠지."

그녀가 천천히 일어났다. 키는 데스디아와 비슷했으나 몸 전체에서 흘러나오는 분위기는 데스디아 이상의 무게감을 갖고 있었다.

미소를 지운 채 사만다, 셀레스티아를 살피던 그녀는 마지막으로 치프를 한참 보더니 그제야 다시 웃었다.

"당신이 바로 치프로군요. 저는 데스디아의 어머니이자 브라토레 가문의 당주인 '헤이파 트리시아 알타이르 브라토레'입니다. 딸에게 당신의 이야기를 많이 들었습니다."

치프는 바로 인사를 하려고 했으나 그녀, 헤이파의 다음 이야기가 더 빨랐다.

"얼굴과 체형이 제 이상형이군요. 새 동생이 필요하지 않니, 얘들아?"

헤이파가 왼손으로 자신의 볼을 덮으며 행복하게 웃었다. 반면 데스디아와 치프, 사만다의 얼굴은 흙빛이 되었다.

'말을 뻥뻥 터뜨리는 게 이 집안의 내력인가?'

치프는 웃음조차 나오지 않았다.

"저기요, 당주님."

치프가 조심스럽게 헤이파를 불렀다.

"그 자리에 계시면 당주님도 화살에 맞으실 것 같은데요."

헤이파의 발언에 당황하고 있던 데스디아와 사만다는 흠칫하여 뒤를 돌아봤다. 마루의 입구 저편, 정확히는 마당 한가운데에 활을 팽팽히 당긴 알타이르 전사 20여 명이 싸늘한 표정을 지은 채 나란히 서 있었다.

헤이파는 왼손을 얼굴에서 떼었다. 행복한 분위기로 풀어졌던 그녀의 표정은 데스디아가 처음 보는 사람들을 대할 때처럼 엄중해졌다. 일부러 가슴골이 보이게끔 조금 풀어놨던 전통복도 제대로 여몄다.

"흠, 변변치 못한 수컷은 아니군요. 아무리 자리를 떠났다고 해도 워치프의 자리에 있던 알타이르의 전사가 다른 행성에서, 그것도 남의 밑에 들어가 일하는 경우는 처음이기에 손님을 시험해 봤습니다. 나름대로 미인계도 부려봤는데 말이지요."

"아니, 저는 그렇다 쳐도 제가 데리고 있는 아이와 제 친구, 그리고 당주님의 따님들이 위험해질 뻔했는데요?"

치프의 표정이 점점 안 좋아졌다. 그러나 헤이파는 그를 보며 씩 웃었다.

"워치프로서 존경을 받던 첫째가 철없는 암컷으로 타락했다면 행여 화살을 맞더라도 어미로서 받아들여야겠지요."

"그래서, 이제 된 건가요? 아니면 뭔가 또 남았습니까?"

치프는 결판을 내자는 식으로 말했다.

"브라토레 가문의 당주로서 무례를 사과드리지요. 우리 가문의 첫째를 잘 돌봐주서서 감사합니다. 앞으로도 그 아이를 잘 부탁드리겠습니다."

헤이파는 허리를 반쯤 굽히며 정중하게 사과했다.

"제가 따님께 큰 은혜를 입었습니다. 앞으로 따님과 브라토레 가문의 모든 분께 누가 되지 않도록 하겠습니다."

치프 역시 정중하게 답례하는 것으로 그 작은 사건을 마무리 지었다.

"후후, 앉으시지요."

헤이파는 일이 벌어지는 동안 덤덤하게 서 있었던 셀레스티아에게 눈길을 한 번 준 뒤 박수를 두 번 쳤다.

마당에 있던 전사들이 모두 물러가고 지금껏 보아온 알타이르인들과는 피부색이 다른 알타이르인들이 방석과 음료, 다과 등을 든 채 우르르 마루로 들어왔다.

치프는 자신보다 키가 작고 피부색도 밝은 그 사람들이 바로 알타이르의 일반인임을 한 눈에 알아봤다.

"일반인분들을 설마 이 저택에서 처음 뵙게 될 줄은 몰랐네요."

치프가 방석 위에 앉으며 말하자 헤이파가 빙긋 웃었다.

"왕족과 일반인은 주거하는 구역이 다르답니다. 하지만 모두 제대로 된 급료를 받고 일을 해주는 고마운 사람들이니 손님께서는 그들에게 실례를 저지르지 말아주십시오."

그 경고는 왕족이 일반인들을 업신여기는 일이 절대 없다는 것을 뜻하는 말이기도 했다.

"잘 알겠습니다."

마루의 상황이 진정되고 주변이 고요해지자 치프의 표정도 풀어졌다.

"하아… 실은 여기에 데스디아의 새 옷을 사러 온 건데 말이죠."

"옷이라……."

헤이파는 데스디아의 낡은 옷을 이제야 살폈다.

모친이 가문의 명예 때문에 치프를 시험했다는 사실로 인하여 화가 잔뜩 난 데스디아는 어머니로부터 시선을 돌린 채 망토를 벗어서 옆에 내려놓았다.

"흠, 수컷들에게 흙바닥에서 엉망진창으로 당한 흔적은 아니로구나."

치프는 헤이파의 그 평에 잠깐 뒷골이 아팠다.

"그렇다고 환상종들의 이빨과 발톱에 손상된 것도 아니고……. 첫째야, 대체 누가 그러한 흔적을 남겼느냐?"

"신에 의해 변질된 자들입니다."

데스디아는 모친의 질문에 대한 답변과 동시에 신에 대한 상담을 겸하였다.

"신? 흠……."

헤이파는 뭔가 아는 눈치였으나 그 시점에서 대답을 하진 않았다.

"손님이시여, 워치프에게 주어지는 복장은 쉽게 구할 수 있는 물건이 아니랍니다. 터번과 망토, 신발까지 모두 장인의 손을 거쳐서 한 벌에 약 한 계절의 시간을 들여 만들어지지요."

"아, 그런가요? 정말 택배 같은 걸로 받을 수 있는 물건이 아니었네요."

"아니요, 택배로는 받을 수 있지요."

치프는 헤이파가 택배 얘기를 하자 깜짝 놀랐다.

"첫째가 집에 제대로 연락만 했으면 택배업체를 통하여 몇 벌이든 받을 수 있었을 겁니다. 저 아이의 옷장에 미처 들어가지 못한 새 옷들이 창고에 잔뜩 있으니 말이지요."

"……"

치프는 어떻게 된 일이냐는 얼굴로 데스디아를 봤다. 그러나 데스디아는 시선을 최대한 피할 뿐이었다.

"후후, 우리 아이가 저에게 손님을 소개시켜 주고 싶었나 봅니다. 그런데 하마터면 손님이 화살에 맞을 뻔했으니 저렇게 심통이 나 있겠지요."

데스디아의 눈썹이 찌릿 움직였다. 그녀는 여전히 모친을 똑바로 보지 않았다.

"지구인의 나이로는 이제 겨우 스무 살 정도 되는 아이니 저렇게 심술을 부려도 제가 이해해 줘야겠지요."

"…네?"

스무 살이라는 말에 치프가 당황했다. 사만다도 크게 놀랐다.

"아, 신체 나이가 그렇다는 뜻입니다. 저만 해도 아이를 셋이나 봤습니다만 신체 나이는 20대 후반이지요. 하지만 아이들을 낳으면서 젖도 커져서 젊은 시절처럼 움직이지는 못한답니다. 어깨도 결리고, 덜렁거리기도 하고 말이지요."

"예……."

헤이파의 대담한 말에 당황해 버린 치프는 앞에 놓인 알타이르 전통 차에 입을 댔다. 차의 첫 느낌은 김빠진 콜라 같았지만 향이 강해서 마시기에 나쁘진 않았다.

하지만 그가 느낀 심적 부담을 지울 수는 없었다.

'내가 저런 식의 말에 너무 민감한 걸까? 아냐, 생각해 보자면 입에 X이라는 단어를 달고 다니는 놈들보다는 낫잖아? 젖은 번역기에서 엄연히 사용되는 표준어야! 필터에도 안 걸려!'

치프가 한숨을 쉬는 모습을 본 헤이파는 곰방대에 불을 넣었다.

"손님께선 알타이르 여성들의 말버릇에 적응을 못 하시는 것 같군요."

"일종의 위화감이랄까요?"

"위화감이라 하셨습니까?"

"겉보기랑 다르게 너무 저렴한 단어와 표현들을 뻥뻥 터뜨리니 말이죠."

"풋."

차를 마시던 셀레스티아의 입에서 웃음이 픽 터졌다. 사만다는 오른손으로 입가를 틀어막은 채 필사적으로 표정을 관리했다. 고개를 숙여 버린 데스디아의 얼굴에서는 뜨거운 열기가 피어올랐다.

"아, 그렇다고 따님을 값싸게 본다는 뜻은 아닙니다."

"흠, 저로서는 이해하기 힘듭니다만 손님께서 첫째를 그만큼 고급스럽게 봐주신다는 뜻으로 들리니 불쾌하진 않군요."

자리 자체에 그다지 흥미가 없는 얼굴로 앉아서 단말기만 쳐다보고 있던 데스디아의 동생, 케이시아는 한숨을 푹 쉬었다.

"그냥 언니가 엄마를 너무 닮아서 그런 거예요. 알타이르 여자들의 입이 전부 걸쭉할 거라고 생각하진 말아주세요."

투덜대듯 말한 케이시아였지만 정작 그녀 본인은 가슴을 가린 가죽 조각 속에 손을 넣어 안쪽을 긁고 있었다.

치프는 비로소 뭔가를 깨달았다.

'지금까지 내가 봤던 모든 것이 이제야 정리되는군.'

그는 자신 앞에서 서슴없이 벗거나, 농후한 욕설을 안색 하나 바꾸지 않고 늘어놓거나, 생김새와 달리 말이나 행동을 거칠게 해댔던 데스디아의 모습들을 이제야 완전히 이해할 수 있었다.

'이 집안의 혈통 자체가 그랬던 거야.'

치프는 헤이파의 이름인 '헤이파 트리시아 알타이르 브라토레'를 떠올려 봤다.

뜻풀이를 굳이 하자면 '알타이르 행성 브라토레 가문의 트리시아가 낳은 헤이파'라는 의미를 갖는데, 데스디아와 케이시아의 이름 뒤에 헤이파의 이름이 붙는 이유도 그 작명법 때문이었다.

"혹시 트리시아라는 분도⋯⋯?"

"선대 당주님이자 저의 어머님을 말씀하시는군요. 지금은 별장에 계시지요."

"할머니도 쩔어요."

헤이파의 말에 추임새를 넣듯 말을 붙여 버린 케이시아는 데스디아의 강렬한 눈빛을 받았지만 코웃음조차 치지 않고 단말기를 계속 봤다.

'내가 이 큰 목조 저택에 왜 왔더라?'

혼란스러워하는 치프의 귀에 헤이파의 기침 소리가 크게 들렸다.

"말이 너무 엇나가 버렸군요. 제대로 된 대화에 앞서 인사를 하도록 하지요. 소개를 부탁한다, 첫째야."

"예, 어머님."

허리를 곧게 펴고 두 무릎을 붙인 채 방석 위에 앉아 있던 데스디아가 자리에서 일어났다.

"저분은 우리 브라토레 가문의 현 당주이시자 나와 케이시아의 어머니이신 헤이파 트리시아 알타이르 브라토레. 이 행성에서 유일하게 워치프와 최고 제사장을 연이어 역임하신 분이시지. 지금은 은퇴하셨지만."

곰방대를 옆에 내려놓은 브라토레 가문의 당주, 헤이파는 아쉬운 미소를 지었다.

"지금은 첫째가 보내주는 돈으로 시간을 죽이고 있는 자에 불과합니다. 손님 여러분께서는 부디 제가 앞서 저지른 실례를 용서하시고 여러분의 집에 계실 때처럼 편히 지내주시길 바랍니다."

헤이파가 가볍게 묵례를 했다.

데스디아는 뒤이어 케이시아 쪽으로 손을 내밀었다.

"그리고 이쪽은 나의 동생인 케이시아 헤이파 알타이르 브라토레. 그냥 학생이야. 보고도 믿을 수 없겠지만 미성년자고."

두 무릎을 가슴 쪽에 댄 채 앉아 있던 케이시아가 단말기를 든 손을 흔들었다.

"반가워요."

치프와 사만다는 케이시아가 미성년자라는 사실보다 데스디아 앞에서 대강 행동하는 그 과감함이 더 놀라웠다.

데스디아는 대답하자마자 다시 단말기 화면을 내려다보는 동생을 잠깐 쳐다보기만 했을 뿐, 말 한마디 없이 자신의 동료들을 소개할 준비를 했다.

"여기 계신 분은 회사의 공동대표이자 날개 달린 자들의 왕녀이신 셀레스티아 전하이십니다, 어머님."

데스디아는 중요한 자리인 만큼 셀레스티아를 높여 소개했다.

"셀레스티아라고 합니다."

셀레스티아가 고개를 숙여 인사했다. 헤이파는 그녀가 드래곤들의 왕녀라는 소개를 듣고 매우 놀랐다.

"첫째에게 날개 달린 자들에 대한 이야기는 들었습니다만 왕녀 전하께서 오신다는 이야기는 듣지 못했습니다. 보통 분이 아닐 것이라 생각했습니다만 설마 왕녀 전하처럼 귀한 분을 우리 브라토레 가문에서 모실 수 있게 될 줄은 몰랐습니다. 영광입니다."

"많은 가르침을 주십시오, 당주님."

셀레스티아가 밝게 웃었다.

"이쪽은 회사의 사장인 치프입니다."

헤이파와 치프는 서로 가볍게 웃는 것으로 인사를 대신했다.

"그리고 이쪽은 제가 아끼는 사만다 카터 팀장입니다, 어머니."

"사만다 카터입니다."

사만다가 몸을 숙여 인사하자 헤이파의 얼굴에 반가움이 번졌다.

"첫째에게 정말 많은 이야기를 들었습니다, 카터 양. 과연, 첫째의 말대로 정령의 가호를 받고 있는 분이군요. 만나서 반갑습니다."

"뵙게 되어 영광입니다, 당주님. 브라토레 부사장님께 많은 가르침을 받고 있습니다."

그것으로 소개를 마친 데스디아는 다시 자기 자리에 무릎을 대며 정좌했다.

"당주로서 다시 한 번 손님 여러분을 환영합니다. 본래 즐거운 분위기로 여러분의 마음을 편하게 해드렸어야 하지만 그에 앞서서 백금의 신룡에 대한 이야기를 워치프 탈리케이아에게 들은 이상 그냥 넘어갈 수는 없기에 여러분께 한 번 더 양해를 부탁드리겠습니다."

"제가 말씀드릴 수 있는 것은 모두 전해 드리겠습니다, 당주님."

셀레스티아가 협조적인 모습을 보이자 헤이파가 밝게 웃었다.

"감사합니다, 왕녀 전하."

혜이파는 옆에 내려놓았던 곰방대의 불씨를 재떨이에 털어 비우고는 앉은 자세를 한 번 더 다듬었다.

"백금의 신룡은 알타이르의 창세와 관련된 신화적 존재입니다. 수만 년 전, 알타이르의 민족이 아직 원시적인 생활에서 벗어나지 못한 채로 하늘에서 내려온 사악함에 지배당하려 할 때, 백금의 신룡이 나타나 그 사악함을 물리치고 우리를 구원했다 합니다. 신룡은 우리 민족에게 정령과의 대화를 가능하게끔 해주었고, 그중에서 정령과의 연결을 지속할 수 있었던 자들은 왕족으로서의 모습과 능력을 갖게 되었지요."

혜이파는 옆에 대기하고 있는 알타이르 일반인들을 향해 박수를 두 번 쳤다.

"전대 당주님의 방에서 신룡의 족자를 가져와 주십시오."

지시를 받은 이들은 곧바로 이동하여 여성 열 사람이 동원되어야만 움직일 수 있는 초대형 족자를 가져왔다. 둥글게 말린 그 족자는 비단으로 만들어져 있었지만 보존이 잘된 덕에 세월의 냄새만 조금 풍길 뿐, 겉으로는 전혀 문제가 없어 보였다.

그들이 혜이파와 함께 그 헝겊으로 된 족자를 펼치는 동안 치프는 데스디아에게 뭘 좀 아느냐는 눈짓을 보냈다. 하지만 할머니의 방에 들어간 적도, 신화에 대한 흥미와 지식도 없었던 데스디아는 고개를 저었다.

이윽고 활짝 펼쳐진 족자의 내용물을 본 치프 일행은 하나같이 놀랐다.

표현 방법이 매우 추상적이긴 했지만 금색의 눈썹과 백금색의 비늘이 강조된 그 날개 달린 존재의 모습은 셀레스티아의 드래곤 형태를 연상시키기에 충분했다.

"설마, 아바마마께서……?"

셀레스티아는 두 손으로 입을 가린 채 중얼거렸다. 데스디아는 엠페라투스가 꾸준히 자신을 '정령술사'라 불렀던 것을 떠올리고는 드래곤들과 알타이르 행성인 사이에 큰 연결 고리가 있음을 직감했다.

헤이파는 족자의 그림과 셀레스티아를 지켜본 뒤 팔짱을 꼈다.

"아무래도 손님들을 모시고 신룡의 유적으로 가봐야 할 것 같군요."

데스디아는 모친의 말에 조금 당황했다.

"지금 말씀이십니까, 어머님?"

사만다는 데스디아가 질문을 던진 그때, 왠지 모르게 주변의 모든 것을 살피고 싶었다.

모든 알타이르인은 왕족이든 일반인이든 가리지 않고 방석 위에 두 무릎을 꿇은 채 허벅지를 바짝 붙이고 앉아 있었다.

일반인과 왕족 모두 짙은 남색의 정사각형 방석을 썼으며 당주인 헤이파만이 밝은 개나리색의 커다란 방석을 사용하는데, 헤이파의 방석은 지구인들이 '쿠션'이라고 부르는 것에 가까운 크기를 가졌으며 사용하는 방법 역시 비슷했다.

그리고 하나같이 맨발이었다.

치프는 뒤편 마당에 활을 든 알타이르 전사들이 깔리는 것은 금방 감지했지만 주변에 있는 알타이르인이 전부 맨발이라는 사실은 인식하지 못하고 있었다.

반면 사만다는 마치 맨발에 페티시즘을 가진 사람처럼 그들의 발을 각각, 그것도 꽤 자세히 살폈다.

사만다는 치프가 우주연합 수도로 연행된 날부터 젝스와 자리를 바꿔 데스디아와 한 방을 썼다. 이유는 치프가 돌아올 때까지 데스디아와 함께 회사를 제대로 유지하기 위해서였다.

그녀는 그 사명감 때문에 데스디아에 대해서 좀 더 알아보려 했고 그녀의 호기심은 첫날부터 충격으로 변했다.

데스디아의 맨발은 초월적인 운동 능력을 가진 사람의 것이라 생각할 수 없을 만큼 깨끗했다. 아니, 흠집 자체가 없다고 봐도 되는 수준이었다. 특수 양말까지 신는 데도 굳은살에서 벗어나지 못하는 사만다 자신과는 너무 대조적이었다.

겉모양이 인간과 크게 다를 바가 없는데도 그렇다는 것을 알게 된 사만다는 그 이후부터 데스디아가 언제 어떻게 발을 관리하는지를 철저하게 살폈다. 그녀는 데스디아의 소지품에 양말이라는 물건이 없다는 것도 그때 깨닫게 되었다.

사만다는 관찰로부터 보름이 지날 무렵에 데스디아의 눈총을 받고 말았다.

'남의 발을 그토록 열심히 보는 것은 알타이르인 사이에서도

큰 실례다라는 말을 들어버린 사만다는 자신의 맨발을 보여주
면서 어째서 그림에 나오는 것처럼 깨끗한 발을 가질 수 있는지
를 물었다.

데스디아는 어머니나 동생에 비하면 돌에 가까운 발이라고
말했지만 사만다는 그 말을 믿을 수가 없었기에 결국 손으로
그녀의 발을 만지는 짓을 저지르고 말았다.

데스디아의 말대로 그녀의 발은 딱딱했다. 지구인들과 다르
게 피부의 극적인 변화만 없을 뿐, 뼈와 피부 모두가 단단히 단
련되어 있었다. 특히 발뒤꿈치는 말발굽이 아닐까 생각될 정도
였다.

문제는 거기서 끝나지 않았다.

다른 이에게 난생처음 발을 허락해 버린 데스디아는 폭발하
는 수치심을 이기지 못하고 눈물을 보였다.

사만다는 자신의 눈앞에서 다리를 오므린 채 울고 있는 데스
디아의 모습에 또 다른 충격을 받았다. 치프 앞에서 거리낌 없
이 옷을 벗어 던지던 그 여자가 맞나 하는 의문도 들었지만 이
내 엄청난 죄책감을 느끼고는 이후 일주일 가까이 그녀를 따라
다니며 사과를 했다.

아무튼 오늘, 여러 알타이르인의 맨발을 볼 수 있게 된 사만
다는 마지막으로 헤이파의 발을 봤다.

비단으로 된 검은색 전통복 아래로 보이는 헤이파의 맨발은
데스디아와 조금 다른 느낌을 갖고 있었다.

'뒤꿈치에서 종아리로 이어지는 아킬레스건의 모양새가 부드럽군. 뒤꿈치와 복사뼈 사이의 오목한 부분도 그림자가 보일 만큼 뚜렷해. 확실히 부사장님과는 달라. 정맥도 전혀 두드러지지 않았어. 발등의 선도 일말의 두툼함 없이 시원하군.'

혜이파의 발을 관찰하던 사만다는 이상한 느낌이 들어 시선을 올렸다.

수치심으로 상기된 혜이파의 표정에서 사만다는 덜컥 놀랐지만 이미 일은 되돌릴 수 없었다.

"흠, 카터 양. 알타이르에서 남의 발을 관찰하는 것은 같은 여성 사이에서도 큰 실례입니다."

"죄송합니다. 저도 모르게 그만……."

족자의 그림을 보느라 그 상황을 미처 보지 못한 데스디아는 작년의 일이 떠올라 얼굴이 빨개졌다.

"설마… 또 그런 것이냐?"

"아, 아닙니다, 부사장님! 그런 게 아니라……!"

사만다는 크게 당황했고 주변의 알타이르인들은 하나같이 놀라서는 앉는 방향을 바꿨다.

"응? 또 그러다니?"

사만다가 혜이파의 발을 봤다는 사실만 담백하게 인식해 버린 치프는 지구의 떡과 비슷한 알타이르의 간식을 우물거리며 사만다와 데스디아를 돌아봤다.

"몰라도 돼!"

살짝 목소리를 높인 데스디아는 옆에 놨던 망토로 자신의 발을 가렸다. 그녀가 발을 감추는 행동을 전혀 의식하지 못한 치프는 그러려니 하면서 다시 앞을 봤다.

'호오…….'

케이시아는 치프와 데스디아를 한 번씩 보고는 의미 있는 미소를 지었다.

"흠, 소란스럽군요."

헤이파가 헛기침을 하여 상황을 정리했다.

"첫째야, 그렇다면 신룡의 유적에 관한 이야기는 탈리케이아가 온 이후에 다시 하자꾸나."

"예, 어머님."

족자를 정리하도록 지시한 후 자신의 자리로 돌아가 앉은 헤이파는 곰방대에 향초를 넣고 불을 붙였다.

단말기를 잠깐 살핀 치프는 루할트와 알케온에게서 셀레스티아에 대한 답신이 오지 않은 것을 확인하고는 아쉬운 한숨을 쉬었다.

"아, 당주님. 데스디아가 회사 이름으로 기부금을 보냈다고 들었습니다만 도움이 좀 됐나요?"

"기부금이라……."

헤이파는 연기를 뿜어내며 쓴웃음을 지었다.

"사실 조정에서도 그 돈을 건드리지 못하고 있답니다."

"예? 아, 역시 지구인의 회사를 통해 들어온 돈이라 그런가요?"

"아니요, 그렇지 않습니다."

헤이파가 고개를 저었다.

"오히려 지나치게 많아서 난처해하고 있다고 들었지요. 하지만 자존심 때문인지 그 금액이 얼마인지는 가르쳐 주지 않더군요."

그녀는 다음 이야기에 앞서 연기를 한 차례 즐겼다.

"알타이르의 화폐는 우주연합 공통 화폐는 물론 지구의 달러와도 가치 차이가 커서 작은 금액의 기부금이라도 꽤 커지지요. 첫째가 집에 보내주는 용돈을 모아서 저택 전체를 다시 지을 수 있었을 정도입니다. 마침 오늘 첫째가 왔으니 기부 금액을 물어보면 좋겠군요. 저도 궁금하니 말입니다."

치프는 데스디아 쪽을 봤다.

"대충 얼마야?"

데스디아는 그 말을 기다렸다는 듯 대답에 앞서 당당하게 웃었다.

"이번 달까지 합해서 X,XXX억 달러. 정확한 액수는 회사 통장에 찍혀 있어."

치프는 데스디아를 보느라 헤이파를 비롯한 알타이르인 전원이 금액을 듣고 움찔하는 것을 보지 못했다.

"아, 그 정도면 지난 1년 동안 번 순이익의 10분의 1이네?"

치프는 괜찮다는 듯 고개를 끄덕거렸다.

어차피 돈 때문에 그라니트 행성에 온 것도, 용역을 운영하는 것도 아닐뿐더러 남은 10분의 9가 워낙 하염없는 금액이었기 때문에 치프는 대담하게 받아들일 수 있었다.

"이번 달에 떨어뜨린 브리치의 액수만으로도 그 정도는 상쇄돼."

"그렇구나. 정말 잘 버네, 우리."

"브리치가 골칫덩어리이긴 하지만 돈 덩어리이기도 하거든."

데스디아가 자랑을 꾸준히 섞어 대답했다.

"당주님, 그 정도면 알타이르에서 대충 얼마나 되는 규모인가요?"

헤이파 쪽을 돌아보며 질문한 치프는 그녀가 아까 자신에게 '미인계'를 걸 때처럼 행복한 표정을 짓고 있자 깜짝 놀랐다.

"행성 전체에 들어가는 1년 예산의 30배 정도지요. 알타이르의 전체 인구가 3억이 안 되고 그들 중에서 화폐를 통한 경제활동의 필요성을 거의 느끼지 못하는 자급자족파가 2억 5천 명이기에 그런 것입니다만……. 아무튼 조정과 왕실에서는 입금된 액수를 따졌을 때 전사 수십 명이 아니라 궁궐의 무희들로 공항을 가득 채워서 손님을 맞이했어야 합니다. 역시 그 값싼 자존심이 문제군요."

헤이파는 앉은 상태에서 쓸 수 있는 팔걸이에 몸을 기댄 후 지구에서 고대에 썼던 주판과 비슷한 물건을 꺼내어 알을 퉁겼다.

"카터 양이 회사의 팀장이라고 하셨지요?"

"예, 당주님."

사만다는 방금 전의 실례를 만회하려는 기세로 조심스럽게 대답했다. 헤이파 역시 사만다가 사과를 겸하여 정직하게 대답해 줄 것이라는 계산하에 그녀를 지목하고 있었다.

"혹시 워치프 탈리케이아가 그곳에 취직한다면 1년 연봉이 얼마쯤 될까요?"

데스디아는 어째서 헤이파가 탈리케이아의 경우를 드는지 의문을 가졌다. 사만다는 자신이 기억하는 데스디아의 팀장 시절 연봉을 기준으로 생각해봤다.

"연봉이 아니라 주급제입니다만⋯ 연봉으로 계산한다면 X,XXX만 달러 정도일 겁니다. 지구의 최고 연봉 축구선수나 농구선수, 크리켓선수와 비슷한 수준이지요. 그러나 어느 스포츠든 환상종들을 옆에 끼고 하진 않으니 좀 더 받아도 괜찮다고 생각합니다."

"그렇군요. X,XXX만 달러라⋯⋯."

헤이파는 주판을 빠르게 두드렸다.

"어머님, 헌터가 되는 알타이르의 워치프는 저 하나로 충분하다고 생각합니다."

데스디아가 걱정하여 말했다.

"음, 물론이지."

"그리고 탈리는 성격상 험한 욕설만 들어도 상대를 죽일 겁니다. 일단 저부터가 수많은 자를 병신⋯ 아니, 불구로 만들어놓았습니다."

"그럴 거야, 아마. 그렇겠지. 음음."

"그리고 알타이르에 대한 기부금은 회사 이름으로 들어가는 것이고, 그것도 금년을 끝으로 마무리할 생각입니다. 탈리가 온다고 해도 고향을 위한 일을 할 시간은 없습니다."

"그렇구나. 어쩔 수 없지."

데스디아는 계속해서 진지하게 말을 했으나 헤이파는 주판에 몰두한 정신을 흐트러트리지 않았다.

"물론 제가 탈리의 능력을 의심하여 이러는 것은 아닙니다, 어머님. 부디 헤아려 주십시오."

"음……."

헤이파는 콧등을 손으로 짚으며 잠시 생각한 후 다시 주판을 두드렸다.

데스디아는 자신이 모친의 애향심에 상처를 입혔다고 생각하여 한숨을 쉬었다. 그러나 치프는 그녀가 왜 그렇게 안타까워하는지 이해를 할 수 없었다.

'아무리 봐도 탈리 어쩌고 하는 워치프가 아니라 네 어머니 본인께서 취직을 준비하시는 것 같은데?'

그는 전설의 전직 워치프가 돈에 타락하는 모습을 보는 게 아닌가 하는 걱정에 마음을 졸였다. 반면 셀레스티아는 그냥 담담히 음식만 먹었다.

때마침 이야깃거리가 됐던 워치프, 탈리케이아가 도착하여 마루로 다가왔다.

마루의 처마 밑에서 대기하고 있던 하인이 큰 목소리로 외쳤다.

"라샤이드 탈리케이아 디레이샤 알타이르 클라두스 님이 도착하셨습니다."

데스디아와 달리 연황색의 망토를 두른 탈리케이아는 마루로 들어가 헤이파의 앞에 선 뒤 큰절을 했다.

"탈리케이아가 스승님께 인사를 드립니다."

"어서 오렴, 라샤이드 탈리케이아. 손님들이 계시니 잠시 호칭을 워치프라고 하자꾸나."

"그냥 이름을 불러주십시오. 역사상 가장 위대한 라샤이드이시자 라레비테이티이셨던 스승님 앞에서 제가 라샤이드라는 사실을 자랑할 수는 없습니다."

탈리케이아는 금발과 커다란 은색 비녀로 화려한 자신의 머리를 연신 조아렸다.

"여전하구나, 탈리케이아. 후후, 어서 자리에 앉아 목을 축이렴. 수행원들에게도 편히 쉬라 전하려무나."

"오늘은 혼자 왔습니다, 스승님. 백금의 신룡에 대한 일이 더시급하지 않습니까?"

"너의 깊은 책임감은 알타이르의 이번 세대를 더욱 찬란히 빛내겠구나. 하지만 워치프가 수행원들 없이 돌아다니는 것은 품위에 맞지 않을뿐더러 수행원들에게도 모욕감을 줄 수 있는 일이니 앞으로 주의하도록 해라."

"예, 스승님."

고개를 반쯤 숙인 채 일어난 탈리케이아는 그녀를 위해 준비된 방석으로 향했다.

자리는 케이시아와 데스디아 사이였는데, 둘과는 반갑게 인사를 나눈 반면 치프와 셀레스티아, 사만다와는 데스디아가 민망해하지 않을 정도로만 인사를 나눈 뒤 다른 알타이르인들과 마찬가지로 정좌를 했다.

준비가 될 때까지 곰방대를 입에 물고 있던 헤이파가 이윽고 말했다.

"워치프 탈리케이아가 왔으니 다시 이야기하도록 하지요. 저는 탈리케이아를 통하여 여왕 폐하께 신룡의 유적과 관련된 일들을 허락받으려 합니다."

"괜찮을는지요, 스승님."

탈리케이아가 걱정하였다.

"신룡의 유적은 외부인들에게 사진조차 공개되지 않은 곳입니다. 행여 사진이 찍혀도 유적에 남아 있는 미지의 힘에 의해 검게 변하고 말지요. 그래서 더욱더 철저하게 외부인들의 출입을 막아왔습니다. 과연 여왕 폐하께서 허락을 하실는지요? 셀레스티아님을 모셔 가지 않으면 힘들 것 같습니다만."

"그 문제는 아주 간단하게 처리할 수 있단다, 탈리케이아."

"예?"

헤이파는 곰방대를 입에 문 채 쓴웃음을 지었다.

"데스디아가 갖고 있는 통장의 기부금 입금 내역만 인쇄해서 보여 드려도 될 것이야."

기부금이 정확히 얼마인지 모르는 탈리케이아는 고개만 갸웃거렸다.

"그러다가 매국노라고 불릴 거예요, 엄마."

케이시아의 지적을 들은 헤이파는 차가운 눈으로 막내딸을 쏘아봤다.

모친의 그런 눈빛에도 불구하고 케이시아는 태도를 바꾸지 않았다.

"생각해 봐요. 언니와 언니네 회사가 불과 1년 만에 벌어들인 돈의 이익금 1할이 우리 행성 전체 예산의 30배라고요. 그건 말도 안 되는 숫자예요."

그 이야기를 들은 탈리케이아는 헤이파와 다른 알타이르인들이 그랬듯이 경악하여 케이시아를 돌아봤다.

"그게 사실이냐, 케이시아?"

케이시아 대신 데스디아가 고개를 끄덕여 확인해 주었다. 다른 이들과 마찬가지로 기부금이 정확히 얼마였는지 알지 못했던 탈리케이아는 눈앞이 아득했다.

케이시아의 이야기가 계속됐다.

"엄마, 만약 그 사실이 행성 전체에 퍼지면 왕실과 조정의 체면이 어떻게 될 것 같아요? 경계심 때문에 기부금을 밝히기는커녕 그 일부조차도 몰래 쓰지 못하는 거잖아요? 그런데 엄마가 거기서 통장 사본을 들이밀었다가는 우리 가문이 어떻게 되겠어요? 매국노로 몰려서 박살 나는 건 시간문제라고요."

막내의 말을 들은 헤이파는 잠깐의 노여움을 풀고 눈을 감았다.

"네 말이 맞구나. 하긴, 폐하의 성격상 용납을 못 하시겠지. 내가 돈에 눈이 멀었군."

케이시아는 모친이 진정하는 기색을 보이자 밋밋하게 웃었다.

데스디아는 동생의 어른스런 모습에 감동했지만 그 분위기를 즐길 틈도 없이 헤이파가 또다시 말을 터뜨렸다.

"그렇다면 이참에 내가 여왕이 되면 어떨까? 뒤집어엎고 싶은 관습도 있고 말이지."

"……."

"후후, 농담이니 다들 너무 동요하지 마시오."

헤이파는 곰방대를 물었다. 데스디아와 케이시아, 탈리케이아를 비롯한 모든 알타이르인이 한숨을 쉬는 가운데 치프는 고개를 숙인 뒤 오른손으로 얼굴을 덮었다.

'이봐, 난 그저 옷을 사러 왔을 뿐이라고! 대하드라마의 하이라이트 따위를 보러 온 게 아니란 말이야!'

이후 약 10분 동안 침묵이 흘렀다. 셀레스티아만이 음식을 맛있게 먹을 뿐, 헤이파는 곰방대를 입에서 떼지 못했고 그 외의 모든 이는 마치 10시간 같은 10분을 경험해야 했다.

"어쩔 수 없군요."

곰방대의 내용물을 비운 헤이파는 앉은 자세를 바꾼 후 셀레스티아를 향해 몸을 숙였다.

"날개 달린 자들의 왕녀 전하, 이 헤이파가 전하를 곁에서 모실 테니 부디 함께 왕궁으로 가시지요. 청하옵건대, 백금의 신룡은 우리 알타이르의 창세신화와 깊은 관계가 있는 만큼 그에 대한 조사를 위해 왕녀 전하의 도움을 받고 싶습니다. 허락해 주십시오."

"알겠습니다, 당주님. 당주님과 함께 왕궁으로 가겠습니다."

셀레스티아도 몸을 숙임으로써 헤이파의 부탁을 받아들였다.

헤이파가 자리에서 일어났다.

"그럼 난 즉시 왕녀 전하를 모시고 왕궁으로 갈 것이니 첫째는 막내와 함께 손님들을 잘 모시려무나."

"예, 어머님."

데스디아가 대답과 함께 몸을 숙였다.

"앞장서렴, 탈리케이아."

"예, 스승님."

곧장 일어난 탈리케이아는 셀레스티아를 정중히 안내하였다.

하인들 대부분이 헤이파를 따라 마루를 빠져나간 후, 데스디아는 한숨을 쉬며 일어났다.

"위험한 말씀을 하시는군."

"엄마가 왜 저러시는지 언니는 알 텐데?"

케이시아의 말에 데스디아의 표정이 어두워졌다.

"…그렇지. 하아, 난 옷을 갈아입고 돌아올 테니 그동안 네가 손님들을 모시렴."

"갔다 와."

언니에게 손을 흔들어준 케이시아는 데스디아가 마루의 문을 열고 나가자마자 치프와 사만다 앞으로 오더니 다른 이가 썼던 방석을 발끝으로 끌어오고는 그들과 마주 앉았다.

"아저씨가 그 캡틴 치프죠?"

남은 차를 마시던 치프가 쓴웃음을 지었다.

"그 별명이 여기까지 퍼졌나요? 신기하네요."

"아저씨가 어떤 보라색 드래곤과 싸우던 영상이 얼마나 유명한지 모르나 보네요?"

"그래요?"

치프가 정말 그러냐고 확인하듯 사만다를 봤다.

"그라니트 보안국에서 올린 그 영상은 정말 삽시간에 전 우주로 퍼졌습니다. 엠페라투스와 함께 엄청난 유명인사가 되셨죠."

"음… 나도 보긴 했지만 내용이 너무 부담스럽던데?"

치프가 실소를 터뜨리며 투덜거렸다.

"내가 꼭 그라니트 행성을 지키기 위해서 엠페라투스와 싸운 것처럼 포장됐더라고. 게다가 다른 드래곤들이 우리를 도와주던 모습은 영상에 없었어. 레투가 말로는 셀레스티아가 그 부분을 편집해 달라고 했다던데, 사실이니?"

"그렇습니다, 아저씨. 드래곤들과 관련된 영상이 무분별하게 퍼질 경우 보안국장님을 비롯한 많은 사람이 군부에 의해 위협을 당할 수도 있다고 하셨죠."

"영상을 공개해서 드래곤들에 대한 여론을 바꾸는 게 낫지 않았을까?"

그러자 케이시아가 손에 든 단말기를 좌우로 흔들었다.

"아저씨네 사정은 잘 모르겠지만 군부를 자극하는 건 피해야 해요."

"예?"

"현재 우주연합 군부와 맞서고 있는 세력은 행정부뿐인데, 행정부가 군부를 억누를 수 있을 만큼 강력하지는 않거든요. 암살이나 모함과 같은 테러 행위는 특히 막지 못하죠. 행정부가 갖고 있는 힘의 원천은 총칼이 아니라 서류와 도장이니까요."

케이시아가 말을 그럴싸하게 하자 치프는 흥미를 가졌다.

"아까 당주님을 말릴 때도 느꼈지만 케이시아 아가씨는 의외로 그쪽에 대한 감이 있네요."

"헤헤, 알타이르의 무녀 수업이라는 것은 정치가 지망이라는 뜻과 같거든요."

케이시아는 뒤통수에 깍지 낀 손을 대면서 웃었다. 자세가 자세이니만큼 가슴의 구체적인 형태와 겨드랑이 등이 그대로 노출되었지만 치프는 오직 그녀의 눈만 보면서 실례를 피했다.

"알타이르에서 좋은 자리로 올라가려면 싸움을 잘하거나 춤을 잘 춰야 하는데요, 저는 언니 말대로 알타이르인치고는 뚱뚱한 편이라 그냥 춤을 택했죠."

뚱뚱하다는 말에 사만다가 울컥했다.

"군살이 보이진 않습니다만."

"다른 행성 사람들 입장에서야 그렇겠죠. 하지만 뭐, 이래서야……."

케이시아는 치프가 보는 앞에서 자신의 가슴과 엉덩이를 차례로 한 움큼씩 집었다.

"알타이르에서는 싸울 때 덜렁거릴 것이 뻔한 가슴과 엉덩이는 쓸모없는 살덩어리로 치죠. 무관이 되기 위해서 가슴과 엉덩이에 축소 수술을 받는 부잣집 애들도 있어요. 그러다가 애들을 낳고 젖을 먹일 때 고생하지만요."

"좀 안타까운 관습이네요."

치프의 평에 케이시아는 고개를 저었다.

"그래도 싸움이든 춤이든 쉬운 건 없어요. 춤을 배운 지 이제 1년… 아, 지구 시간으로는 2년이네요. 그 정도밖에 안 됐는데 몸을 유지하면서 정령들과 대화하는 것이 너무 힘들더라고요. 가뜩이나 언니를 따라서 무관이 되겠다고 설쳤던 몸이라… 하하."

"원래 무관 지망이었나요?"

"예. 하지만 2년 전에 둘째 언니가 세상을 떠나면서 무관 쪽은 포기했어요."

케이시아가 지금 말한 둘째가 바로 자살을 하여 생을 마쳤다는 그 동생임을 아는 치프는 아주 천천히 고개를 끄덕거렸다.

"둘째 언니라는 분의 얘기를 흘리듯 몇 번 듣긴 했지만 유감이군요."

"그러게요."

케이시아는 세워서 굽힌 무릎을 두 팔로 껴안았다.

"엄마는 언니를 지키시려고 최고 제사장 자리를 내려놓으셨는데, 언니는 엄마와 가문을 지키겠다면서… 그것도 같은 날에 그렇게 됐죠. 그날 엄마가 조금 빨리 왕궁에서 돌아오셨거나 둘째 언니가 한 번 더 참았더라면 가족들이 상처 입을 일은 없었을 거예요."

치프와 사만다는 그들에게 구체적으로 무슨 일이 있었는지 궁금했지만 마침 데스디아가 다시 돌아왔기에 둘째에 대한 이야기는 멈춰야만 했다.

데스디아가 갈아입은 옷은 흰색 꽃이 수놓아진 분홍색 전통복이었다. 꽃의 뚜렷함과 배치, 그리고 꽃잎마다 밝기를 달리하여 입체감을 준 형태가 알타이르의 복장에 대해 아는 바가 없는 치프의 눈에도 비싸게 보였다.

터번 대신 검은색 비녀를 이용하여 묶어 올린 머리를 고정한 데스디아는 치프 앞에 앉아 있는 케이시아의 자세를 보자마자 허리에 손을 얹었다.

"손님 앞에서 무슨 추태냐, 케이시아? 아무리 무녀의 전통 복장이라 해도 다른 곳에서 온 분들의 입장에서는 불편할 수도 있음을 모르느냐?"

"다른 옷은 너무 더운걸."

치프 일행이 있는 알타이르 수도의 현재 기온은 섭씨 31도였다. 게다가 꽤 습했기에 땀을 많이 흘리는 편인 사만다는 말할 것도 없고 치프도 제법 고생을 하고 있었다.

마루는 시원한 편이었지만 에어컨과 체온 조절이 되는 전투복 등에 익숙해진 자들이 참고 견딜 수준은 아니었다. 반면 덥다고 투덜거리는 케이시아의 피부는 거짓말처럼 뽀송뽀송했다.

덥다는 동생의 말에 데스디아의 표정 한구석에 난처함이 섞였다.

"어서 갈아입고 다과실로 오렴."

"다과실? 흠… 알았어."

케이시아는 더 이상 투덜거리지 않고 얌전히 일어나 마루를 떠났다.

데스디아는 어머니가 그러했듯 하인들을 보면서 박수를 두 번 쳤다.

"자리를 모두 정리해 주세요. 우리는 다과실로 가겠습니다."

"예, 아가씨."

남은 몇 명의 하인이 마루에 놓인 방석과 식기 등을 바깥 자리부터 차근차근 정리했다.

"둘은 날 따라와. 다과실은 여기보다 시원해. 습하지도 않고."

"에어컨이 있는 곳인가요?"

사만다가 묻자 데스디아는 살짝 웃었다.

"그런 게 있을 턱이 없지. 하지만 바람이 잘 드는 곳에 있을 뿐더러 습기를 빨아들이는 식물들을 이용해서 습도도 조절하고 있으니 나쁘진 않을 거야."

치프와 사만다는 약간 아쉬운 표정으로 데스디아를 뒤따라 갔다.

그녀를 따라 마루를 걷던 치프는 데스디아가 입은 전통복을 보며 고개를 갸웃거렸다.

"그거 회사에서도 입어보면 어때?"

"아, 난 이 옷 싫어해. 일상복인데도 입고 벗기 불편하거든. 지구의 운동복이 훨씬 나아. 이걸 입느니 차라리 벗고 다니겠어."

하지만 전통복을 걸친 데스디아의 모습은 같은 여자인 사만다가 보기에도 기품이 넘쳤다. 특히 지구의 합죽선처럼 생긴 부채를 펼쳐서 흔드는 모습은 웬만한 광고모델들을 우습게 만들만큼 아름다웠다.

이윽고, 알타이르의 문화시설 중 하나로 손꼽히는 다과실에 도착한 데스디아는 그만 돌처럼 굳어지고 말았다.

그녀를 가장 먼저 반겨준 것은 회사에서나 보던 강화유리 소재의 자동문이었다.

스륵 열린 문을 통해 안으로 들어간 데스디아는 에어컨과 소파, 그리고 초대형 TV와 왠지 고급스러운 음향시설들을 목격하고는 부채로 얼굴을 덮으며 난감해했다.

"에어컨뿐만 아니라 냉장고도 두 개나 있네. 냉장고 위에 쓰인 글자가 무슨 뜻이야?"

치프는 해석을 위해 단말기를 꺼내려다가 데스디아가 두 개의 냉장고 중에서 작은 것을 열어젖히자 손을 멈췄다.

"이게 손님용. 옆이 가족용."

"오오."

리모컨으로 에어컨을 켠 데스디아는 시원한 바람을 즐기며 신나게 음료수를 마시는 치프와 사만다를 지나쳐 다른 곳에 앉았다.

치프는 다과실의 분위기가 꼭 지구의 가라오케 같다고 말하려다가 그녀의 심각한 표정과 딱딱한 자세를 보고는 입을 다물었다.

"알타이르에도 방송국이 있나 봐?"

치프가 TV의 리모컨을 들자 데스디아는 힘없이 고개를 끄덕였다.

"왕실 소속 방송국이 있긴 하지만 그다지 재미는 없을 거야. 공항에서 슬쩍 봤을 텐데? 무녀들의 춤이라든가, 전통놀이라든가, 민요라든가. 자극과는 동떨어진 것들만 나오지."

데스디아는 리모컨을 넘겨받고는 TV를 켰다.

그런데 TV화면에 나온 것은 무녀들도, 전통놀이를 즐기는 사람들도, 민요를 부르는 가수도 아니었다.

분홍색과 파란색, 빨간색 전통복을 입은 여자아이 세 명이었다.

분홍색과 파란색 전통복의 소녀는 나이가 지구의 7, 8세 소녀 정도로 보였지만 빨간색 전통복의 소녀는 이제 막 걸음마에 능숙해진 아이 수준으로 어렸다.

"하하, 시작부터 자극적인데? 누구네 애들이야? 아역 배우 같네?"

치프가 질문했을 때, 데스디아의 의식은 어딘가에 날아가 있었다.

[자, 첫째야. 엄마랑 할머니 앞에서 재롱부려 봐, 재롱.]

낯익은 목소리가 TV의 스피커에서 나왔다. 그러자 분홍색 전통복의 소녀가 큼지막하고 귀여운 눈을 깜박이더니 활짝 웃었다.

[예, 어머님. 그럼 이 뎃디가 귀여운 짓을 시작…….]

TV는 거기서 픽 꺼졌다.

얼굴이 입고 있는 전통복보다 더 빨갛게 변한 데스디아가 리모컨을 손에 쥔 채 테이블 위에 엎드렸다.

'젝스가 저걸 봤으면 자극을 견디지 못하고 쓰러졌을 거야.'

사만다는 표정을 관리하면서 그렇게 생각했다.

솔직한 심정으로, 그녀는 지금 당장 리모컨을 빼앗아서 그 뒤에 이어질 '낙원'을 보고 싶었지만 정말 그랬다가는 불벼락을 맞을 것이 뻔했기에 인내심을 최대한으로 발휘했다.

"저기, 뎃디. 아니, 부사장. 누구에게나 어린 시절은 있는 법이야."

치프가 말하자 데스디아가 엎드린 채로 움찔했다.

"지금 TV를 다시 틀어주면 내가 사만다의 열세 살 생일파티 때 찍은 동영상을 보여줄게."

이번엔 사만다가 흠칫했으나 그녀는 나쁘지 않은 거래라고 생각했는지 마음속으로 치프를 응원했다.

하지만 얼어붙어 버린 공기는 붉은색 전통복으로 갈아입은 케이시아가 들어올 때까지 풀리지 않았다.

"여기 어때, 언니? 저번에 저택을 개수할 때 엄마가 그럴싸하게 바꿨거든."

"그럴싸하다고? 여기는 세스티아가 가장 좋아하던 장소였어!"

동생의 말에 수치심을 잊을 만큼 화가 난 데스디아는 솟구치듯이 일어났다.

"흥, 역시 그런 식으로 나오네."

표정을 통해 대놓고 짜증을 드러낸 케이시아는 데스디아 앞에 똑바로 섰다.

"엄마랑 큰언니는 지나치게 닮았어. 나랑 작은언니는 어렸을 때 그게 부러웠던 나머지 손을 맞잡고 가출까지 했지. 우리만 다리 밑에서 주워 온 애들 아니냐면서 말이야."

"그래, 기억나지. 그날 앞마당에서 만난 나에게 지금 가출하는 중이니 비켜달라고 지껄였다가 두드려 맞았던 기억도 나겠구나? 신발부터 빼앗아 버리니 둘이서 무릎 꿇고는 손을 싹싹 빌어댔지."

"……."

몇 초도 안 되어 기가 꺾인 케이시아는 이도저도 못 하고 가만히 있었다.

데스디아는 팔짱을 꼈다.

회사에서도 자주 보여주는 모습이었지만 치프는 헤이파와 만난 이후로 데스디아의 그 모습에서 다른 느낌을 받았다. 그녀는 머리부터 발끝까지, 심지어는 몸을 타고 떨어지는 위엄마저도 헤이파를 닮아 있었다.

"하고 싶은 말을 하렴, 케이시아. 그때처럼 얻어맞고 신발을 빼앗기진 않을 테니까 말이야."

"흥."

케이시아는 TV 옆에 꽂힌 기억장치를 손가락으로 두드렸다.

"장소에 집착하고 이런 걸 하루 종일 돌려 보면 엄마와 언니는 위로가 되나 봐? 나처럼 다른 생각을 갖고 자라온 사람은 대체 어쩌라는 거지? 작은언니에 대한 미련을 한 달 만에 버린 사람은 어떻게 하면 좋아? 그냥 신발을 빼앗기듯이 닥치고 이해를 하면 되는 거야?"

치프와 사만다는 저러다가 케이시아가 뺨이라도 맞는 거 아닐까 했지만 데스디아는 앞뒤를 싹 날리고 핵심만을 짚었다.

"네가 진짜로 미련을 버릴 만큼 냉정했다면 지금 이렇게 시비를 걸지도 않겠지. 솔직해지렴, 케이시아. 넌 그럴 아이가 아니야. 그리고 넌 내가 어머니께 해드릴 수 없는 일을 할 수 있어."

"……."

케이시아의 표정이 점차 누그러졌다.

"어머니께서는 아직도 분노하고 계시는구나. 아마 방음까지 잘된 이 방에서 옛날에 찍어뒀던 세스티아의 모습을 보시며 혼자 마음을 달래셨겠지."

데스디아는 담담한 표정으로 TV를 켰다.

[뎃디가 귀여운 짓을 시작……]

그리고 얼른 껐다.

"그, 그래. 내가 없을 때 어머니랑 함께 이걸 보면서 위로해 드리려무나. 언니는 자리를 또 비워야 하니……."

케이시아는 데스디아가 쥔 TV 리모컨을 빼앗으려 했으나 데스디아는 엄청난 속도로 팔을 움직여 동생의 손길을 피했다.

"그러니까 내가 없을 때……."

"……."

케이시아는 끈질기게 리모컨을 노렸고 데스디아는 무술을 하듯이 동생의 손길을 피했다.

치프는 음료수를 마시며 그 모습을 지켜봤다.

'난 옷을 사러 왔을 뿐이라고.'

하지만 케이시아의 손길을 피하기 위해 이리저리 움직이는 데스디아의 표정에서 진지한 고민 따위는 보이지 않았다.

'옷은… 택배로 받지 뭐.'

치프가 웃는 동안 사만다는 자리에서 스륵 일어나 TV에 다가가서는 전원 버튼을 직접 눌렀다.

리모컨 신호를 감지하는 부분을 손으로 막는 것도 잊지 않았다.

데스디아는 상황을 멈추기 위해 사만다에게 달려가려 했으나 케이시아가 두 팔과 몸으로 그녀를 덮치는 바람에 문제의 '귀여운 짓'은 무려 3분이 넘도록 재생되었다.

그로부터 3시간 후.

해가 지기 전에 셀레스티아를 데리고 집으로 돌아온 헤이파는 손님들이 있다는 다과실로 향했다.

다과실 안으로 들어간 헤이파는 1시간이 넘는 몸싸움으로 인해 지친 나머지 소파에서 잠든 데스디아와 사만다, 그리고 케이시아의 모습을 목격했다.

'여자애 셋이 저렇게 얽혀 잠드는 모습을 다시는 못 볼 줄 알았는데.'

셋을 통해 과거를 잠시 추억한 헤이파는 전원이 꺼진 TV 앞에서 단말기를 만지작거리는 치프를 돌아봤다.

"손님, 시설이 마음에 드시는지요?"

"아, 당주님."

헤이파가 들어오는 것을 느끼지 못했던 치프는 서둘러 자리에서 일어났다.

"왕궁에서의 일은 어떠셨나요?"

"다행히 통장 사본이 나오지 않는 선에서 잘 마무리되었습니다. 셀레스티아 왕녀 전하의 본모습을 보자마자 여왕 폐하께서 허락하셨지요. 하지만 내일 손님들과 함께 신룡의 유적에서 최고 제사장과 만나기로 했답니다. 여왕 폐하께서는 업적을 남기고 싶어 하시거든요. 급하지만 손님들을 그쪽으로 모셔도 되겠습니까?"

"내일이요? 뭐, 견학한다고 생각하고 가면 괜찮을 것 같네요. 설마 유적에서 괴물이 튀어나오고 하진 않겠죠?"

"후후, 10만 년이 넘는 세월 동안 조용했던 장소입니다. 전자기기를 쓰기 힘들다는 걸 제외하면 주변의 땅이 기름져서 근처에 자리를 잡고 사는 사람도 많습니다. 잠시 앉으시지요."

치프를 다시 앉힌 헤이파는 가족용이라고 쓰인 냉장고에서 뭔가를 꺼냈다.

그것은 알타이르 전통차나 전통주도 아닌, 무려 지구의 유명 브랜드 아이스크림이었다.

그 녹차 맛 아이스크림 통의 뚜껑에는 알타이르의 글자로 '헤이파'라는 이름이 진하게 쓰여 있었다.

'과연, 진짜 가족용이로군.'

내용물이 너무 궁금한 나머지 냉장고 문을 열어보지 않았던 치프는 허탈감과 재미를 동시에 느꼈다.

헤이파는 나무로 된 숟가락으로 아이스크림을 떠먹으며 데스디아를 봤다.

"첫째는 어떻습니까? 일은 잘하던가요?"

"너무 많은 일을 해줬지요. 제 목숨으로도 갚을 수 있을지 모르겠어요."

"후후, 워낙 감수성이 깊은 아이라서 비녀만 하나 사줘도 좋아할 겁니다."

"그렇군요."

치프는 '댁의 따님이 그라니트 행성의 헌터들 사이에서 어떻게 인식되고 있는지 아느냐'며 묻고 싶었지만 감수성에 대한 헤이파의 말에는 이견이 없었다.

"리더십은 정말 훌륭하죠. 회사 직원들은 물론 헌터들 가운데 성격 좀 괜찮은 친구들도 따님께 깊은 믿음을 갖고 있습니다. 무슨 귀신 보듯이 하는 녀석들도 있지만요. 무엇보다 거래와 관련된 대화를 할 때 주도권을 놓지 않고, 또 놨다는 말을 들은 적도 없는 걸 보면 여러모로 타고난 것 같더라고요. 당주님처럼 말이죠."

"첫째들은 다들 그렇답니다."

헤이파가 아이스크림을 오물거렸다.

"알타이르인들의 특성상 왕족의 첫째 딸들은 자신의 모친을 지나치게 닮지요. 첫째가 과연 애를 낳게 될지는 모르겠지만 만약 낳는다면 자신과 성격까지 닮아버린 작은 생물이 옆에서 뛰어다니는 모습을 틀림없이 목격하게 되겠지요."

"그건 신기하네요."

"하지만 둘째, 셋째로 가면 갈수록 모친과 영 다른 아이들이 나오고 여섯째 정도 되면 누구네 아이냐는 말이 나올 정도로 차이가 큽니다. 하지만 가문의 막내가 워치프나 최고 제사장의 자리에 오르는 경우도 많아서 지금은 차별이 없습니다."

"과거엔 있었나 보네요?"

"관습에 결코 굴하지 않은 조상들이 있었지요. 저는 둘째를 잃고 나서야 그분들의 위대함을 깨달았습니다. 관습 때문에 사랑하는 아이를 잃었는데 저는 아무것도 못 했지요."

헤이파는 아이스크림의 뚜껑을 닫았다.

"하아, 어쨌거나… 첫째도 이례적인 일을 하는 부류가 됐군요. 고향 밖에서, 드래곤들도 부족하여 신들까지 관여가 된 일에 손을 댈 줄은 몰랐습니다. 타향에서 죽어버린 부하들을 위한 일이라고는 하지만 부모 입장에서는 웃음도 나오지 않는 불효지요. 그 튼튼한 워치프의 전투복이 그 꼴이 될 때까지 싸우다니……."

치프는 헤이파의 걱정을 듣고 깊은 죄책감을 느꼈다. 그렇다고 해서 데스디아의 각오를 무시할 수는 없었기에 일단 가만히 있었다.

치프는 그녀가 신들에 대해 뭔가 알고 있을 것 같았기에 그쪽으로 대화를 돌리기로 했다.

"혹시 당주님께서는 신들을 아십니까?"

"조금은 그렇지요."

헤이파는 아이스크림 통을 냉장고 내의 냉동실에 넣은 후 다시 치프 옆에 앉았다.

"고고학자들 사이에서는 창세신화에 적힌 '사악한 존재'에 대한 의견이 여전히 분분하답니다. 백금의 신룡과 마찬가지로 날개가 달린 거대한 짐승이 그 사악한 존재라는 말도 있고, 또 형태만 인간과 비슷할 뿐인 초월적 존재가 바로 '사악한 존재'라는 말도 있지요."

"예? 의견이 그렇게 갈라지려면 헷갈릴 만한 요소가 조금 있어야 하지 않나요? 너무 다른데요?"

"사악함에 지배당한 자들이 스스로의 입으로 '신'을 이야기했다는 기록이 있기 때문이랍니다. 하지만 날개 달린 짐승에 대한 기록도 바로 옆에서 발굴됐기에 의견이 나뉠 수밖에 없지요."

"좀 복잡하긴 하지만 그라니트 행성에서 일어나는 일과 공통점이 있네요."

"그런가요?"

"신에 의해 변질된 자들이 저희 회사를 1년 동안 노렸다고 하더군요. 따님은 물러서지 않고 그들과 맞서 싸웠으며 회사의 일도 게을리하지 않았습니다. 앞서 말씀드렸다시피 제가 목숨을 내놓는다고 해도 갚을 수 없는 빚이지요."

"첫째답군요. 앞으로도 잘 부탁드립니다."

헤이파는 낚싯줄을 던지듯 말을 던졌다. 치프는 그것을 아는지 모르는지 슬쩍 웃었다.

"개인적으로는 여기에 두고 가고 싶습니다."

"흠?"

"1년 전에는 정말 좋은 파트너라고 생각했습니다. 하지만 데스디아는 저와 근본부터가 달랐죠. 이제는 존경하는 친구입니다."

치프는 음료수를 마셨다.

"저는 그저 저를 엿 먹인 놈들을 제거하기 위해 그라니트에 갔고 드래곤들 역시 겉으로만 대했지만 데스디아는 진심으로 일에 몰두했습니다. 저는 제가 자리에 없을 것에 대비하여 데스디아에게 부사장 자리를 부탁했지만 데스디아는 그 자리에서 제가 잡혀가는 상황에 회사 따위가 대체 뭐냐며 화를 냈죠."

"……"

헤이파는 당황하여 치프와 데스디아를 바삐 봤으나 치프는 눈치 없이 자신의 얘기를 계속했다.

"겉으로는 회사를 복수의 도구로 생각하는 것 같아도 실제로는 그렇지 않았습니다. 데스디아는 목숨을 걸고 모든 것을 지켜냈지요. 그런 친구에게 앞으로도 계속 그렇게 해줄 것을 요구할 자신이 없군요. 이곳으로 오는 여객선에 타자마자 부사장 자리에서 해방됐다며 몇 분도 안 되어 잠들었습니다. 그 모습을 보니 제가 데스디아에게 무슨 짓을 한 건지 알 수가 없어졌죠."

헤이파는 속을 털어놓은 치프의 모습을 한참 바라보다가 이윽고 말했다.

"혹시 바보입니까? 아니면 고자인가요?"

"예?"

뜬금없는 헤이파의 말에 치프는 깜짝 놀랐다. 하지만 헤이파는 딸의 심정이 뭔지 확실히 알아차리고 있었다.

"알타이르의 여자들은 가족은 물론 가족으로 삼겠다고 마음먹은 사람을 위해 기꺼이 목숨을 바치는 존재입니다!"

"예… 뭐, 저희 회사가 확실히 가족적인 분위기이긴 하죠. 그러고 보니 데스디아는 저를 아들처럼 생각하는 것 같더군요. 그런데 고자라는 말씀은 왜……."

"……."

헤이파가 자리에서 일어났다. 치프는 그 분위기에 등골이 오싹했다.

"당주님?"

조금 뒤, 누군가가 얻어맞는 소리에 놀라서 깬 데스디아는 황급히 밖으로 나갔다.

그녀는 다과실 밖에서 헤이파에게 풀 마운트 상태로 두드려
맞는 치프의 모습을 보고 경악했다.

"어머님!"

데스디아는 헤이파를 뜯어말리려 했으나 헤이파는 자신이
말했던 신체 나이를 과시라도 하듯이 엄청난 완력으로 데스디
아를 밀쳤다.

"비켜! 이 고자 같은 새끼를 진짜 고자로 만들어 버리겠어!"

결국 헤이파는 데스디아와 케이시아, 그리고 뒤늦게 다과실
에 도착한 셀레스티아에 의해 다른 곳으로 옮겨졌다. 사만다는
그렇게 얻어맞고도 신음하며 일어나는 치프를 보고 할 말을 잃
었다.

"여자한테 새 옷을 사주는 건 정말 어려운 일이구나, 사만
다."

"지금은 새 옷이 아니라 의사와 간호사가 필요할 것 같네요.
아프지 않으세요?"

치프는 어지러웠는지 결국 다시 눕고 말았다.

# 23
## 하늘을 가르는 고대의 분노

다음 날, 치프 일행은 마차를 타고 신룡의 유적으로 향했다.

데스디아와 사만다, 케이시아는 치프를 어이없다는 표정으로 지켜보고 있었다.

"신체 회복 능력이 확실히 일반인을 넘어서고 있군. 어제는 얼굴이 꼭 반죽 같았는데 말이지."

얼굴 곳곳에 밴드를 붙이고 있는 치프는 데스디아의 말에도 불구하고 말없이 마차의 바깥만 바라봤다.

"대체 어머니께 무슨 말을 했기에 매질을 당한 거야?"

"엄마가 그렇게 화를 내시는 건 오랜만인데 말이죠."

케이시아가 키득거렸다. 치프야말로 얻어맞은 이유를 알고 싶었지만 헤이파가 눈시울이 젖은 채로 자신을 두드리는 걸 봤기에 그냥 가만히 있었다.

"아, 통화권 이탈이네. 짜증."

케이시아가 투덜거리자 치프는 자신의 단말기를 꺼내 봤다. 그의 단말기도 통화권 이탈 경고를 화면에 표시하고 있었다.

'알케온과 루할트는 물론 다른 모든 사람이 끝까지 답장을 안 보내고 있어. 알타이르의 통신기지국이 이 정도로 엉망이었나?'

하늘을 다시 본 치프는 한숨을 쉬었다.

'먹구름이 잔뜩 꼈네. 엠페라투스랑 결판을 내던 날이 떠오르는데?'

그는 얼굴에 붙인 밴드를 하나씩 떼어냈다.

그 상태에서 1시간을 더 이동한 치프는 언덕길과 안개 사이로 보이는 유적의 모습에 당황했다.

"저게 뭐야, 제기랄."

치프는 데스디아를 향해 손짓했다.

어렸을 때, 그리고 워치프로서의 시험 절차 때문에 몇 번이고 유적에 왔었던 데스디아는 그가 왜 자신까지 불러대며 호들갑을 떠는지 알 수 없었다.

그러나 지금은 달랐다. 드래곤들과 브리치라는 것들을 지겹게 경험한 뒤에 다시 보게 된 유적의 모습은 그녀는 물론 사만다까지 경악시켰다.

'저게 저런 형태였다고? 왜 이제야 눈에 들어오는 거지?'

데스디아는 '저런 것'을 이제야 눈치챈 자신도, 그리고 산책을 하듯 함께 가고 있는 동포들의 태도도 이해할 수 없었다.

나무와 흙에 잔뜩 뒤덮이긴 했지만 그것은 분명히 브리치의 고리 안에 엎드려 있는 드래곤의 모습이었다.

치프는 단말기를 들어서 그 드래곤으로밖에 안 보이는 언덕을 찍었다.

그리고 그 사진을 판독용 어플리케이션에 넣어서 가장 비슷한 이미지를 찾아보려 했다.

결과는 10초가 조금 지난 뒤에 나왔다.

"파울라 장로님의 드래곤 형태와 8% 정도 일치하는군. 지금까지 내가 촬영하여 기록한 드래곤들의 이미지 중에서 가장 높은 숫자야. 두 번째로 높은 수치를 자랑하는 드래곤은 엠페라투스지. 아무래도 파울라 장로님이나 엠페라투스와 마찬가지로 고대의 드래곤일 거야."

중얼거린 치프는 단말기로 사진을 연거푸 찍으며 데스디아에게 손짓했다.

"마차를 한 번 멈춰야 할 것 같아. 감이 안 좋아."

"내가 어머니께 말씀드리지."

깨끗한 워치프 전투복을 입은 데스디아는 벗어놨던 망토를 걸친 뒤 마차에서 뛰어내렸다.

그녀는 착지하자마자 인상을 썼다.

'역시, 그라니트 행성에 있을 때보다 몸이 무거워.'

그래도 헤이파와 셀레스티아가 타고 있는 앞쪽 마차를 향하여 달려가는 데스디아의 모습은 여전히 맹수와 같았다.

"어머님, 마차를 멈춰야 합니다!"

그녀가 마차에 오르며 소리치자 곰방대를 물고 있던 헤이파가 고개를 돌렸다.

"무슨 말이냐? 그 고자 사장이 또 뭐라고 하더냐?"

데스디아는 자신의 어머니가 왜 폭력 행사 이후 치프를 고자라고 부르며 경멸하는지 알 수 없었다.

"유적의 형태가 이상합니다! 아무리 봐도 브리치 안에 있는 드래곤의 모습입니다!"

헤이파는 고개를 돌려 유적을 봤다. 방송 등을 통하여 브리치의 모습을 스치듯 봤던 그녀는 코웃음도 치지 않았다.

"날개 달린 짐승이 앉아 있는 모습이라는 말은 가끔 있었지. 하지만 무려 10만 년 가까이 저 상태로 존재해 온 유적이란다. 어렸을 때부터 자주 봐왔을 텐데 이제 와서 호들갑이라니, 너도 이상하구나."

"아닙니다, 어머님! 셀레스티아, 뭐라고 말을 좀 해봐!"

그러자 헤이파의 저택에서 가져온 음식을 먹고 있던 셀레스티아가 유적 쪽으로 고개를 돌렸다.

그녀는 눈을 크게 떴다가 노려보는 등 여러 가지 표정으로 유적을 확인했다.

"음, 확실히 날개 달린 자와 브리치의 모습이네. 모습만 그런 게 아니라 진짜야."

셀레스티아의 말에 헤이파가 깜짝 놀랐다.

"사실입니까, 왕녀 전하?"

"예."

셀레스티아가 활짝 웃었다.

"하지만 날개 달린 자는 사망한 지 너무 오래되어 화석이나 마찬가지네요. 탈란바토르… 아니, 브리치도 동력은 물론 기능을 완전히 잃은 상태라 안전합니다, 당주님."

"호오, 신기한 일이군요. 날개 달린 자들과 우리 알타이르 사이에 교류가 있었다는 뜻입니까?"

"가서 확인을 해봐야 알 것 같네요. 조상님들의 흔적이 있으면 도움이 될 것 같아요."

"백금의 탑이라는 것이 유적 앞에 있지요. 지금 가는 곳도 그곳입니다."

헤이파는 디지털 캠코더를 들어서 유적을 촬영했다.

데스디아는 셀레스티아의 설명을 들었음에도 불구하고 불길함을 떨치지 못했다.

'드래곤들에 관한 일은 셀레스티아가 더 잘 알 테니 어쩔 수 없지. 브리치도 그렇고.'

데스디아는 하다못해 스트라투스라도 갖고 왔어야 했다며 자책했지만 여객선에 전자식으로 제어되는 총기류는 몰라도 실체가 있고 날도 서 있는 도검류를 싣기 위해서는 심사 기간 및 등록이 필요했기에 어쩔 수 없었다.

게다가 이번 여행의 당초 목적은 알타이르의 창세신화와 관련된 유적 탐사가 아니라 단순한 휴가였다.

상황 자체가 치프는 물론 데스디아의 예상을 훨씬 초월하고 있었다.

"계속 진행하겠다고 전하겠습니다, 어머님."

"그러려무나. 흠, 날씨가 흐려서 좋은 그림이 안 나오는군. 하긴, 벌써 150년 가까이 굴린 녀석이니까 움직이는 것도 용하지."

헤이파가 들고 있는 캠코더는 케이시아가 태어난 이후 지구가 아닌 다른 행성에서 큰돈을 들여 구입한 것으로 부품 수명에 의해 손상되는 일이 없는 명품이었다.

치프 일행이 타고 있던 마차로 다시 돌아온 데스디아는 치프를 향해 고개를 흔들었다. 그녀의 부정적인 반응을 본 치프는 그럴 줄 알았다는 듯이 쓴웃음을 지었다.

"미안하지만 다시 당주님께 가서 말씀드려 줄래?"

"무엇을?"

"내가 단말기를 떨어뜨려서 그러니 잠깐 찾으러 갔다가 돌아오겠다고 말이야."

데스디아는 그가 무슨 헛소리를 하는 건지 알 수가 없었다. 치프는 자신의 단말기를 오른손에 멀쩡히 들고 있었다.

치프는 단말기의 메모 기능을 이용하여 뭔가 글을 쓰고는 그것을 다시 알타이르의 언어로 바꿔서 케이시아에게 보여주었다.

내용은 '단말기를 빌려주세요!'였다.

그 글을 본 케이시아는 흥미가 생겼는지 자신의 단말기 언어를 우주연합 표준어로 바꿔서 치프에게 건네주었다.

"그럼 갔다 올게. 얼마 안 걸릴 거야."

마차에서 뛰어내린 치프는 데스디아와 달리 크게 휘청했지만 다행히 넘어지진 않았다.

그는 중심을 되찾아마자 바로 길을 거슬러 달려갔다.

"무슨 생각인지 모르겠군."

케이시아와 함께 치프의 메시지를 본 데스디아는 터번에 감싸인 머리를 누르며 한숨을 쉬었다.

하지만 그녀는 치프가 뭔가 느꼈기에 저런 행동을 하는 것임을 알고 있었다.

데스디아는 사만다와 케이시아를 보면서 자신의 입술을 엄지와 검지로 연거푸 짚었다. 자신과 말을 맞춰달라는 뜻이었다.

"고자라고 욕먹는 것도 모자라서 칠푼이라는 소리까지 듣고 싶은가 본데?"

데스디아가 먼저 말을 꺼냈다.

"정말 고자 아닐까, 언니? 아하하하하!"

지시대로 말을 맞춘 케이시아는 지금 상황이 너무 재밌던 나머지 그만 실제로 웃음을 터뜨렸다.

사만다는 치프가 그냥 움직일 사람이 아님을 알고 있었기에 서슴없이 말을 맞춰주기로 마음먹었다.

"3년 전에는 제 단말기로 발기부전 약을 찾으신 일도 있었죠. 검색 기록이 제 단말기에 남는 바람에 그걸 보신 어머니께서 저를 추궁하셨습니다. 몸을 어떻게 굴리고 다니는 거냐며 화를 내셨죠."

"그건 정말 최악이군."

"하하하하!"

데스디아가 낮게 웃었고 케이시아는 배를 부여잡았다.

상황이 적당히 맞춰졌다고 생각한 데스디아는 어머니와 셀레스티아가 있는 마차로 가서 치프의 말을 전했다.

"넌 왜 그 고자 같은 놈의 한심한 말을 일일이 전하고 다니는 것이냐? 그놈은 오늘 행사에 없어도 되니 돌아오든 말든 신경 쓰지 마! 입과 귀가 불쾌하구나!"

헤이파가 탄 마차에서 곧장 욕설이 터져 나왔다. 어제 이후로 치프에 대한 헤이파의 인상은 최악을 달렸으나 이제는 바닥이 어딘지 알 수 없을 만큼 떨어지고 말았다.

"어머님, 그래도 할 때는 하는 사람입니다."

"길바닥에 흘린 물건을 주우러 가는 건 누구나 할 수 있지 않느냐? 그놈 얘기는 됐으니 넌 여기 있어라!"

데스디아는 말없이 마차의 좌석에 앉았다.

"그 고자 녀석에 대한 이야기는 나중에 하자꾸나. 일단 유적에 도착하면 표정 관리를 하려무나. 최고 제사장뿐만 아니라 여왕 폐하께서도 그곳에 계시니 말이다."

헤이파는 곰방대에 불을 넣었다.

얼굴에 노기를 떴던 데스디아는 필사적으로 자신을 다스렸다.

그녀의 눈에 셀레스티아의 모습이 들어왔다. 그 하얀 장발의 미녀는 걱정스러운 표정을 짓고 있었다.

둘은 그냥 마주 웃었다. 그뿐이었다.

*　　　　　*　　　　　*

유적에 도착한 데스디아는 탈리케이아를 비롯한 2,000여 명의 알타이르 전사가 알타이르 행성의 여왕과 최고 제사장을 호위하고 있는 모습을 목격했다.

전사들 외에도 수많은 학자가 각자의 기록 수단을 손에 쥔 채 앞으로 벌어질 일들을 기대하고 있었다.

뿐만 아니라 알타이르 왕립 방송국 직원들까지 중계 장치와 카메라로 무장하여 방송을 준비하고 있었는데, 그들은 신호가 잡히지 않고 카메라도 먹통이라며 화를 내고 있었다.

앞이 과연 보일까 싶을 정도로 촘촘한 면류관을 이용해 얼굴을 가린 알타이르의 여왕은 자신에게 다가와 예를 올리는 헤이파와 데스디아, 케이시아를 손짓으로 간단히 맞이해 주었다.

사만다의 눈에는 상당히 성의 없는 답례로 보였지만 알타이르에서 여왕은 백성들 앞에서 부동자세를 유지하는 것이 원칙이기에 손을 드러내 놓고 흔들어준 것은 사실상 최고의 답례였다.

뒤이어 사만다와 셀레스티아가 나란히 서서 여왕에게 인사를 했다.

"지구에서 온 사만다 카터입니다. 알타이르 행성의 여왕님을 뵙게 되어 영광입니다."

여왕은 고개를 살짝 끄덕였다.

"날개 달린 자들의 왕녀인 셀레스티아입니다."

뒤이어 셀레스티아가 인사를 하자 여왕이 자리에서 일어났다.

"어제 이후로 왕녀께서 오시기를 기다렸습니다. 불편하신 점은 없으셨습니까?"

사만다는 여왕의 목소리가 제법 앳된 것에 놀랐지만 표정으로 드러내진 않았다.

셀레스티아는 상냥하게 웃었다.

"여왕 폐하께서 걱정해 주신 덕에 편히 잠들 수 있었습니다. 마치 고향에 온 느낌이군요."

"다행입니다, 왕녀여. 이후에는 최고 제사장의 안내에 따라 백금의 탑으로 가주십시오."

"예, 여왕 폐하."

헤이파에 이어 최고 제사장을 맡은 여성은 데스디아 정도의 나이였으며 실제 외모도 매우 젊었다. 귀의 뾰족한 끝이 다른 이들과 달리 짙은 검은색을 띤 것이 특징이라면 특징이었다.

"백금의 탑은 저곳에 있습니다, 셀레스티아 왕녀여."

최고 제사장이 손으로 가리킨 곳에는 약 20미터 높이의 백금색 물체가 정말 탑처럼 솟아 있었다.

"저것은… 아바마마의 날개 뼈로군요. 역시 아바마마께서 이곳에 계셨던 겁니다."

감격한 셀레스티아는 여왕 쪽으로 돌아섰다.

"여왕 폐하. 무슨 일이 일어날지 모르니 모든 이에게 백금의 탑으로부터 멀리 물러나도록 명해주십시오."

"그러지요. 라샤이드 탈리케이아여, 병사들을 물리십시오."

"예, 폐하."

탈리케이아가 직접 뿔피리를 들어 세차게 불었다. 높은 음색을 띤 소리가 여왕 쪽으로 즉각 집결하라는 지시를 대신했다.

병사들이 물러나는 한편 셀레스티아는 그들 사이를 지나 백금의 탑 앞에 섰다. 셀레스티아와 동행한 최고 제사장은 평소와 달리 음습해 보이는 유적의 모습에 약간 압도되었다.

"운캄타르 성왕님이라고 하셨지요? 왕녀시여, 그분께서 이곳에 흔적을 남기신 이유가 무엇일까요?"

"접촉해 보면 알 것 같습니다."

셀레스티아는 백금의 탑, 아니, 운캄타르의 날개 뼈를 향해 손을 내밀었다.

그녀의 손에서 흘러나온 하얀색의 빛이 날개 뼈에 간섭하는 순간이었다.

날개 뼈가 유적 방향으로 터져 나가는 것과 동시에 땅 위에 서 있던 모든 이가 뒤로 넘어졌다.

어쩔 수 없이 하늘을 볼 수밖에 없게 된 그들은 유적을 두껍게 덮고 있던 흙과 나무들이 일제히 치솟아 구름을 뚫고 나가는 광경을 보고 말을 잃었다.

먹구름에 뚫린 구멍으로부터 쏟아지는 햇빛이 톱니바퀴와 같은 구조물로 겉을 장식한 금속 고리를 찬란하게 비춰주었다.

동생을 부축하여 일어나던 데스디아는 그 고리를 보고 경악했다.

"브리치? 그것도 초대형이잖아? 셀레스티아 말로는 가동되지 않을 거라고 했는데?"

그러나 문제는 브리치가 아니었다.

"크아아아아아!"

브리치 안에 엎드려 있던 검은색의 드래곤이 날개를 펴고 일어나면서 분노와 광기로 포화된 굉음을 내질렀다.

날개 너비만 150미터가 훌쩍 넘고 몸길이는 160미터에 달하는 그 거대한 존재가 한순간에 일어나서 힘을 과시하자마자 구멍 뚫린 먹구름이 일제히 지평선 쪽으로 밀려나면서 청각을 마비시킬 정도의 파열음을 터뜨렸다.

"아르마게일! 감히 날 속이다니!"

그 드래곤은 셀레스티아나 파울라 등과 마찬가지로 여성의 목소리를 내고 있었다.

드래곤의 몸은 전체적으로 검은색이었으나 눈은 흰색이었고 날개의 박막과 복부 비늘의 색은 찬란한 황금색이었다.

박막 안쪽에선 선명한 붉은색의 전류가 마치 모세혈관처럼 박막 전체로 퍼지며 이글거렸다.

주변을 둘러보다가 알타이르 행성인들이 있는 땅을 내려다본 그 드래곤은 날개를 지그시 접으며 코웃음을 쳤다.

"호오, 아르마게일의 광신도가 될 뻔한 그 원시인들인가? 아니, 조금 다르군. 이 냄새… 분명 진화했어! 그만큼의 시간이 흘렀단 말인가?"

그 드래곤은 자신의 머리 위에 떠 있는 브리치를 올려다봤다.

"아르마게일이 나에게 선물이랍시고 주었던 탈란바토르가 시간을 알려주고 있군. 하, 옛 고향의 시간으로 무려 10만 년이나 흘렀다고?"

다시 펼쳐진 드래곤의 황금색 날개 박막에서 붉은색의 전류가 끓어올랐다.

"작은 생물들을 죽이는 것에는 흥미가 없지만 이 분노를 주체할 수도, 납득할 수도 없구나! 네놈들이 하나씩 터져 죽는 꼴을 보면서 이 기분을 풀어야겠다!"

포효한 드래곤이 앞발로 땅을 내려쳤다.

땅을 뒤집어엎는 듯한 충격과 폭음, 그리고 흙먼지의 폭풍이 알타이르인들을 덮쳤다.

케이시아와 헤이파, 그리고 사만다를 몸으로 덮은 데스디아는 땅의 정령들의 도움을 받아 최대한 버텨봤다.

폭풍이 잠잠해지자 얼른 일어난 데스디아는 주변에 펼쳐진 상황을 보고 힘을 잃었다. 2,000명에 달하는 전사 가운데 절반 이상이 버티지 못하고 팅겨 날아가 부상을 당한 상태였다.

드래곤이 보여준 힘은 현장에 있는 모든 알타이르인을 한순간에 절망하게끔 만들었다. 그렇게 밝고 활기찼던 케이시아마저도 패닉에 빠져 헤이파를 껴안은 채 벌벌 떨었다.

"시작도 하지 않았는데 뭐냐, 그 꼴은!"

드래곤은 날개의 끝을 땅에 꽂았다. 붉은색의 전류가 땅에

튀면서 흙무더기를 바삭하게 구워 버렸다.

"진화한 원시인들이여, 너희들 전부가 죽을 것이야!"

그러나 드래곤은 자신을 보고 겁에 질려 떨고 있어야 할 알타이르인들이 다른 곳, 정확히는 드래곤의 왼쪽 하늘을 보고 넋이 빠져 있자 자존심이 상했다.

표정을 구긴 드래곤은 왼쪽으로 고개를 돌렸다.

"대체 뭘 보고 있는……."

드래곤의 시야가 갑자기 어두워졌다.

뭔가에 충돌하여 머리와 목이 휙 돌아간 드래곤은 붕 뜨더니 유적 옆의 언덕에 충돌하고는 날개와 네 발로 땅을 마구 파헤치며 엉망으로 뒹굴었다.

드래곤을 받아 날린 물체는 다름 아닌 지구의 우주전함이었다.

전장 1.1킬로미터가 넘는 그 무지막지한 쇳덩어리는 자신이 보유하고 있는 포탑 전부를 땅에 널브러진 드래곤에게 맞췄다.

─왜 그렇게 화를 내는지 모르겠지만 일단 진정하는 게 어때? 나도 날개 달린 작은 생물을 죽이는 것에는 흥미가 없거든? 어이, 들리나? 아까처럼 지껄여 봐!

전함의 갑판에서 확성기로 증폭된 목소리가 쩌렁쩌렁 울렸다.

"후후, 캡틴 치프."

데스디아는 고개를 흔들며 반갑게 웃었다. 헤이파와 케이시아는 치프가 있는 자리에서 발휘되고 있는 미지의 힘이 전함의 뒷부분을 마저 조립하고 있는 광경을 목격했다.

─그건 그렇고 엠페라투스, 어딨어! 셀레스티아로 변장해서 여기까지 따라온 목적이 뭐야! 회사에 전화해 보니 우리 왕녀 전하는 피자 먹는 중이라 바쁘다면서 전화를 끊으려 하던데?

치프는 통화하는 데 사용한 케이시아의 단말기를 흔들며 소리를 질렀다.

"그렇지 않아, 치프!"

쓰러진 알타이르인들 사이에 함께 누워 있던 셀레스티아가 드래곤의 모습으로 변하여 날아올랐다.

그 백금색의 드래곤은 간절한 눈빛으로 치프를 바라보며 전함의 갑판으로 내려왔다.

"회사에 있는 게 엠페라투스일 거야! 엠페라투스라면 모습과 행동을 흉내 내는 것 정도는 간단하다고!"

셀레스티아가 갑판에 발을 붙이기 직전, 함포들이 전기불꽃을 뿜으며 위협사격을 가했다.

"치프?"

─아, 그래. 네 말대로 엠페라투스라면 그런 것 정도는 간단하겠지! 그런데 그 대단한 엠페라투스 씨가 고작 피자를 처먹으려고 우리 회사에서 뒹굴 것 같진 않거든? 이곳에 와서 난리

를 일으키는 쪽이 더 재밌지 않겠어? 이미 하늘에 브리치가 떠 있고 정체 모를 드래곤이 굴러다닌다고!

"오해야, 치프! 정말 오해라고!"

셀레스티아의 눈시울이 축축해졌다. 그럼에도 불구하고 치프의 미소는 여전히 선명한 불신으로 일그러져 있었다.

—그럼 셀레스티아가 제일 좋아하는 피자를 말해봐!

치프가 질문을 던지자 셀레스티아는 밑에 있는 데스디아를 잠깐 바라본 뒤 대답했다.

"고구마 무스와 치즈 토핑을 잔뜩 얹은 페퍼로니 피자야!"

—아, 그거 말고 또 있을 텐데?

치프의 말에 놀란 셀레스티아는 데스디아를 볼 때처럼 사만다를 바라봤으나 결국 원하는 것을 얻지 못하여 당황하고 말았다.

"제발 좀 믿어줘, 치프!"

치프가 탄 전함의 주포들이 일제히 전기불꽃을 토하며 금속 탄환을 날렸다. 날개로 그 초음속의 탄환들을 막아낸 셀레스티아는 눈을 일그러뜨렸다.

"흠, 어쩔 수 없군. 정답이 뭐지?"

—두 조각을 맞붙여서 샌드위치처럼 만든 피자지.

"……."

그 가짜 셀레스티아는 다시 데스디아와 사만다를 봤다. 그녀들의 기억을 다시 읽어 치프가 말한 항목을 찾아낸 그녀, 아니,

그는 헛웃음을 터뜨렸다.

"셀레스티아 왕녀는 느끼함에 대한 개념이 없는 건가?"

셀레스티아로 변장한 존재의 목소리가 단숨에 남성적으로 바뀌었다.

—어차피 넌 음식 맛도 모르잖아?

"후후, 그렇지."

보라색의 안개가 그 가짜 셀레스티아의 꼬리부터 머리끝까지 올라왔다. 그 아름답던 백금색의 비늘들이 불붙은 휴지처럼 힘없이 타올라 사라졌다.

그 자리를 대신한 것은 갑옷처럼 우락부락한 외골격들이었다.

자신의 정체를 완전히 드러낸 보라색의 드래곤, 엠페라투스는 날개를 힘차게 움직여 치프가 타고 있는 전함으로부터 거리를 두었다.

"내 정체는 어찌 알아낸 것인지 궁금하군. 단말기는 너희가 가져온 것들과 그쪽에 있는 것들 모두를 내가 직접 감시했는데 어떻게 제대로 연락할 수 있었지? 네가 다른 이의 단말기를 사용하더라도 그쪽에서 응답할 수 없었을 텐데?"

—방법이 있었지!

엠페라투스가 묻자 치프는 자신 있게 대답했다.

—비상시에 TV를 이용해서 화상통화를 할 수 있다는 사실은 몰랐지? 전화번호 안내 서비스에서는 만약에 대비해 그런 일도

해주지! 음성으로 전원을 켜고 채널을 바꾸고 날씨만 알아볼 수 있다고 생각했나 본데, 요즘 세상을 무시하지 마!

엠페라투스는 입을 다물었고 지상에 있는 데스디아와 사만다는 그런 긴급 서비스가 있다는 사실을 뒤늦게 떠올렸다.

—다행히 사장실에서 피자를 먹던 셀레스티아가 통화를 받아주더군! 넌 그 시점에서 엿이 된 거야!

엠페라투스는 졌다는 듯 웃으며 고개를 저었다.

헤이파는 품에 안은 케이시아를 쓰다듬으면서 쓴웃음을 지었다.

"흥, 불X은 못 굴려도 머리는 잘 굴리는 놈이로군."

데스디아와 사만다는 물론 근처에 있던 알타이르 전사들이 그 말을 듣고 움찔했다.

치프를 지켜보던 엠페라투스가 하늘에서 한숨을 쉬었다.

"후후, 그렇군. 역시 네놈을 혼란시키려면 적당한 수단으로는 안 될 거 같아. 그렇다면 이런 건 어떨까?"

엠페라투스가 기절해 있는 드래곤을 향해 오른팔을 뻗었다.

그의 손에서 벼락처럼 터진 빛이 드래곤의 의식을 한순간에 일깨웠다.

"윽……? 엠페라투스 님? 진짜 엠페라투스 님이십니까?"

드래곤은 의식을 되찾자마자 엠페라투스를 알아보고는 환희에 빠졌다.

"물론이다, '메이건'이여. 설마 이곳에서 너와 만날 줄은 몰랐군."

엠페라투스의 목소리는 추종자 중에 한 명을 만났음에도 불구하고 건조하기 짝이 없었다.

하지만 메이건의 입장에선 엠페라투스의 그러한 태도조차도 감격스러웠다.

"저도 이 기적에 가슴이 터질 것만 같습니다! 하지만 혼자 오셨습니까? 머저리 헬터스크와 미치광이 반달리온은 어디 있습니까?"

검은색의 드래곤, 메이건의 입에서 헬터스크라는 이름이 나오자 데스디아가 눈을 부릅떴다.

'헬터스크? 우주연합 제2함대 사령관 헬터스크 말인가?'

데스디아는 지금까지 자신들과 헬터스크 사이에서 일어난 모든 일을 떠올려 봤다.

만약 헬터스크가 단순히 동명이인이 아니라 메이건이 말한 드래곤과 동일한 존재이자 엠페라투스의 열렬한 추종자라면 엠페라투스와 관련된 대부분의 일에 그가 끼어 있었던 이유는 명확해진다.

게다가 헬터스크는 데스디아의 부하들이 몰살당한 원인의 제공자 중 한 명이었다.

'아르마다의 엉덩이에 헬터스크의 머리를 끼워줘야겠군. 둘 다 그냥 죽일 수는 없지.'

데스디아의 생각을 말없이 읽고 있던 엠페라투스가 씩 웃었다.

"메이건이여, 너는 지상에 깔린 생물들을 없애라. 난 저기 있는 녀석과 가볍게 담판을 지어야 할 것 같구나."

"알겠습니다, 엠페라투스 님."

메이건이 다시 날개를 펼치며 붉은색 전류를 일으켰다. 엠페라투스는 천천히 치프에게 향했다.

힘을 모으는 메이건의 모습에 알타이르의 전사들이 압도되었다.

그러나 데스디아는 옆에 쓰러진 알타이르 전사의 활과 화살을 급히 집으며 외쳤다.

"알타이르의 전사들이여, 활을 들어라! 무녀들은 목숨을 걸고 여왕 폐하를 수호하라! 필사의 각오로 소임을 다하여 승리의 노래를 부르자!"

데스디아가 날린 화살이 광선처럼 일직선의 잔광을 그리며 하늘을 가로질렀다.

비록 화살은 비늘을 꿰뚫지 못하고 박히기만 했으나 메이건은 자신의 모든 방어체계가 한 방에 관통됐다는 사실에 놀라서 힘의 충전을 멈췄다.

헤이파는 케이시아를 강제로 옆에 앉힌 후 데스디아와 마찬가지로 활을 들었다.

"들어라, 알타이르의 전사들이여! 무려 세 명의 라샤이드가 그대들 곁에 있다! 역사상 없었던 일이고 결국 위대한 전설로 남으리니, 망설이지 말고 우리와 함께 적을 격퇴하라!"

헤이파가 날린 화살도 데스디아의 그것처럼 메이건의 목에 꽂혔다. 그 역시 비늘까지는 뚫지 못했지만 메이건은 자신의 방어체계가 연거푸 뚫리자 상당히 긴장했다.

압도적인 거구의 메이건이 소극적인 모습을 보이자 알타이르의 전사들은 즉시 각자의 활을 들고 화살을 날렸다.

그러나 다른 알타이르 전사들이 날린 화살은 물론 현직 라샤이드인 탈리케이아의 화살조차 메이건의 비늘에 닿지도 못하고 사탕처럼 터져 가루가 됐다.

'이래야 정상이지!'

메이건은 이후에도 자신의 방어체계를 뚫고 있는 데스디아와 헤이파를 노려봤다.

'닮은꼴과 나이 차이를 봐서는 혈연관계… 아니, 모녀인 것 같군. 왜 저들의 화살만 나에게 닿는 거지? 설마 아르마게일이 진짜로 슬레이어를 만들어낸 건가?'

메이건은 날개로 자신의 앞을 가려서 만약의 상황에 대비한 뒤 입을 벌리고 숨결을 모았다.

'드래곤 브레스!'

적이 준비하고 있는 공격 수단을 알아본 데스디아는 옆에 떨어져 있는 또 다른 활을 들어 왼손에 쥐었다.

두 개의 활을 쥔 그녀는 화살을 놓고 힘껏 시위를 당겼으나 시위는 절반 정도의 위치에서 덜덜 떨렸다.

'역시 그라니트 행성에 있을 때처럼 힘이 나오질 않아!'

시위를 급히 놓은 데스디아는 화살을 입에 문 뒤 앞에 보이는 큰 나무를 향해 달려갔다.

나뭇가지를 밟고 힘껏 재도약한 그녀는 공중제비를 돌면서 두 개의 활을 발로 받쳤다. 그러고는 다시 화살을 건 활시위를 두 팔로 잡으며 힘껏 등을 폈다.

방금 전 한 팔로 당길 때와 달리 시위가 제대로 당겨졌다.

'알타이르의 정령들이여, 우리 모두를 구원하소서!'

그녀가 손을 놓는 순간 주황색으로 달아오른 화살이 원추형의 파동을 하늘에 남기며 메이건의 날개에 꽂혔다.

화살은 겹쳐진 날개를 한 번에 뚫어버렸다. 그러나 날개 사이로 드러난 메이건의 머리는 긁힌 상처만 하나 났을 뿐, 멀쩡했다.

날개의 뒤편에서 머리를 움직여 화살을 피한 것이다.

땅에 착지한 데스디아는 완전히 충전된 메이건의 드래곤 브레스가 태양의 광량을 넘어설 만큼 발광하자 다시 화살을 쏘려 했다.

"지겹도다!"

좌우로 펼쳐진 메이건의 날개에서 귀를 멍하게 하는 소리가 터졌다.

그러자 데스디아를 비롯한 모든 알타이르인이 갑자기 강화

된 중력으로 인해 모조리 땅에 눕거나 쓰러져 버렸다.

그것은 고대의 드래곤들이나 영주급 드래곤들이 일정 범위 내에서 일으킬 수 있는 대규모 중력 조작이었다.

"원시적인 무기에 긁히는 건 이제 질렸다! 동포들과 함께 사라져라, 슬레이어!"

메이건의 입에 모인 숨결이 모든 것을 불태울 기세로 뿜어졌다.

그때, 치프가 탄 전함이 메이건과 알타이르인들 사이의 땅을 긁으며 불시착했다.

전함의 두꺼운 장갑과 30층 건물에 맞먹는 높이로 인해 메이건의 숨결은 전함 전체를 살짝 달구는 선에서 마무리되고 말았다.

"치프!"

데스디아는 어떻게든 치프의 무사 여부를 확인하려 했다.

그가 있던 자리엔 은행에서 쓰는 금고 같은 것이 놓여 있었다.

금고 문에 박힌 핸들이 빙글빙글 돌아가더니 치프가 인상을 쓴 채 안에서 걸어 나왔다.

"이런, 이젠 고자라고 부를 수 없겠는데?"

헤이파가 안도의 한숨을 터뜨리며 웃었다.

오른쪽 눈에서 특유의 상감색 빛 대신 연기를 뿜고 있는 치프는 하늘에서 거만하게 지상을 내려다보고 있는 엠페라투스를 올려다봤다.

'저 녀석, 대체 여기에 왜 온 거야? 왜 나한테 아무 짓도 안 했지?'

소모되어 비어버린 오른쪽 눈을 오른손으로 가린 치프는 왼팔을 메이건 쪽으로 펼쳤다. 메이건을 향해 미리 맞춰져 있던 전함의 함포들이 일제히 불꽃을 뿜었다.

처음 십여 발 정도는 어찌어찌 깨부수고 막아낸 메이건이었다.

하지만 물량에는 장사가 없는 법이었기에 결국 체력이 다하고 방어체계가 풀리자마자 사정없이 두드려 맞았다.

하지만 메이건은 날개가 찢어지고 팔다리가 꺾이는 등 처참한 몰골이 되면서도 치명적인 부상까지는 입지 않았다.

"비유할 물건이 떠오르지 않을 정도로 질기군!"

중얼거린 치프는 왼손을 메이건의 머리 쪽에 맞췄다. 그러자 포탄들이 메이건의 머리에 집중되었다.

메이건이 머리를 집중적으로 얻어맞는 상황임에도 불구하고 엠페라투스는 돕기는커녕 다른 곳을 보고 있었다.

지상에 모여 있는 알타이르 행성인들을 모두 살핀 엠페라투스는 자신이 선택한 세 명을 유심히 봤다.

'데스디아 브라토레와 그 가족이군. 나머지는 쓸모없어. 이것으로 운캄타르와 아르마게일의 속셈을 조금 알 것 같군. 알타이르의 남성들이 평균 30년에 불과한 수명을 갖고 있는 것도,

남성의 유전인자가 자식들에게 절대 이어지지 않는 것도 전부 녀석의 수작이겠지.'

엠페라투스가 키득거렸다.

'순혈 그 자체로 이어져 내려온 슬레이어의 피는 결국 날개 달린 자들의 땅에서 진정한 능력을 발휘하도록 설계됐겠지. 이 행성에서 측정된 데스디아 브라토레의 힘은 그라니트 행성에서 측정된 것의 3분의 1에도 못 미치거든.'

엠페라투스는 결국 기절하여 땅에 드러눕는 메이건을 보며 한숨을 쉬었다.

'아르마게일이여, 내가 그렇게도 미웠나? 자네답지 않은 짓을 했군.'

아쉽게 웃은 그는 치프가 만든 전함의 함포들이 자신에게 향하자 날개를 움직여 고도를 높였다.

"얻고 싶었던 정보는 모두 얻었으니 난 이만 가겠다. 메이건 의 처우는 너희에게 맡기지. 그라니트에서 다시 즐기자, 제군 들."

말을 남긴 엠페라투스는 하늘 저편으로 솟구쳐 사라졌다.

"어이! 이런, 제기랄!"

치프의 분노에 반응하듯 전함의 대공포들이 고슴도치의 털처 럼 일제히 곤두서서 불꽃을 뿜었으나 엠페라투스의 이탈 속도 는 굉장히 빨랐다.

게다가 엠페라투스에게만 신경을 쓸 수 있는 상황도 아니었다.

　메이건과 함께 깨어나 가만히 작동 중이던 브리치로부터 뭔가가 기어 나오려 하고 있었다.

# 24
## 푸른색의 드래곤, 아르마게일

치프를 비롯한 모든 이는 자신의 눈을 믿고 싶지 않았다.

브리치의 링 안쪽으로부터 검은색의 액체가 사람들의 비명과도 같은 소음을 내며 폐유처럼 쏟아져 내렸다.

액체는 어딘가로 튀거나 흩어지지 않고 올곧이 내려와 지면에 닿기 직전에 멈췄다.

둘로 쭉 갈라진 액체의 좌우 끝이 여섯 갈래로 다시 나뉘었다. 표면의 이곳저곳이 울룩불룩하게 움직인 끝에 완성된 형태는 여섯 개의 손가락을 가진 검은색의 긴 팔이었다.

알타이르인들은 약 1,000미터 높이에 떠 있는 브리치로부터 악몽처럼 내려온 그 검은색 팔이 틀림없이 자신들을 노릴 것이라 생각했다.

치프가 프린팅한 전함은 그 팔들보다 훨씬 더 육중했고 움직일 때마다 주변의 기류를 엉망으로 만들 만큼 형태도 난폭했다. 하지만 전함은 알타이르인들을 위압했을 뿐, 지금처럼 두려움을 주지는 않았다.

팔들이 여섯 개의 손가락을 펼치며 본격적으로 움직이자 알타이르인들은 일제히 화살을 날렸다.

화살은 팔에 박히자마자 녹아서 흡수되었다. 데스디아와 헤이파가 쏜 화살도 마찬가지였다.

그러나 팔들의 목표는 기절하여 누워 있는 드래곤, 메이건이었다.

마치 고양이를 잡아 옮기듯 메이건의 몸뚱이를 두 손으로 붙들어 올린 검은색 팔들은 브리치를 향하여 메이건을 잡아당겼다.

"어머님, 저 괴물은 설마……."

데스디아는 메이건을 탐욕스럽게 잡아당기고 있는 그 팔들이 자신이 기억하고 있는 전설상의 괴물이 맞는지 확인하기 위해 헤이파를 불렀다.

"그래, 발푸르기스 나하트로구나. 알타이르식 명칭으로 풀어 보자면 '만찬의 밤'이지."

헤이파는 활과 화살이 더 이상 의미가 없음을 뜻하듯 그것들을 땅에 고이 내려놓고는 흐트러진 옷을 정리했다.

"널 낳기 전에, 그러니까 내가 현역 라샤이드일 때 발푸르기스 나하트를 쓰러뜨린 적이 있었단다. 하지만 내가 녀석을 만났을 때는 이미 촌락 여섯 곳의 주민 수천 명이 잡아먹힌 상황이었지. 역사상 발푸르기스 나하트가 우리 행성에 나타난 것은 수 차례였지만 피해는 그때가 제일 컸단다. 그전에는 동물들만 먹혔거든."

헤이파는 허리춤에 걸어둔 곰방대 주머니를 만지작거리며 이야기를 계속했다.

"발푸르기스 나하트의 발생 지점이 이 유적지 근처라는 소문이 있었지만 당시에는 아무도 믿지 않았지. 실제로 유적 인근 마을에는 문제가 없었거든. 하지만 지금 상황을 봐서는……."

곰방대 주머니를 연 헤이파는 자신의 애용품이 세 조각으로 부러진 것을 보자마자 혀를 찼다.

"쯧, 아무튼 그때는 운이 좋았던 것 같군. 그때 내가 잡았던 녀석은 저 정도 크기가 아니었어. 기껏해야 우리 집보다 조금 큰 수준이었지."

"그렇습니까?"

"그땐 유충이었을지도? 흠, 규모로 봐서는 도망쳐 봤자 소용이 없을 것 같고… 그렇다고 맞상대를 하자면 함선이 필요할 것 같은데 당장 불러올 수는 없고. 아무래도 저 괴물을 상대하려면 고자… 아니, 너희 사장의 도움이 필요할 것 같구나."

"예, 어머님."

데스디아는 발푸르기스 나하트가 메이건을 섭취한 이후에 자신들을 노릴 거라 생각했다. 저 괴물이 주변의 모든 생물을 마구잡이로 섭취하는 존재였다면 이미 수백 명 이상의 알타이르 전사가 목숨을 잃었을 것이다.

데스디아는 치프와 얘기를 하기 위해 손가락을 입에 대고 휘파람을 불었다. 그 휘파람 소리는 하늘을 연속으로 찌르는 느낌의 날카로운 음색을 갖고 있었다.

영역 다툼을 자주 하는 어떤 맹금류의 지저귐에서 따온 그 휘파람 소리는 바람의 정령에 의해 증폭되어 사방에 울렸다.

오른손으로 오른쪽 눈을 막고 있던 치프는 휘파람을 불고 있는 데스디아를 돌아봤다.

'어쩌라고?'

알타이르인들의 휘파람 소리가 어떤 의미를 가지는지 전혀 모르는 치프는 어쩔 수 없이 데스디아의 말을 무시했다.

치프는 브리치 가까이까지 끌려 올라간 메이건을 바라봤다.

'저 드래곤의 입에서 헬터스크라는 이름이 나왔어. 설마 제2함대 사령관 헬터스크 로만을 말하는 건가? 그 녀석이 운캄타르와 엠페라투스의 시대부터 지금까지 살아온 고대의 드래곤이라고?'

헬터스크가 자신을 그라니트의 땅으로 보낸 원흉 중에 한 명임을 기억하고 있는 치프는 다시 구름이 모여들고 있는 하늘을 올려다보며 심호흡을 했다.

그는 생각을 정리할 겸, 그리고 집중할 겸 셔츠의 왼쪽 소매를 뜯고는 그것으로 머리를 묶어 오른쪽 눈을 막을 안대를 대신했다.

"그냥 보내 버리자니 들어야 할 것이 너무 많군."

그는 왼손을 브리치 쪽으로 뻗었다. 그의 왼손은 물론 팔다리 전체가 백금색으로 달아오르며 타들어갔다.

"저번에는 옷이 수영복처럼 됐으니 이번에는 민소매에 핫팬츠 꼴이 되려나?"

치프가 탄 전함의 3연장 주포 여섯 기가 일제히 움직여 브리치 쪽으로 포구를 맞췄다.

그와 얘기를 하려 했던 데스디아는 당연히 놀랐고 헤이파는 지상에 불시착한 전함의 상태를 계산하여 폭풍에 대비하라는 뜻의 휘파람 소리를 냈다.

여왕을 비롯한 알타이르인 전원은 그 신호에 맞춰 땅에 엎드렸다.

치프는 그들의 빠른 행동에 자못 놀랐다.

'중력식 완충장치가 마련되어 있으니 저럴 필요는 없지만……'

치프가 제어하고 있는 전함의 주포들이 브리치를 향해 일제히 불을 뿜었다.

만약 치프가 중력식 완충장치를 프린팅하지 않았다면 전함 근처에 있는 알타이르인 전원은 그 대구경 레일건 주포의 포격

충격으로 인해 먼지처럼 날아갔을 것이다.

총 18발의 포탄을 한꺼번에 얻어맞은 브리치는 금이 가는 정도가 아니라 고리를 이루는 형태 자체가 붕괴되었다.

지구에서 사용하는 60㎝구경 레일건 주포의 위력은 가공할 만한 것으로, 포탄이 충돌할 때 일어난 착탄 충격만으로도 구름들이 다시 밀려 나가고 주변 공간이 울렁거릴 정도였다.

착탄 충격은 알타이르인들이 있는 아래쪽으로도 내려왔으나 치프가 미리 준비해 놓은 전함의 보호막에 의해 아무런 피해도 입지 않았다.

하지만 보호막의 범위 밖에 있는 지형지물은 땅에 깊이 박힌 암석들만을 제외하고는 깔끔하게 깎여 나가고 말았다.

메이건을 붙잡았던 팔은 부서져 흩어지는 브리치의 공간을 향해 빨려 들어갔다. 치프는 그 공간의 저편에서 자신을 노려보는 핏빛의 커다란 눈과 마주했다.

'저게 본체인가?'

치프는 소모되어 사라진 자신의 오른쪽 눈을 손끝으로 두드리며 웃었다. 이 정도의 대가만 지불하면 너 정도는 아무것도 아니라는 식의 도발이었다.

발푸르기스 나하트의 분노와 비명은 힘을 잃고 조여드는 공간과 함께 알타이르의 하늘에서 사라졌다.

"후우."

한숨을 터뜨리는 것으로 피로를 조금 날린 치프는 프린팅된 전함에서 내려올까 하다가 메이건을 보고는 생각을 바꿨다.

'저걸 어쩌지? 이대로 구워 삶을 수도 없고, 그라니트 행성으로 데려갈 수도 없고……'

고민을 하던 그는 혹시나 하는 생각에 유적의 입구 역할을 대신했던 바위를 향해 손을 뻗어 뭔가를 프린팅했다.

바로 통신기지국이었다.

자신의 단말기를 긴장한 채 바라보던 그는 단말기가 통화가능 상태에 들어가자 자신도 모르게 왼손을 꽉 쥐었다.

"돈으로 뭐든 해결해 주는 아저씨가 이 일도 해결해 줄 수 있을까나?"

그는 단말기에 뜬 라이트스톤의 이름을 눌러 통화를 시도했다.

약 1분 정도의 신호음이 흐른 뒤, 라이트스톤의 무미건조한 목소리가 치프의 단말기에서 흘러나왔다.

―무슨 일이오, 그라니트 용역의 사장이여? 집행유에 기념 파티에 초대할 생각이라면 사양하겠소.

"그보다 더 중요한 일이 있거든요?"

치프는 단말기의 카메라를 땅바닥에 널브러진 메이건 쪽으로 향했다.

―메이건……?

"어라, 저 드래곤의 이름을 아세요?"

―알타이르의 창세신화에 기록된 날개 달린 짐승의 이름이

오. 사장은 몰랐나 보구려.

치프는 자신뿐만 아니라 데스디아도, 헤이파도, 알타이르의 여왕도 그 이름을 몰랐다는 얘기를 할까 하다가 말았다. 지금 라이트스톤을 추궁해 봤자 이득 될 것이 없어서였다.

"아무튼, 저 드래곤을 우리 회사까지 옮겨줄 수 있나요? 비용은 부르는 대로 지불할게요."

—수송에 대한 비용은 당신네 회사에서 브라토레 부사장과 이야기하겠소.

"저기, 사장은 전데요?"

—당신은 1년 동안 자리에 없었소. 회사 사정은 둘째 치고 그라니트 행성의 환율이 어떤지, 당신이 그리 좋아하는 탄산음료의 값이 얼마나 올랐는지는 알고 있소? 회사의 한 달 매출과 이익금, 세금 및 보험금, 직원들의 총급료, 그리고 기부금 등이 어떻게 돌아가는지 듣긴 했소?

치프는 아무런 대꾸도 하지 못했다.

—우리는 당신처럼 대답이 없는 사람을 바지사장이라 부른다오.

바지사장이라는 라이트스톤의 말이 치프의 가슴을 창날처럼 관통했다.

—당신과 달리 나와 브라토레 부사장 사이에는 어느 정도 신뢰가 있으니 당신은 견학이나 하시오. 드래곤을 싣고 구속할 장비와 선박은 10분 내로 보낼 테니 알타이르 외교부와 해당

지역을 맡은 워치프에게 설명해 놓길 부탁하오. 그럼 이만.

라이트스톤과의 통화가 끝나자 치프는 하늘을 보며 한탄했다.

"고자 다음에는 바지사장인가? 왜 전부 아랫도리지? 이다음에 날 괴롭힐 아랫도리 소재는 또 뭘까? 있긴 한가?"

엘리베이터를 프린팅하여 전함에서 내려온 치프는 모든 알타이르 전사와 학자들, 방송 관계자들의 시선을 한 몸에 받았다. 심지어는 여왕까지도 그에게 눈을 돌리고 있는 상황이었다.

치프는 초토화된 땅과 전함, 그리고 전함 건너편에 쓰러져 있는 드래곤 쪽을 손으로 차례차례 가리켰다.

"변상할게요. 변상한다고요."

그 순간 가장 가까운 곳에 서 있던 중년의 학자가 치프의 손을 붙잡았다.

"당신의 씨앗을 우리 행성에 기증해 주십시오!"

"예?"

씨앗이라는 말에 치프는 자신이 무슨 민들레처럼 보이냐고 물으려 했다.

"우리 행성인과 지구인 사이에 혼혈아가 태어날 수 있을지의 여부는 시험조차 하지 않아 모르지만 이 기회에 알고 싶습니다! 정자은행에 같이 가주십시오!"

학자의 확실한 설명을 들은 치프는 힘없이 서 있다가 이내 오른손으로 이마를 붙잡으며 웃음을 터뜨렸다.

"하하, 그게 남아 있었어! 정자은행! 바로 그거야! 알타이르의 여자들은 정말 최고라고! 아하하하하하!"

결국 나사가 풀린 치프의 의식은 정확히 10분 뒤 라이트스톤의 수송선이 나타날 때까지 되돌아오지 못했다.

치프의 집중력이 흐트러졌다는 것을 증명하듯 그가 프린팅한 전함과 기지국이 푸른색의 입자로 변하여 사라졌다.

＊　　　　　＊　　　　　＊

겨우 마음을 다잡은 치프는 사만다가 건네준 탄산음료를 마시며 유적으로 불렸던 폐허의 저편을 바라봤다.

그의 눈은 라이트스톤과 그의 사원들이 일하는 모습을 쫓고 있었다.

라이트스톤이 가져온 중장비는 의식을 잃은 드래곤, 메이건을 미지의 수단으로 냉동시켜 수송기에 실었다.

몸길이가 약 160미터에 체중은 수만 톤에 달하는 거대 생물이 원양어선에 낚인 참치처럼 간단히 다뤄지는 모습은 치프뿐만 아니라 사만다와 데스디아까지도 놀라게 만들었다.

"저기, 작년 일 기억해?"

"어떤 일?"

"내가 루할트와 싸웠던 거 말이야."

치프와 데스디아가 말을 주고받았다.

"그걸 어떻게 잊겠습니까? 비공식이긴 하지만 영주가 처음으로 패배를 인정한 일이 아닙니까?"

사만다가 강조하여 말했다.

"그보다는……."

짧게 중얼거린 치프는 머리에 둘러 눈을 가린 소매를 손으로 만지작거렸다.

"드래곤들에게 생화학병기가 통할 거라는 기초 예상은 분명 내가 했지만 루할트를 굴러다니게 한 물질은 라이트스톤이 만들었어. 그것도 천연 물질로 말이야. 해군 정보부에 그 물질을 보내서 분석을 의뢰했는데 처음 보는 물질 조합이라는 말과 함께 복제가 불가능하다고 결론을 내리더군. 중화제도 마찬가지였고."

"나도 놀랐지."

데스디아가 말했다.

"저 남자는 그냥 유능한 상인이 아니야. 드래곤들의 생체 지식을 확실하게 갖고 있어. 대체 뭐지? 토마스 데이비드 카터 사장, 아니, 해군청장은 저런 자를 어떻게 알게 된 걸까?"

그녀의 의문에 톰의 이름이 섞여 나오자 치프는 묵묵히 음료수 캔을 흔들었다.

"…우연이겠지."

치프의 그 말은 소망에 가까웠다.

모든 작업을 마친 라이트스톤이 알타이르의 여왕에게 다가가면서 데스디아에게 손짓했다. 드래곤 이송과 관련한 각종 행정절차를 도와달라는 뜻이었다.

혼자 걸어가려는 데스디아 옆에 헤이파가 따라붙었다.

"같이 가자꾸나, 첫째야."

데스디아는 심각한 표정의 모친을 보고 의아해했다.

"어머님, 라이트스톤 사장과 관련된 일입니다만……."

"그것도 그것이지만 나에겐 엠페라투스에게 속아서 일을 이 지경까지 만든 책임이 있단다. 네 일이 쉽게 처리되려면 모든 책임을 내가 지겠다는 태도를 여왕님께 보여 드려야 마땅하겠지."

비록 모두가 속아 넘어가긴 했지만 셀레스티아로 변장한 엠페라투스를 여왕의 앞에 데려간 일은 어떠한 시비가 걸려도 할 말이 없는 사건이었다.

그것 말고도 헤이파가 신경을 쓰는 이유에는 마땅한 근거가 있었다.

여왕과 조정의 신하들이 갖고 있는 브라토레 가문에 대한 여론은 전체적으로 보자면 나쁜 편이었다. 헤이파와 그녀의 둘째 딸인 세스티아에 대한 사건 때문이었다.

세스티아는 지구의 대사관에서 일하던 도중 지구순혈주의라는 이름으로 테러 활동을 서슴지 않는 인종차별주의자들에게 붙잡혀 겁탈을 당하고 말았다.

겁탈을 당한 알타이르의 여성과 그 여성이 속한 가문은 상황을 막론하고 자신의 관리를 소홀히한 죄인으로서 괄시를 받는 '관습'이 있었는데, 당시 세스티아는 집안의 명예를 지킨다면서 자결을 선언했다.

헤이파는 딸의 자살을 막기 위해 자신의 최고 제사장직을 버리는 것으로 관습과의 타협을 하려 했지만 집에 돌아온 헤이파를 맞이한 것은 세스티아의 시신이었다.

이후 헤이파를 비롯한 브라토레 가문 전원은 슬픔에 빠졌고 헤이파는 알타이르의 관습과 관련된 모든 일을 부정적으로 보게 되었다. 여왕의 호출에도 이런저런 핑계를 대어 빠져나가기 일쑤였다.

세스티아를 대신하여 지구의 대사 자리를 맡은 데스디아는 세스티아의 사건과 관련된 모든 이를 자신의 손으로 처리했다. 그중에는 외계인의 일이라며 조사와 재판을 대충 해버린 경찰과 검사, 판사도 포함되어 있었다.

이후 그녀는 치프를 만날 때까지 우울함과 분노로 시간을 보냈다. 세스티아의 사건과 관련된 중요 정보를 자신에게 넘긴 익명의 집단에 대해서는 의문조차 갖지 않았다. 그리고 그것은 지금도 마찬가지였다.

어쨌든, 헤이파의 걱정과 달리 여왕은 그 자리에서 라이트스톤의 일을 허락해 주고 브라토레 가문에는 죄가 없다는 말을 함으로써 모든 일을 깔끔하게 정리해 주었다.

물론 무조건적인 관용은 아니었다.

"브라토레 가문의 당주는 기부금에 대한 구체적 숫자가 외부에 새어 나가지 않도록 주의하시오. 나를 숫자조차 스스로 밝히지 못하는 여왕으로 만들어 버리면 곤란합니다."

"명심하겠습니다, 여왕 폐하."

헤이파는 막내 케이시아의 말대로 통장 사본을 들이밀지 않길 잘했다며 속으로 가슴을 쓸어내렸다.

"그리고 데스디아리아 헤이파 알타이르 브라토레여, 당신이 이곳에 데려온 손님에게는 나중에 따로 정식 초청장을 보낼 테니 이번에는 일정대로 지내다가 귀환하라고 전해주시오. 이번 일을 정리해 준 은인인 만큼 내가 직접 이야기를 전해도 되지만 상황이 이래서야……."

여왕은 이번 사건으로 인해 완파된 유적과 부상을 당한 알타이르 전사들을 손으로 널리 가리켰다. 지금은 유적 부근에 있는 마을들의 무사 여부도 불투명했다.

"심려치 마십시오. 그도 이해할 것입니다."

"알겠소, 데스디아리아 헤이파 알타이르 브라토레여. 일단 그대는 손님들과 함께 집으로 돌아가시오. 난 라샤이드 탈리케이아와 함께 이곳을 수습하겠소."

"명하신 대로 수행하겠습니다, 폐하."

여왕에게서 물러난 데스디아는 라이트스톤과 회사에서 만날 것을 약속한 뒤 치프와 사만다가 있는 곳으로 돌아왔다.

"수습은 여왕 폐하께서 직접 맡기로 하셨어. 우리는 집으로 가면 될 것 같아. 그보다 눈은 괜찮아?"

그녀의 물음에 치프는 석고를 틀에 부어 만든 것처럼 푸석푸석해진 손을 만지작거리며 끄덕였다.

"저번에 엠페라투스와 붙을 때보다는 훨씬 낫지. 그보다 적당한 안대가 없을까? 이렇게 셔츠 소매로 머리를 묶은 채 돌아다닐 수는 없잖아? 세기말적인 상황도 아니고."

치프의 말을 들은 데스디아는 약간 고민했다.

"음… 디자인 괜찮은 물건을 프린팅하면 어때?"

"안대를 프린팅하라고? 하하."

치프는 웃음을 터뜨리며 고개를 저었다.

"나쁜 생각은 아니지만 내 프린팅 능력은 물체를 만드는 것보다 물체를 유지할 때 소모하는 힘이 더 커. 작년 이후로 계속 연습했는데, 계산을 해보니까 전함 하나를 프린팅해서 1분 동안 유지하는 것과 전자레인지 하나를 프린팅해서 48시간 동안 유지하는 게 소모적인 면에서는 엇비슷하더라고. 물론 단순 계산일 뿐이라 실제로는 다르겠지만."

"흠, 그냥 시장에서 안대를 하나 구입하는 게 낫겠군."

중얼거린 데스디아가 인상을 썼다.

"침구류 가게로 가볼까? 거기서 안대를 판다는 안내판을 본 적이 있어."

"그건 수면용 안대겠지."

"……"

치프의 지적에 데스디아는 입을 꾹 다물었다.

"약국에서 감염 방지용 보호패드를 팔 겁니다."

사만다가 수습 겸 정리를 해줬다. 그러나 그것이 꼭 정답은
아니었다.

"손님들이 약국이라고 부를 만한 가게는 공항에나 있어요.
그 외에는 그냥 의원이죠."

감정이 수습된 케이시아가 다가와서 말해주었다.

"의원이라면… 설마 침을 놓거나 약초 같은 걸 처방해 주는
곳 말인가요?"

치프가 묻자 케이시아는 고개를 끄덕거렸다.

"정령의 힘을 이용한 치유도 해주지만 손님의 상태와는 관계
없겠죠."

모두가 고민에 빠진 사이 여왕 주변의 지인들과 이야기를 하
고 돌아온 헤이파가 케이시아로부터 그들의 고민을 듣고는 혀
를 찼다.

"그냥 집에 가서 깨끗한 헝겊을 쓰면 되지 않느냐? 어리석은
지고."

데스디아와 케이시아 모두 할 말을 잃었다.

"첫째는 갖고 있는 시가 중에 하나를 나에게 주렴."

데스디아는 별말 없이 시가 하나를 헤이파에게 건네주었다.

헤이파는 불을 붙이고 잠시 동안 연기를 즐겼다. 지구의 시
가는 데스디아가 매달 일정량을 보내주기 때문에 헤이파도 별

탈 없이 즐길 수 있었다.

"첫째야. 네가 정확히 어떤 일을 하는지 오늘의 일을 계기로 확실히 알 수 있었단다. 정신 나간 짓을 하고 있을 거라는 예상은 했지만 설마 이 정도로 막나가는 규모일 줄은 몰랐거든."

"……."

"셀레스티아 왕녀 전하로 변장한 짐승이 엠페라투스라는 놈이냐?"

"그렇습니다, 어머님."

딸의 대답에 헤이파는 깊은 한숨을 쉬었다.

"작년에 공개된 영상과는 좀 다른 느낌이더구나. 저지른 짓도 제법 얌전하고 말이지."

"회복이 덜 된 것 같았습니다. 작년에는 실체를 드러내는 것만으로도 메이건이라는 이름의 드래곤이 저지른 짓과는 규모 자체가 다른 부정적 현상을 일으켰지요."

데스디아는 자신이 직접 보고 느낀 엠페라투스의 파괴를 고작 '부정적'이라는 말로밖에 표현할 수가 없는 자신이 참으로 안쓰러웠다.

헤이파는 파괴된 유적을 다시 돌아봤다.

"그 메이건이라는 드래곤도 엠페라투스를 상전 모시듯 했지. 내 눈엔 몸과 마음을 이용당하고 버려지는 부녀자 같았지만."

비유가 꼭 틀린 것만은 아니었기에 치프는 최대한 웃음을 참았다.

"아무튼, 손님."

헤이파가 치프를 불렀다.

"예, 당주님."

"손님은 저와 같은 마차를 타십시오. 저는 의술도 배운 터라 손님께 조금이나마 도움을 드릴 수 있을 것입니다."

헤이파는 정령을 이용한 진찰을 통해 치프가 지금 엄청난 통증을 참으며 서 있다는 사실을 알고 있었다. 굳이 비유하자면 불에 잘 달군 인두를 오른쪽 눈에 꽂고 있는 수준이었다.

하지만 치프는 통증이 아니라 난감함을 표시했다.

"당주님, 그 마차가 어디에 있는지 알고 계신가요?"

헤이파가 흠칫했다.

그들이 타고 온 마차는 난리 통에 말과 함께 어디론가 날아가 사라진 상태였다.

"…도움을 드리기는커녕 집까지 함께 걸어가야겠군요."

"그럴 필요는 없을 거 같네요."

치프가 저편으로 손을 뻗었다. 얼굴을 헬멧으로 감춘 큰 키의 남자, 라이트스톤이 일행 쪽으로 걸어오고 있었다.

"브라토레 부사장이여, 고향에 볼일이 더 있소? 없다면 내 셔틀로 그라니트 행성에 바래다주겠소. 서두르는 것이 좋을 것이오."

조금 생각을 해본 데스디아는 셔츠로 된 임시 안대에 감싸인 치프의 오른쪽 눈을 보고는 마음을 굳혔다.

"신세를 지겠습니다, 라이트스톤 사장."

"알겠소."

라이트스톤은 치프 쪽을 돌아봤다.

"얼굴을 직접 보는 것은 오랜만이구려, 사장."

"바지 사장에게 신경 쓰실 틈이 없으셔서 그러셨겠죠."

"정답이오."

"…흠, 그보다 무슨 일로 그라니트에 바래다주겠다는 거죠? 입금이 급한가요?"

"급한 것은 당신이라오, 사장."

그는 자신의 단말기를 내밀었다.

그 단말기의 화면에는 불과 몇 분 전에 작성된 긴급 속보가 떠올라 있었다. 치프는 우주연합 공용어로 된 그 뉴스를 보자마자 표정이 굳어졌고 사만다와 데스디아도 경악했다.

"레투가가 폭탄테러를 당했다고요?"

치프가 소리쳐 물었다.

기사는 '그라니트 보안국장, 폭탄테러에 희생되다' 라는 내용뿐이었지만 치프의 분노를 돋우기엔 충분했다.

"보안국장이 나와 당신들 사이의 거래를 잘 봐준 것도 있기에 의리상 서비스를 해주는 것이오. 그러니 다시 말하리다. 서두르시오."

치프는 말없이 고개를 끄덕거렸다.

"난 드래곤을 실은 수송선에 탈 테니 당신들은 내 비서가 몰

푸른색의 드래곤, 아르마게일 311

게 될 셔틀을 타시오. 셔틀을 이용해서 가족분들을 댁에 바래다 드려도 상관없소, 부사장."

데스디아와 사만다는 인간미 없이 주절거리는 라이트스톤의 모습에서 크게 실망했다.

하지만 치프는 약간 다른 각도에서 그의 이야기를 듣고 판단했다.

"당신도 뭔가 좀 급해 보이는데 말이죠. 대체 우리를 재촉하는 이유가 뭐죠?"

"아까 말했듯이 서비스라오."

라이트스톤은 '친구가 테러를 당했다는데 뭘 그리 따지냐' 같은 말 따위는 하지 않았다. 그러나 그 점이 치프의 의구심을 더욱 증폭시켰다.

"…기쁘게 받아들이죠. 당주님이랑 여동생분, 저희랑 같이 타고 가세요."

라이트스톤은 슥 돌아서서 수송선 쪽으로 걸어갔다. 단말기로 셔틀을 부르는 것도 잊지 않았다.

치프는 자신들을 향해 서서히 날아오는 셔틀을 왼쪽 눈으로 노려봤다.

"뎃디."

"음."

치프가 애칭으로 불렀음에도 불구하고 데스디아는 기뻐하거나 흥분하지 않았다. 그녀 역시 지금 상황이 이상하게 돌아가고 있다는 것을 동물적으로 감지하고 있었다.

"아무래도 메이건이라는 드래곤 말이야, 멀쩡한 상태로 만날 수는 없을 거 같아."

"당신이 친구에 대한 걱정보다 저 드래곤에 대한 걱정을 먼저 할 줄은 몰랐군."

"레투가는… 냉정하게 봤을 때 지금 당장 우리 손으로 어떻게 할 수 있는 일이 아니잖아? 우리보다는 신체 재구축 치료기가 레투가에게 더 많은 도움을 줄 거야. 하지만 저 드래곤은 달라. 생각보다 많은 걸 알고 있는 것 같거든."

"……."

"메이건이 깨어나자마자 외쳤던 이름이 '아르마게일'이었던가? 장로님께서 그 이름을 알고 계시면 좋겠네."

셔틀이 치프 일행 앞에 내려왔다. 그 8인승 셔틀은 라이트스톤과 마찬가지로 머리 전체를 덮는 헬멧의 사용자가 몰고 있었다.

헤이파는 자신의 딸과 함께 셔틀에 오르는 치프의 모습을 진중한 눈으로 쳐다봤다.

'정말로 뭔가가 결여된 인간인가? 격통 속에서 저런 식으로 생각할 수 있다는 것이 믿어지지 않는군.'

그녀는 자신의 큰딸을 치프 곁에 계속 둬도 괜찮을지 의문이 들었다.

수송선이 알타이르 행성에서 벗어난 뒤, 라이트스톤은 냉동된 채 격납고에 갇힌 메이건 앞에 섰다.

팔다리와 몸통, 꼬리, 목, 그리고 날개까지 완벽히 묶어 바닥에 고정된 드래곤, 메이건의 표면에는 냉기가 하얗게 흐르고 있었다.

그 냉기는 메이건의 검은색 몸체를 회색으로 보이게 만들 정도로 강력했다. 또한 그 냉기는 메이건의 표피에만 머무르고 있을 뿐, 바로 앞에 서 있는 라이트스톤에게는 영향을 주지 않았다.

라이트스톤은 함께 온 부하에게서 파란색 수정 하나를 받아들었다. 성인 남성의 머리통만큼 큰 그 수정의 안팎에서는 으스름한 느낌의 빛줄기가 지문처럼 복잡한 선을 그리며 빠르게 움직이고 있었다.

"이 드래곤과 단둘이 시간을 보내고 싶군. 자네는 다른 이들을 이끌고 잠시 자리를 비켜주게."

"알겠습니다."

라이트스톤처럼 가면을 쓴 그 남자는 가면을 쓰지 않은 직원들을 데리고 격납고를 떠났다.

격납고의 보안 수준을 단말기로 꼼꼼히 확인한 라이트스톤은 기계처럼 보이는 오른손 장갑을 벗어서 파란색의 맨살을 드러냈다.

"사람들은 인연이라는 단어에 기대어 갑자기 닥친 상황을 억지로 이해하려 할 때가 있지."

그가 메이건의 코에 손을 대자 냉기가 물러나면서 메이건의 머리가 다시 검은색을 되찾았다.

"이번에는 나 역시 긍정적인 방향으로 인연에 기대봐야겠군."

라이트스톤은 말을 마치며 장갑을 다시 꼈다.

코로 숨을 한 번 내뿜은 메이건은 눈을 게슴츠레 떴다. 그녀는 자신의 코앞에 서 있는 라이트스톤을 보고는 동공의 수축과 확장을 반복하며 그를 살폈다.

"넌… 누구지? 느낌이 너무 익숙하군. 인간은 아닌 듯한데?"

그녀는 자신의 몸을 잠깐 움직여 봤으나 냉각된 육체는 미동도 하지 않았다.

그녀는 불쾌감으로 표정을 구겼다.

"나를 이토록 철저히 구속한 것을 보니 질이 나쁜 녀석인 것 같군."

"여전히 머리가 나쁘군, 메이건이여."

라이트스톤이 드래곤들의 언어로 말하며 뒷짐을 졌다. 뒤이어 푸른색의 빛이 그의 몸에서 일렁거렸다.

"그 빛……! 설마 아르마게일인가?"

"내 본명은 오랜만에 듣는군."

라이트스톤이 숨김없이 대답하자 메이건의 두 눈이 격납고를 환히 밝힐 정도로 하얗게 발광했다.

"이런 사기꾼 같으니! 탈란바토르를 정지시키기 위해 나를 이용해? 난 무려 10만 년이나 그 행성에서 유적 취급을 받아야 했어!"

"방금 전의 일처럼 여겨질 텐데 무슨 말을 하는 건가? 자네의 의식은 10만 년 내내 멈춰 있었다네. 유적으로서 고이 간직된 것은 자네에게 있어서도 좋은 일이 아닌가?"

"그 태도는 여전하군! 운캄타르 외엔 전부 하등동물 취급하는 버릇은 여전하구나, 아르마게일!"

"실제로도 그렇지 않나? 운캄타르 님과 비교할 수 있는 존재는 엠페라투스뿐이며 그다음 세대로서 만들어진 우리는 단지 오래 살 수 있는 생물에 불과하지."

"그렇게 지껄이면서 나를 깔보는 모습은 너무도 선명하여 역겹기까지 하구나, 아르마게일!"

"내가 자네와 눈높이를 맞춰야 할 이유가 있나?"

"으_으_으윽!"

메이건은 입으로 라이트스톤을 씹으려 했으나 아슬아슬하게 닿지 않았고 몸을 동결시킨 냉기도 떨쳐 낼 수가 없었다.

무의미한 발악을 몇 분 만에 멈춘 메이건은 턱을 격납고 바닥에 댔다.

"엠페라투스 님이 돌아오셨더군. 그것도 네놈의 장난질인가?"

"그럴 리가? 난 엠페라투스를 너무도 증오한다네. 엠페라투스와 화해를 하느니 차라리 자네에게 청혼하여 행복을 추구하겠지."

그의 말에 메이건은 쓴웃음을 지었다.

"그 정도로 엠페라투스 님을 증오할 줄은 몰랐군. 어쨌든 엠페라투스 님의 상태가 그리 좋아 보이지는 않던데?"

"그는 인간들의 시간으로 1년 전에 패배했지. 몸의 7할을 잃었다네."

"뭐? 거짓말이다! 엠페라투스 님이 그런 하등동물들에게 패배하시다니······!"

경악하여 중얼거리던 메이건의 머리에 문득 떠오른 것은 전함 위에 올라탄 채로 나타나 자신을 제압한 인간이었다.

"잠깐, 그 녀석······! 분명 공격 능력을 갖춘 탈것을 만들어내서 자신의 의지대로 다뤘어! 그건 운캄타르의 능력일 텐데?"

라이트스톤은 그에 대해 아무 말도 하지 않았다.

"설마 녀석에게… 운캄타르를 먹였단 말인가?"

최악의 상황을 입에 담은 메이건은 긍정도, 부정도 하지 않고 헬멧을 통해 자신을 바라보는 라이트스톤의 모습에서 두려움을 느꼈다.

"미쳤군! 넌 원래 정신 나간 녀석이었지만 지금은 정도를 넘었어!"

라이트스톤은 한숨을 쉬었다.

"실로 큰일이었지. 아주 긴 시간과 수많은 희생자, 그리고 기술의 방수가 필요했다는 것만 말해두겠네."

"대체 무슨 짓을 하려고 그런 일을 저지른 것이냐! 엠페라투스 님을 죽이기 위해서인가?"

"엠페라투스는 적절한 시기에 깨어날 필요가 있었지."

메이건은 잠깐 할 말을 잃었다.

"흥, 엠페라투스 님께서 네놈들의 꼭두각시 역할을 하실 거라 생각하나? 모든 것을 알아차리시고 너희를 저승으로 인도하실 것이다!"

라이트스톤이 다시 한숨을 쉬며 고개를 천천히 저었다.

"그래서 너희가 엠페라투스의 동료가 아니라 추종자라고 불리는 것이다."

"뭣이?"

라이트스톤은 아까부터 갖고 있던 수정을 메이건 쪽으로 내밀었다. 그 수정은 메이건의 몸 전체와 반응하더니 그녀의 이마 쪽을 향해 둥실 떠서 움직였다.

"추종자라는 놈들 가운데 엠페라투스의 본심을 제대로 읽는 놈은 하나도 없었지. 다들 그가 저지르는 죄악에 심취해 흉내를 내고 다녔을 뿐이야."

메이건은 자신을 향해 다가오는 수정을 보고는 머리를 힘겹게 좌우로 움직이며 저항했다.

"잠깐, 그만둬! 나에게 무슨 짓을 하려는 거야?"

"이제 넌 새로 태어나게 될 거다, 메이건. 모든 것을 잊고 말부터 배워야 할걸? 대구경 레일건 주포에 머리를 두드려 맞은 후유증으로 꾸미기엔 제격이지."

"아르마게일, 진짜로 미쳤나?"

"그럴지도 모르지. 이것이 네 기억의 마지막이니 내가 엠페라투스를 왜 그토록 싫어하는지 말해주마."

"헛소리 말고 당장 멈춰!"

메이건의 눈동자가 수축과 확장을 반복했다. 라이트스톤은 그 모습을 기계적으로 지켜봤다.

"엠페라투스는 항상 나보다 앞서서, 그리고 깊게 운캄타르 님을 이해했지. 죽기 전에도 그랬고 되살아난 후에도 그랬어. 난 녀석이 새로운 땅에 살고 있는 날개 달린 자들을 틀림없이 몰살시킬 줄 알았는데 전부 산 채로 냉동시켜서 가둬 버리더군. 운캄타르 님의 뜻을 따르듯이 말이야. 서로 대화도 하지 않았는데 어찌 그렇게 정확히 서로를 이해할 수 있을까?"

수정은 이미 메이건의 이마를 유령처럼 파고 들어가는 중이었다.

"미쳤어! 미쳤다고, 넌!"

"엠페라투스가 있는 한 나는 운캄타르 님께 있어서 최고가 될 수 없어. 그러니 나를 도와주게, 메이건이여. 함께 엠페라투스를 없애는 거야."

"아르마게일! 으아아아악!"

수정이 사라진 후, 메이건은 눈을 하얗게 뒤집고 혀를 길게 내밀며 의식을 잃었다.

라이트스톤은 손을 뻗어 그녀의 머리를 다시 냉각시켰다.

"어리석은 메이건이여, 이제 네 입에서 아르마게일이라는 옛
이름이 나올 일은 없을 것이다. 불쾌감을 조금이나마 덜게 되
겠군."

돌아선 라이트스톤은 몸에서 흘러나오던 파란색의 빛까지
수습한 후 격납고를 떠났다.

**25**
흥내를 내는 자

치프는 헤이파가 선물한 검은색의 천으로 오른쪽 눈을 가린 채 그라니트 행성의 공항을 나섰다.

공항 근처에서 서성거리던 헌터 중 몇몇이 치프를 보자마자 이젠 정말 해적처럼 꾸미고 다니려는 거냐며 대놓고 비웃었다.

그러나 치프가 정색을 하고 그들을 바라보자 시비를 걸었던 헌터들은 뒤따라오는 데스디아의 존재 여부와 관계없이 움츠러들었다.

몇 분 뒤, 그들을 맞이하기 위해서 그라니트 용역 소속의 장갑차가 공항으로 달려왔다.

듀베리아 출신의 사원, 롸켓이 장갑차의 운전을 맡았고 장갑차 뒷자리에는 셀레스티아가 타고 있었다.

셀레스티아는 오른쪽 눈이 소모된 치프를 보자마자 한숨을 터뜨렸다.

"아프지 않아?"

"뭐, 참을 만해."

치프는 가볍게 웃으며 안대를 풀었다.

치프에게 통증이 있을 거라는 생각을 못 했던 데스디아와 사만다는 크게 당황했다.

"아프다니, 무슨 말이야?"

데스디아가 다급히 물었다.

치프는 별말을 안 했지만 작년에 그랬듯이 머리카락을 이용하여 치프의 소모된 눈과 손의 피부 등을 다시 꾸며주던 셀레스티아는 마음이 아파 인상을 구겼다.

"치프의 육체가 소모되는 형태는 뎃디도 몇 번이나 봤잖아? 타는 것처럼 보이는 게 아니라 정말 타는 거야! 전부 화상이라고! 통증도 잠깐 스치는 게 아니라 내가 다시 만들어주기 전까지는 계속 남아 있게 돼! 소모가 시작된 순간부터 지금까지 달궈진 쇠구슬을 눈 안에 넣고 있는 것과 같은 고통을 겪었을 거란 말이야!"

운전석에서 그 얘기를 들은 롸켓은 가장 심하게 소모된 곳이 오른쪽 눈인 것을 보고는 입을 동그랗게 만들며 인상을 썼다.

"오우, 듣기만 해도 아프군."

데스디아는 꽉 쥔 주먹으로 자신의 심장 위를 눌렀다.

"정말 아팠던 거야? 왜 나에게 얘길 안 했어?"

"남자란 생물은 가끔 그래."

치프가 씩 웃자 데스디아는 기가 막혔다.

"같잖은 소리 마! 대체 왜……!"

그녀는 따지려다가 더 이상 말을 하지 못했다.

치프가 소모하며 싸우지 않았다면 메이건, 혹은 발푸르기스 나하트에 의한 대규모 학살이 일어났을 거라는 사실을 알기 때문이었다.

"남의 목숨을 구하는 대가가… 아니, 뭔가 꼬인 상황을 제대로 돌아가도록 바꾸는 대가가 고작 고통이라면 정말 값싼 거야."

셀레스티아 덕분에 고통에서 해방된 치프는 한층 편하게 숨을 내쉬며 그렇게 말했다.

"난 상상조차 안 되는 고통인데, 제정신이야?"

데스디아의 물음에 치프는 옅은 미소를 지었다.

"제정신? 하, 가르쳐 줘, 뎃디. 제정신이라는 게 대체 뭐지?"

"치프?"

"자신을 억눌러서 남에게 폐를 끼치지 않는 것이 제정신일까? 아니면 자신을 해방시켜서 하고 싶은 일을 마음껏 하는 게 제정신일까?"

"……."

"상대방의 입장을 지나치게 이해하려고 하면 할수록 엇나가 버리는 게 사람의 정신이야. 바로 옆에 있었던 전우가 자살테러에 걸려서 죽었을 때, 놀랍게도 그놈이 그냥 X같은 병신에다가 운도 없어서 죽어버렸다고 생각하는 게 오히려 편할 때가 있어! 한두 명도 아니고 수십, 수백이 꾸준히 죽어가면 지겨워서라도 그럴 수밖에 없다고! 근데 그게 제정신일까? 그런 식으로 친구들을 보내오며 살아남아 온 난 뭐지?"

데스디아는 자신이 누르지 말아야 할 버튼을 눌러 버렸다는 생각에 덜컥 겁이 났다.

"그만해, 치프."

셀레스티아가 그의 머리를 두 팔로 껴안아 가슴에 댔다.

"치프는 그냥 상냥한 것뿐이야."

"……."

치프는 셀레스티아에게 안긴 채로 자신의 무릎 위에 놓은 주먹을 부르르 떨었다.

셀레스티아의 체온 탓인지 조금 시간이 지나면서 진정이 된 치프는 힘겹게 입을 열었다.

"레투가부터 만나봐야겠어. 살아 있지?"

"응, 그의 사진 앞에 꽃을 놓을 일은 없을 거야."

셀레스티아는 그의 등을 계속 토닥여 주었다.

데스디아는 치프가 자기 자신에 대해서 잘 이야기하지 않는 이유를 약간이나마 들여다보고 말았다는 생각에 마음이 무거웠다.

'알고 싶은데 함부로 알 수가 없네. 가까이 가면 갈수록 녹기 직전의 얼음장처럼 바삭거릴 뿐이야.'

데스디아는 장갑차의 차창 밖으로 눈을 돌렸다.

그녀는 지금까지 자신들 앞에서 좋은 모습만을 보여주려 노력했던 치프에게 내심 감사를 표했다.

'레투가 보안국장으로 시작된 이번 일은 여러모로 질이 나쁠 것 같군.'

데스디아가 지구에서 공부했던 '테러'의 일면은 그런 것이었다. 그리고 그 지저분한 곳이야말로 치프의 진정한 일터였었다.

*　　　　*　　　　*

깔끔하게 밀어버린 대머리에 짙은 검은색 수염, 그리고 숯덩이처럼 굵고 짙은 눈썹의 소유자인 롸켓은 그라니트 용역에서 각종 탈것의 운전을 도맡아서 하고 있는 전문 파일럿이다.

비록 1년 전에 치프에게 받은 선금을 떼어먹고 도망쳤으며 여직원들 앞에서 야한 농담을 마구 쏟아내긴 하지만 데스디아는 그의 실력과 기초적인 인간성을 의심하진 않았다.

그녀가 1년 가까이 경험한 롸켓은 비록 입버릇만 좀 그럴 뿐, 그 누구와도 잘 어울리고 동료들의 고민도 잘 들어줄 뿐만 아니라 천재적인 조종 실력을 갖춘 우수한 사내였다.

장갑차의 룸미러를 통해 치프의 모습을 지켜보던 그가 씁쓸한 표정으로 입을 열었다.

"부사장. 전쟁 중에, 아니면 전쟁이 아닌 상황에서 테러를 경험해 본 일이 있소?"

장갑차의 좁은 차창을 통해 밖을 보던 데스디아가 그를 흘끔 봤다.

"무슨 말이지?"

"난 38년 전에 듀베리아 행성과 크로건 행성 사이에 벌어졌던 전쟁에 참여했었소. 무려 6년 동안 조종간을 잡았는데, 대공포의 파편이 내 고환 사이를 스쳤던 일 따위는 깔끔하게 잊었지만 어느 날 밤에 20분 동안 벌어진 일만큼은 지금도 잊지 못하고 있소."

"어떤 일인데?"

"전장 말기에 궁지에 몰려 있던 크로건 녀석들이 우리 비행장을 습격한 일이 있다오. 야습 정도야 뭐 자주 있었지만 그날은 방식이 좀 달랐소."

"흠?"

데스디아는 꾸준히 흥미를 보였다.

"우리 비행장은 거의 요새나 다름없었는데, 유일하게 감시에서 벗어난 장소가 바로 하수구였소. 그 하수구는 포프 아가씨도 지나가지 못할 만큼 좁고 긴 시설이었다오. 그런데 크로건 녀석들이 거길 통해서 들어와서는 비행장의 연료저장고를 날려 버렸소."

크로건 행성인의 평균 체격이 지구인보다 조금 크다는 것을 알고 있는 데스디아는 의아한 표정을 지었다. 사만다, 셀레스티아도 마찬가지였는데 치프의 표정만은 더욱 어두워졌다.

"크로건에서 로봇이라도 썼나?"

"하, 그놈들이 그렇게 세련된 종족이었다면 전쟁은 1년 만에 끝났을 거요."

롸켓은 운전대를 옆으로 조금 꺾더니 두 손을 놓고는 호주머니에서 담배 하나를 꺼내어 입에 물었다. 라이터를 찾기 위해 바지주머니를 뒤적거리는 것도 잊지 않았다.

뒷자리에 있는 모든 이는 옆쪽 차선으로 스르르 이동하는 장갑차의 움직임에 순간 긴장했지만 롸켓은 장갑차가 차선 안으로 들어가는 타이밍에 맞춰서 불붙은 담배를 힘껏 빨며 운전대를 다시 잡았다.

"잘해야 열 살 정도로 보이는 크로건 꼬마들이 하수구에서 기어 나오더니 막대 수류탄을 무슨 닭다리처럼 들고는 연료저장고로 돌격하더이다. 우린 그 낯선 광경에 너무 당황해서 그 꼬마들을 그냥 보고만 있었는데, 연료저장고의 절반 정도가 터졌을 때 겨우 정신을 차리고서 그 아이들을 막았소."

데스디아는 표정이 없어진 치프의 모습을 보고는 불난 집에 부채질을 하는 것처럼 떠벌리는 롸켓의 뒤통수를 쏘아봤다.

"그래서, 죽었다는 건가?"

"그럴 리가 있겠소? 모두 몸으로 아이들을 덮쳤소. 두 명 정도는 운이 없어서 꼬마들과 같이 폭사했지만 여덟 명 정도는 무사히 살려냈다오. 상부는 살려낸 애들을 집으로 돌려보내자는 쪽과 포로수용소로 보내자는 쪽으로 갈려서 싸우기만 할 뿐, 결정을 못했소."

롸켓은 담배 끝에 달린 재를 흡입 방식의 재떨이에 놓아서 깔끔하게 떨어냈다.

"크로건에서 청소년들을 척후병 정도로 쓰는 경우는 있었지만 거시기에 털도 안 난 애들에게 자살테러를 지시한 것은 그때가 처음이었소. 덕분에 우리도 어이없는 경험을 하게 된 거라오. 폭발하는 연료저장고와 미친 듯이 뛰는 애들의 모습이 지금도 꿈에 나온다오. 정말 지옥이었지."

평소답지 않게 진지한 목소리로 쭉 이야기했던 롸켓은 룸미러를 통해 데스디아와 시선을 맞췄다.

"그런데 내가 겪은 20분은 지구의 식민지 청소 시절에 들려온 이야기에 비해서는 아무것도 아니라오. 용병들 사이에서는 그때 군벌의 청소를 맡은 UNSMC 출신을 적으로 두어야 할 경우 무조건 일을 때려치우거나 몸값을 10배 이상 불리라는 전설까지 생겼을 정도요. 근데 난 죠니 팀장에게 우리 사장의 이력을 듣고는 정말 놀랐소. 그 UNSMC 중에서도 가장 미쳤다는 알파 스쿼드의……."

"됐어, 라켓."

치프가 조금 큰 목소리로 말했다.

치프는 한참 라켓을 바라보다가 힘없이 웃으며 손을 저었다.

"난 괜찮아, 라켓 아저씨."

"…음, 미안하오."

담배를 끈 라켓은 다시 오른손으로 호주머니를 뒤적거리고는 자신의 단말기를 꺼내 어깨 너머로 흔들었다. 단말기 화면에는 라켓과 그의 가족으로 보이는 여성 및 아이들의 단체 사진이 보였다.

라켓이 단말기를 몇 번 조작하자 광자 전송용 파일이 화면 앞에 둥실 떠올라서 반짝거렸다.

"딕슨과 조셉, 죠니 팀장이 수집한 테러 사건 당시의 자료라오. 사장이 오면 꼭 보여주라고 하더이다."

자신의 단말기를 그 파일에 접촉시켜 자료를 넘겨받은 치프는 심호흡을 하며 파일을 열었다.

'주변 CCTV 영상과 근처에 주차되어 있거나 현장을 지나갔던 차량의 블랙박스, 인근 건물의 지진파 계측기의 자료까지 다 털어서 넣어놨군.'

치프는 그 셋이 어지간히 열을 받은 게 분명하다고 생각하며 자료들을 살폈다.

분석하는 데 몇 분 정도 걸릴 거라 생각했던 치프는 가장 처음 열어본 보안국의 CCTV 영상을 보자마자 눈을 부릅떴다.

"이게 테러라고?"

치프의 말에 데스디아와 사만다가 그를 봤다.

"뎃디, 이놈 혹시 알아?"

치프는 데스디아에게 자신이 봤던 영상을 그대로 보여주었다.

영상의 내용은 그야말로 대담했다. 보안국 주차장에서 승용차에 오르는 레투가에게 검은색 가죽 코트를 입은 남자가 다가오더니 접착식 수류탄을 차량 앞유리에 던진 것이다.

영상 속의 레투가는 급히 차에서 뛰어내렸으나 수류탄이 폭발하면서 오른쪽 다리와 팔을 잃고 말았다.

팔다리가 떨어져 나가는 장면에서 데스디아와 사만다는 눈을 일그러뜨렸다.

수류탄을 던진 남자는 자신에게 달려오는 보안국 경비원들을 권총으로 여유 있게 사살한 후 레투가에게 다가와 두 번의 총격을 가했다.

탄환이 박힌 곳은 등과 어깨였는데, 등을 노린 탄환은 척추에 정확히 박혔다.

가죽 코트의 남자는 하얀색 단발을 흔들며 CCTV 앞으로 다가오더니 자신의 얼굴을 완전히 드러냈다. 파뿌리 같은 그의 단발에는 염색인지 아니면 본래의 것인지 알기 힘든 붉은색의 머리카락이 네 곳 정도 섞여 있었다.

아랫입술 바로 아래쪽에만 수염을 남긴 그 남자는 CCTV를 향해 혀를 불쑥 내밀고는 껄껄 웃으며 그 자리를 떠났다.

"이건 테러가 아니라 전쟁 선언이로군."

데스디아의 말을 들은 치프는 다른 영상들을 추가로 확인하면서 고개를 천천히 끄덕였다.

"아예 일당을 끌고 왔군. 일을 저지른 뒤에 밖에 대기시켜 놓은 차를 타고 튀었어."

치프는 범인이 사용한 차량의 추적 자료를 살펴봤다.

진짜 문제는 거기서부터 시작되었다.

"빅시티가 아니라 빅시티의 영역 밖에서 차가 멈췄어. 그런데… 이건 뭐지?"

치프는 죠니 등이 직접 찍은 차량의 사진을 다시 둘에게 보여주었다.

차는 폐차장의 압축기에 들어갔다 나온 것보다 더 납작하게 부서져 있었다. 엔진 같은 단단한 부위는 아예 땅속으로 들어간 상태였다.

하지만 파괴된 차량의 모습보다 더 강렬하게 시선을 끄는 것이 있었다. 바로 차량을 깔아뭉갠 수단으로 보이는 발자국이었다.

"이거 드래곤이잖아?"

치프가 질문하듯 말하자 데스디아는 그 발자국 사진에 적힌 숫자를 확인했다.

"측정된 사이즈를 봤을 때 파울라 장로와 비슷한 크기의 대형 드래곤이야. 그 주변에도 발자국이 잔뜩 깔려 있군. 크기가 조금씩 다른데……."

데스디아는 자동차 안에서 범인을 기다렸던 자의 숫자가 셋이라는 것을 떠올리며 발자국들을 자세히 살폈다.

사진을 포함한 모든 자료는 차량이 짓눌린 현장에 총 네 마리의 드래곤이 있었음을 말해주고 있었다.

"이 녀석들, 아무래도 저번에 얘기했던 드래곤 도적단 같은데 셀레스티아는 어떻게 생각해?"

그들보다 앞서서 자료를 확인했던 셀레스티아는 고개를 끄덕였다.

"발자국들이 전에 있던 사건에서 측정한 것들과 일치해."

"쯧, 정말 질이 나쁜 놈들한테 걸렸군."

늑대의 꼬리처럼 풍성한 자신의 머리카락을 긁적인 치프는 롸켓이 앉은 앞좌석을 손등으로 두드렸다.

"아저씨, 혹시 우리가 당장 쓸 수 있는 무기가 있을까? 아무래도 병원에서 난리가 날 것 같은데?"

"왜 그렇게 재수 없는 소리를 하는지 모르겠지만 가져올 수 있는 건 다 가져왔소, 사장."

롸켓이 장갑차 내의 무기고를 열어주었다.

그 안에는 치프가 즐겨 쓰는 권총과 데스디아의 건하운드 파프니르, 사만다의 블레이드하운드 듀란달이 각각 가방에 들어 있었다.

"그리고 포프 아가씨와 파울라 장로님이 보안국장께서 입원하신 병원을 지키고 있소."

"다들 눈치가 빠르군."

치프가 웃으며 자신의 권총을 잡았다.

각자가 무기를 챙기고 점검하는 한편, 롸켓이 룸미러로 치프를 보며 물었다.

"그런데 사장, 당신이 쓰는 권총 말인데… 그런 걸로 괜찮겠소?"

"이거?"

치프는 자신의 권총을 흔들었다. 그가 UNSMC 시절부터 즐겨 사용한 그 권총은 MK24라는 이름의 구식 권총이었다. 몸체 색깔은 모래색이었고 액세서리를 달기 위한 하단의 레일은 존재하지 않았다.

치프는 같은 모델의 권총을 세 자루 갖고 있었는데, 그중 하나는 그라니트 행성에 처음 올 때 잃어버렸고 지금 손에 쥔 것은 남은 두 자루 중에 하나였다.

"그 권총은 검색을 해보니 거의 300년도 더 된 물건 같더이다. 지구에서 P226인가로 불렸던 것 같던데, 그라니트 행성이 아니라 지구의 박물관에 있어야 할 물건이 아니오?"

"아, 이건 내가 UNSMC 병기창에 의뢰해서 제작한 복제품이야. 탄환과 총을 만든 소재는 전부 요즘 것이라 지금 당장 써도 문제없어. 오리지널 제작사가 가진 디자인 라이선스는 옛날 옛적에 기간이 만료돼서 나처럼 구식 총들을 복제해 쓰는 친구들이 꽤 많지."

"그럼 그 구식 형태를 택한 이유가 뭐요?"

"손에 너무 잘 맞았거든. 이 총을 가장 빨리 뽑을 수 있었지. 액세서리 레일은 걸리적거리기만 해서 일부러 빼달라고 의뢰했어."

"그렇다면 다행이오만."

롸켓이 안도하자 치프는 한 번 더 웃었다.

"이게 진짜 300년 전의 무기라고 해도 사실 상관없지. 인간의 육체는 여전히 돌도끼조차 못 견디거든. 그건 다른 행성 사람들도 마찬가지 아닐까?"

"흠, 확실히 그렇구려."

치프의 말을 납득한 롸켓은 고개를 끄덕끄덕했다.

하지만 롸켓은 과거에 대한 문제와 레투가의 영상 때문에 가라앉았던 치프의 분위기가 권총에 대한 이야기를 하면서 확 달라지는 것을 보고는 등에 식은땀이 흘렀다.

롸켓과 달리 치프의 그런 모습을 보고 걱정하며 파르니르의 점검을 마친 데스디아는 아쉬운 표정을 지었다.

"스트라투스도 있었다면 좋을 텐데."

그녀는 엠페라투스에게 뜯어낸 그 칼에 대해 상당한 신뢰를 갖고 있었다.

신들의 보물창고에서 나왔다는 말을 증명이라도 하듯 스트라투스의 칼날은 강철이나 다름없는 물체를 후려쳐도 아무런 손상이 없었다. 또한 칼의 위력은 브리치를 조각내 떨구는 것으로 확실히 증명되어 있었다.

"그건 나한테 맡겨, 뎃디."

셀레스티아가 오른손을 펼쳤다. 그러자 그녀의 손바닥으로부터 스트라투스의 칼자루가 불쑥 튀어나왔다.

그것은 엠페라투스가 처음 스트라투스를 건네줄 때와 똑같은 광경이었기에 셀레스티아를 보는 데스디아의 표정이 이상해졌다.

"셀레스티아… 맞지?"

"응? 아, 고향에서의 일 때문이구나?"

셀레스티아는 손바닥 밖으로 스트라투스의 칼자루를 내놓은 채 밝게 웃었다.

"엠페라투스는 치프의 생각을 읽지 못해, 뎃디. 오로지 나와 아바마마만 읽을 수 있지. 만약 엠페라투스가 치프의 생각을 읽을 수 있었다면 치프에게 패배하지 않았을 거야."

"음……."

데스디아는 셀레스티아가 그다음에 무슨 말을 할지 감이 잡히지 않아 가만히 있었다.

"난 치프의 진짜 이름을 알아."

치프는 크게 움찔했다. 데스디아와 사만다는 셀레스티아에게 집중하느라 그 모습을 미처 보지 못했다.

"A—1730 말인가?"

"응? 아, 그건 그냥 입장상의 이름일 뿐이야. 본명은 따로 있어. 그래서 치프와 처음 만났을 때 예의상 이름을 물어봤지. 기억을 읽어서 알고는 있었지만 본명으로 불리기를 싫어하는 것 같아서 말이야."

"흠, 그렇군."

데스디아의 흥미를 끄는 이야기는 아니었다. 사만다는 본명이 따로 있다는 이야기를 아버지에게 들은 적이 있었기에 무표정했다.

그러나 폭탄은 그 직후에 터졌다.

"그리고 치프가 난생처음으로 키스한 여자가 누군지도 알고 있어."

아까와는 달리 치프는 그 키스의 기억을 떠올리고는 피식 웃었으나 데스디아와 사만다의 표정은 굳어졌다.

"이미 더럽혀졌단 말인가?"

데스디아의 말에 치프는 당황했다.

"어이, 내 나이가 몇인데 여태껏 그런 것도 못 해봤겠어? 더럽혀졌다는 건 또 무슨 말이고?"

"흥, 지구인스럽군. 아무튼 셀레스티아 본인이 맞는 것 같네.

의심해서 미안해."

데스디아는 일단 그렇게 중얼대고 말아버렸으나 사만다는 조금 달랐다.

그녀는 생각보다 심각하게 고민하고 있었다.

'누구지?'

13년에 가까운 시간을 그와 함께했는데 치프에게 여자가 있었다는 소리를 그 누구에게도 들은 적이 없었기 때문이다.

"엠페라투스가 할 수 있는 건 나도 대강은 할 수 있어. 스트라투스의 수납은 피자 먹는 시간도 줄여가면서 연습한 거야."

"보통은 칼로리를 걱정해서 피자를 줄이지 않나?"

데스디아가 나름대로 농담을 하며 친구를 칭찬했다.

셀레스티아는 스트라투스를 다시 집어넣으면서 아직도 고민하고 있는 사만다를 흘끔 봤다.

'열세 살 생일파티 때 치프랑 뽀뽀한 걸 잊어버렸나?'

사만다의 기억까지 보유하고 있는 셀레스티아는 자신이 괜한 말을 한 게 아닐까 걱정했다.

치프는 자신의 권총을 한참 살펴보다가 그것을 합성수지 소재의 권총집에 넣은 채 데스디아에게 건네주었다.

"일단 네가 갖고 있어."

"내가?"

"난 그걸 숨길 곳이 없잖아?"

치프는 여전히 바지 밖으로 내놓아 입은 흰색 셔츠 차림이었다. 데스디아는 옷 좀 사 입으라는 잔소리를 다시 할까 하다가 잠자코 권총을 받아 들었다.

"그런데 당신이 이걸 쓸 기회가 있을까?"

"응?"

"당신 말대로 인간이든 알타이르인이든 돌도끼에도 견디지 못하는 피부를 가진 건 확실하지만 상대는 인간의 모습을 한 드래곤들이야. 탄환을 눈으로 보고 피하거나 피부를 경화시켜서 튕겨낼 수도 있어."

"아하하, 난 그런 거 못 해."

셀레스티아가 손을 저으며 웃었다.

눈치가 좀 없는 친구의 행동에 데스디아는 울컥했지만 셀레스티아의 미소는 곧바로 진지해졌다.

"권총이 통하느냐, 통하지 않느냐의 문제는 날개 달린 자들 스스로의 설계에 달려 있어."

"설계?"

"응. 자신의 의식을 옮길 육체를 설계하는 거야. 해당 생물에 대한 해부학적인 지식이 확실해야 설계 역시 확실히 할 수 있어. 내가 치프를 처음 만났을 때 당장 인간의 모습을 하지 못했잖아? 설계는 생각보다 어려운 거야. 물론 이해만 하면 그 이후부터는 취향의 문제지."

취향이라는 말을 들은 치프는 알케온이 작년에 똑같은 말을 했던 것을 떠올렸다.

'정말 키 작은 소년의 모습이 취향이었군. 독특하네, 그 친구.'

치프는 단말기의 전화번호 목록을 열고는 알케온의 프로필에 '키 작은 소년이 취향'이라는 말을 적어 넣었다.

"폴리모프가 그렇게 어려운 거였군요."

사만다의 말에 셀레스티아가 의아해했다.

"폴리모프?"

"예, 폴리모프……."

"아… 하하. 그건 소설에 나오는 마법이잖아? 우린 마법 같은 건 못 써."

"……"

사만다는 뭔가 환상이 깨진 느낌이 들어 착잡했다.

"굳이 영어로 하자면 우리가 하는 건 '바이오로지컬 디자인(Biological Design)'이야. 그냥 디자인이라고 해도 돼. 설계만 제대로 하면 인간이 아니라 물고기나 곤충으로도 변할 수 있어."

"성별도 바꿀 수 있습니까?"

사만다가 묻자 셀레스티아가 고개를 갸웃했다.

"응, 루할트 경이 실제로는 여성이야."

치프와 데스디아, 사만다의 표정이 굳어졌다. 운전을 하던 라켓도 크게 당황하여 기침을 해댔다.

"아하하하, 농담이야, 농담. 성별은 의식과의 연결 문제가 생겨서 못 바꿔."

"엠페라투스는 바꿨잖아?"

치프가 나직이 지적했다.

"그러게?"

셀레스티아도 놀랐다. 치프는 네가 놀라면 어쩌느냐는 얼굴로 셀레스티아를 바라봤지만 답은 나오지 않았다.

"아, 아무튼 탄환의 문제로 돌아가서… 만약 탄환을 막아낼 정도의 포스 필드(Force Field) 같은 걸 사용하려면 그걸 가능하게끔 만들어주는 신체 기관을 설계해야만 해. 그냥 뿅, 하고 되는 건 아니야."

"그럼 그런 신체 기관이 없기를 빌어야겠군."

중얼거린 치프는 다시 셀레스티아를 봤다.

"넌 너한테 총알이 날아오면 어떻게 막아낼 거야?"

"아까 말했던 포스 필드로 튕겨 내거나 브레이크다운(절연파괴)으로 막아내겠지."

"흠. 넌 뿅, 하고 막아낸다는 말이로군."

치프가 농담을 하듯 말했다.

"…가끔 잊는 거 같은데, 난 날개 달린 자들의 왕녀야. 피자 공주가 아니라고."

"적어도 키드 피자에서는 공동대표님을 여왕으로 모시지요."

롸켓의 말에 셀레스티아는 머쓱한 미소를 지었다.

그 이야기에 치프가 흥미를 가졌다.

"아직도 키드네 가게의 피자를 먹나 봐?"

"응, 키드가 나한테는 잘해줘. 잭팟도 마음에 들고."

치프는 잘됐다는 표정으로 고개를 끄덕였다.

10여 분 뒤, 빅시티 연합병원에 도착한 일행은 병원 본관 로비에서 롸켓을 제외하고 모두 하차했다. 장갑차는 일반 주차장에 주차하기가 번거로우니 치프 일행부터 먼저 내리라는 롸켓의 배려였다.

"병실이 어디였더라?"

치프가 질문하는 동시에 눈에 띌 만큼 크고 멋지게 생긴 최고급 리무진이 일행의 옆에 멈췄다.

남자의 본능에 이끌려 자동차에 눈을 돌렸던 치프는 그 차량에서 군청색 정장을 늘씬하게 입고 검은색 넥타이를 반듯하게 맨 금발의 남자가 내리자 이내 인상을 찡그렸다.

"루할트?"

내리자마자 치프를 본 금발의 미남, 루할트는 멋으로 걸치고 있는 안경을 벗으며 치프를 향해 두 팔을 벌렸다.

"어어, 친구여! 드디어 직접 만나게 되는군!"

치프를 포옹한 루할트는 피곤한 표정을 지은 치프의 어깨에 턱을 문지르며 반가움을 표시했다.

"알타이르 행성에서 큰일이 있었다고 들었네. 자네와 부사장, 팀장 모두 무사해서 다행이야."

"뭐, 운이 좋았지."

치프는 지금 자신을 껴안고 좋아하는 루할트의 모습이 사실 대단히 낯설었다. 작년 이맘때의 루할트는 치프를 비웃는 것을 하루하루의 즐거움으로 삼았던 거만한 존재였다.

관계가 완전히 개선된 것은 둘이 기사단의 둥지에서 대결을 벌인 뒤였다. 이후 루할트는 치프가 갇혀 있던 우주연합의 수도까지 찾아와 자주 면회를 할 정도로 그를 잘 챙겨주었다.

루할트는 알케온과 다른 점이 많았다. 그는 셀레스티아만큼이나 긍정적인 성격이었고 훌륭한 매너를 바탕으로 한 사업 수완은 무기사업 업계에 정평이 나 있었다. 또한 종족의 미래에 대해서도 절대 부정적으로 생각지 않았다.

끝까지 좌절하지 않고 문제를 차근차근 해결한다면 틀림없이 동포들이 돌아올 수 있을 것이고, 더 나아가 다른 행성인들과의 공존도 가능할 것이라 여기고 있었다.

모든 일에 걱정을 먼저 하고 일정 선을 넘어버린 생존자들의 모습을 인정하지 않으려는 알케온과는 정반대의 모습이었다.

"공동대표님께서도 오셨군요."

루할트는 셀레스티아 앞에 서서 정중히 허리를 굽혔다.

그는 다른 사람들의 눈이 없을 경우 모든 것을 젖혀놓고 셀레스티아에게 먼저 인사를 하지만 빅시티처럼 어떻게든 눈에 띄는 장소에서는 그라니트 용역의 실질적 대표인 데스디아를 우선시했다.

지금은 치프가 돌아왔기에 그를 먼저 대우해 준 것이다.

"반가워요, 루할트 하인케스 사장님."

셀레스티아도 일단은 인사를 맞춰주었다.

치프는 루할트를 한참 보다가 그의 어깨에 손을 올려놓으며 일행을 봤다.

"난 루할트와 얘기 좀 하고 올라갈 테니 먼저들 가 있어."

"응, 천천히 올라와."

셀레스티아는 손을 흔들면서 본관의 로비 안으로 들어갔다. 로비에서 미리 대기하고 있던 파울라가 그들을 맞이한 뒤 유리 사이로 눈을 마주친 치프에게 윙크를 한 번 해주고는 셀레스티아 일행과 함께 안으로 들어갔다.

치프는 자신보다 키가 더 큰 루할트의 어깨에 팔을 걸치고는 근처에 보이는 벤치로 걸어갔다.

"내가 알타이르 행성에 가기 전에 무슨 일을 하고 갔는지는 들었겠지?"

"라미아의 독을 상품으로 팔려고 했던 생존자의 일을 처리했다고 들었네. 봉고객이라는 변질자와 엮였다면서?"

"음… 그보다는 그 생존자를 알케온이 처리해 버렸어."

"알케온에게 직접 들었다네."

벤치에 치프를 먼저 앉힌 루할트는 자판기에서 음료수를 뽑았다. 치프의 것은 오렌지 맛 탄산음료였고 루할트 자신은 에스프레소를 선택했다.

치프에게 음료를 건네주고 옆에 앉은 루할트는 에스프레소 한 모금으로 마음을 가라앉혔다.

"알케온의 심정을 이해 못 하는 건 아니야. 그 친구는 진심으로 종족을 걱정하고 있어. 우리 날개 달린 자들의 마음이 너무 쉽게 더럽혀지는 것을 안타깝게 생각하고 실망하기도 하며… 또한 슬퍼하고 있지."

"종족에 대한 자부심이 강했으니까."

"개인적인 자존심도 강했지. 그는 우리가 다른 그 어떤 종족보다 우월할 것이라고 믿었다네."

루할트의 말에 치프가 쓴웃음을 지었다.

"누구는 아니었다는 것처럼 말하는군."

"그때는 그냥 자네한테만 심술을 부렸을 뿐이야. 왕녀 전하 곁에 웬 수컷이 돌아다니는 꼴을 받아들일 수 없었거든."

"그러시군요."

치프는 쓴웃음을 지었다.

"하지만 엠페라투스와 맞붙겠다고 진심으로 마음먹은 자는 이 행성에서 오로지 자네뿐이었어. 그리고 이겨 버렸지. 자네가 운캄타르 성왕 폐하의 힘을 재현할 수 있었던 것도 그러한 용기가 없었다면 불가능했을 거야."

그의 칭찬이 이어지자 치프의 표정이 어색해졌다. 어떤 면에서는 콧바람을 뿜으며 자신을 무시하던 루할트보다 지금의 루할트가 더 부담스러웠다.

"어이, 어른의 세계에 용기 같은 낭만 따윈 없어."

"자네가 더러운 꼴을 너무 많이 봐서 그럴 수 있었다고 말하려는 건가? 그렇지 않아, 친구. 세상은 그 지저분함에 굴복한 어른이 대다수야."

"……."

"알케온은 이 땅에 남은 동포들이 자네처럼 문제를 극복하지 못하는 걸 안타까워했어. 그리고 자신이 그들의 문제를 해결해 줄 수 없다는 것에 분노했지. 물론 내 입장에서는 알케온이 존경스럽지만."

"왜?"

"난 남겨진 동포들에게 해줄 수 있는 것이 일자리를 마련해주는 것뿐이거든."

치프는 그거야말로 현실적이면서도 대단한 일일지도 모른다고 말을 해주려다가 말았다.

파뿌리 같은 하얀 백발에 검은색 가죽 코트를 입은 자가, 레투가에게 수류탄을 던진 그 장본인이 시야에 들어왔기 때문이었다.

그는 치프가 맨눈으로 자신의 외모를 확인할 수 있을 정도의 거리에서 걸음을 멈췄다.

생각 없이 음료를 마시던 루할트는 치프의 눈이 무섭도록 커진 것을 보고는 흠칫 놀라 치프의 시선이 꽂힌 방향으로 고개를 돌렸다.

"누구지?"

루할트는 상대에게서 감지한 거북함이 역겨웠던 나머지 그냥 그렇게만 말했다.

치프는 그 가죽 코트의 남자가 서 있는 장소, 연합병원의 본관과 각 병동의 대략적인 배치, 그리고 광기로 가득한 상대의 눈을 보자마자 지난 수 년 동안 잊고 있던 것들을 떠올렸다.

'녀석의 수단은? 물건 자체를 밖에서 가져왔을까? 아냐, 질산 암모늄과 포름알데히드 정도는 개척 행성의 비료 공장과 경중 공업 공장을 통해서 쉽게 구할 수 있어.'

치프는 병원에 배치된 보안국 전투경찰들의 모습들을 살폈다.

전투복이 아니라 제복 차림의 그들은 주변을 지나는 사람들의 차림새와 소지품들을 그냥 보기만 할 뿐, 행동 자체를 어떠한 공식에 의거하여 살피진 않고 있었다.

'아세트산 무수물도 라미아들이 갇혀 있었던 크기의 공장이라면 뽑아내는 게 어렵지 않지. 그 결과 나오는 것이 트리메틸렌 트리나이트로아민. 그걸 90퍼센트, 이소부틸렌 중합체를 10퍼센트 비율로 섞은 것이 플라스틱 폭탄… C4야.'

치프는 눈을 감았다.

'녀석이 서 있는 위치를 봐서는 병동의 9층 이상에 설치했군.

일반병실이 그쯤이니 누가 뭘 놔두고 가버려도 알아차리는 사람은 없을 거야. 그만큼 희생자들의 신분은 평범할 거고 숫자도 많을 테니 효과는 최고지.'

그는 다시 눈을 떴다. 가죽 코트의 남자는 여전히 기분 나쁜 미소를 유지하고 있었다.

"어이, 일단 만났으니 몇 가지 묻지."

치프가 큰 소리로 묻자 주변을 지나던 사람들이 모두 그를 봤다. 가죽 코트의 남자는 아랫입술 밑으로 기른 수염을 엄지로 문지르며 웃음을 흘렸다.

"정치적 의도는? 대중들에게 어필하고픈 게 뭐지? 너희 종족이 붕괴하다시피 한 것에 분노한 건가?"

"무슨 말을 할까 궁금했는데 어려운 말을 하고 있군."

드디어 입을 연 하얀 단발의 남자는 코트 옆 주머니에서 뭔가를 꺼냈다. 전선과 회로판, 철근을 꺾어 만든 형틀을 테이프 등으로 얼기설기 감아 만들긴 했지만 엄연히 방수 대책까지 완비된 기폭장치였다.

"오, 이건 아니지."

남자는 기폭장치를 다시 주머니에 쑤셔 넣더니 몇 번 뒤적거리고는 노란색의 작은 종이 상자를 꺼냈다.

그것은 캐러멜이었다.

"혹시나 해서 말하는데, 이건 훔친 게 아니야. 돈을 주고 샀어. 영수증도 주머니 어딘가에 있을 거야. 비료 공장 경비원보다 편의점 점원이 더 눈치가 빠르다는 걸 아나?"

상자 안에 든 캐러멜을 두 개 꺼내어 입에 넣은 그는 그것을 질겅질겅 씹으며 병원 본관을 올려다봤다.

"헌터들을 상대로 어설프게 복수를 하고 다니는 어린놈 몇 명에게 제대로 된 '일'을 가르쳐 줬지. 그 애송이들, 구질구질하더라고? 좋은 걸 먹고 잠도 편히 자야 일을 제대로 할 수 있잖아? 그래서 헌터들은 헌터들대로 처리하고 물건은 깨끗이 수거해서 암시장에 파는 방법을 가르쳐 줬지. 그제야 돈맛을 알더군."

그는 입안에 찬 갈색 단물을 바닥에 찍 뱉었다.

"패밀리 레스토랑에 놈들을 데려갔는데, 스테이크를 바라보는 표정이 예술이었어. 누가 봐도 촌놈이었거든. 포크랑 나이프가 아니라 나이프 두 개를 양손에 쥐는 꼴을 보고 주변에 있던 사람들이 다 웃었지."

캐러멜을 씹는 턱의 움직임이 느려졌다.

"그런데 말이야, 보안국장이라는 놈은 우리가 하는 짓을 끝까지 공표하지 않았어. 드래곤들의 짓이라는 걸 철저히 숨겼지. 대놓고 발표해서 우리를 띄워줬으면 네놈만 건드렸을 텐데 말이야."

"그냥 나만 건드렸으면 됐을 텐데? 난 며칠 전에 여기 있었다고!"

"아, 그래. 들었지. 그래서 나도 보안국장 말고 너랑 네 회사를 괴롭혀 주려고 했는데 막상 찾으려니까 여객선 타고 떴더라고? 제길, 화나잖아?"

가죽 코트의 남자 옆을 작은 승합차 한 대가 달리더니 치프와 남자의 한가운데 지점에 뭔가를 떨구고 다시 도망쳤다.

그들이 떨어뜨린 것은 치프로선 처음 보는 얼굴의 젊은 남녀네 명이었다. 그 네 명은 서로 등을 마주한 채 수갑으로 묶여있었는데, 수갑 사이에는 전기식 뇌관이 꽂힌 플라스틱 폭탄이 주스용 종이팩에 쑤셔 담긴 채 매달려 있었다.

"원래는 그 애새끼들로 시작하려 했단 말이야."

테이프로 입이 단단히 막힌 그들은 눈물과 공포에 일그러진 얼굴로 치프를 봤다.

하지만 치프에겐 네 명 모두가 낯선 이들이었다.

치프의 표정이 기대에 못 미치자 가죽 코트의 남자가 고개를 갸웃거렸다.

"뭐야, 네 회사의 직원이 아닌가?"

묶인 젊은이들은 치프를 바라보며 발버둥을 치고 테이프 안쪽으로 동물적인 소리를 냈으나 치프의 표정은 변함이 없었다.

하지만 루할트는 달랐다.

"네가 그 강도단의 두목이었군."

그가 안경을 벗으며 눈동자를 붉게 빛내자 폭탄에 꽂혀 있던 뇌관이 피식 터졌다. 묶여 있던 네 명이 감전으로 기절하긴 했지만 폭탄이 터질 여지가 사라졌기에 그들로서는 다행이었다.

"몇 달 전에 브라토레 부사장이 뽑은 신입 사원들이야. 자네가 온 날 회사를 그만뒀다고 들었는데, 빅시티에 들어오자마자 저놈에게 붙잡혔나 보군."

루할트는 그들이 틀림없이 안전할 거라 믿으며 당당히 말했으나 전기를 이용하는 능력은 루할트만의 고유능력이 아니었다.

가죽 코트의 남자가 씹고 있던 캐러멜을 뱉었다.

"네가 왕녀의 종놈이지?"

"종놈이라니……."

루할트는 미처 말을 다 하지 못하고 앞으로 고꾸라졌다. 루할트의 그 움직임이 전기충격기에 맞았을 때와 똑같았기에 치프는 상대가 분명 드래곤이고 루할트 이상의 능력을 가진 존재임을 단번에 깨달았다.

가죽 코트의 남자는 젊은이들 사이에 매달린 폭탄에 새로운 뇌관을 꽂아준 뒤 기폭장치를 꺼내며 치프를 향해 걸어왔다.

"네가 어려운 말로 얘기를 시작하지 않았으면 나도 어렵지 않게 했을 텐데 말이야. 자, 이걸 잡아. 안 그러면 저놈들은 물론 병원 안에 설치한 것들도 모두 내 손으로 터뜨릴 거야."

그는 기폭장치를 치프에게 내밀었다. 오른손에 루할트가 준

오렌지 맛 탄산음료 캔을 쥔 치프는 왼손으로 그 기폭장치를 잡았다.

"네가 손가락을 까딱해도 병원이 날아간다고, 꼬맹이! 무기 버리고 튀어나와!"

남자가 소리쳤다.

그러자 근처의 수풀이 들썩이더니 그 속에 몸을 숨기고 있던 황토색 더벅머리의 소녀가 입술을 꽉 오므린 채 자동소총을 내려놓으며 걸어 나왔다.

그 소녀는 다름 아닌 포프였다. 여전히 민소매 티와 반바지 차림이긴 했지만 작년과 달리 무릎과 팔꿈치에 빨간색의 보호대를 착용하고 있었다.

포프의 기척을 전혀 느끼지 못했던 치프는 상대의 능력이 역시 보통이 아님을 확신했다.

"네가 그 오파로아 출신 꼬맹이지? 일반적으로는 기척을 느낄 수 없는 년이라고 얘기를 들었지. 너한테 뒤통수 맞기 싫으면 어떤 회사의 비누 냄새를 기억하라던데, 진짜 그 비누 냄새 말고는 느낄 수가 없군. 이리 와. 아니면 병원이고 뭐고 날아갈 거야."

포프는 치프를 보면서 그 남자 쪽으로 걸어갔다.

그는 포프의 복부를 주먹으로 찌르듯 쳐서 기절시킨 뒤 묶여 있는 젊은이들 쪽으로 내던졌다.

"자, 이제 재밌는 일을 해볼까?"

남자가 치프를 보며 눈빛을 반짝거렸다.

치프는 자신의 주변 공간이 흐려지더니 검은색에서 붉은색으로, 이어서 병원이 아니라 어딘지 낯익은 장소로 변하는 것을 목격했다.

가죽 코트의 남자는 다리 쪽에서부터 검은색 재로 변해 서서히 사라졌다.

"널 철저하게 박살 내달라고 부탁을 받았지. 엠페라투스 님의 일 때문에 내 바보 같은 친구가 어지간히 화가 난 것 같더군. 편해지고 싶으면 그걸 눌러. 후후, 넌 그걸 누르게 될 거야."

남자의 모습이 치프의 시야에서 완전히 사라졌다.

'환각 같은 건가? 실감 나네.'

치프는 왼손에 쥔 기폭장치의 구조를 살피면서 시간을 보냈다.

그가 처한 상황은 분명 환각이었으나 인위적인 흙냄새와 어딘지 모르게 답답한 공기, 그리고 치프의 몸에 가해지는 중력은 그의 기억에 있는 어떤 장소와 정확히 맞아떨어졌다.

치프는 그럼에도 불구하고 기폭장치에서 눈을 떼지 않았다. 어떻게든 환각에서 벗어나기 위한 암시를 걸기 위해서였다.

"원사님, 오랜만이네요."

치프는 자신을 부르는 목소리를 따라 고개를 돌렸다.

"허, 마이클."

치프는 자신을 부른 남자의 이름을 부르며 쓴웃음을 지었다.

UNSMC의 전투복을 입은 그 남자는 몸의 절반이 뜯긴 채 한쪽 다리로 아슬아슬하게 서 있었다. 치프는 그의 단면에 보이는 내장과 뼈, 찢어진 근육과 피를 보며 고개를 저었다.

"난 자네가 천국으로 간 줄 알았는데 말이지."

"저만 있는 게 아닙니다."

치프의 주변에 수많은 UNSMC 대원이 나타났다.

상태가 정상적인 자가 아무도 없었다. 상반신만 있는 자, 가슴에 구멍이 난 자, 두 팔이 없는 자, 머리가 없는 자 등등, 분위기 전체가 피비린내 나는 지옥 그 자체였다.

하지만 치프는 여유를 잃지 않았다.

"체스터, 벅스, 주니어, 브래들리, 젝키, 터너, 홀슨 등등, 모두 다 왔습니다."

"그 모습들로 오느라 수고했네. 잘들 있었어?"

치프는 다시 기폭장치에 눈을 뒀다.

"피하지 마세요, 원사님. 기회를 드릴게요."

팔이 달려 있는 모든 자가 앞쪽을 가리켰다. 그들이 가리킨 장소에는 수백 명의 아이가 있었다.

모든 아이가 수류탄을 손에 쥐거나, 폭탄조끼를 입거나, 수술로 뱃속에 폭탄을 넣고 있었다.

게다가 그 아이들 모두가 치프와 UNSMC 대원들을 향해 달려오는 중이었다.

제 속도를 내는 아이는 아무도 없었다. 하나같이 슬로모션으로 허우적거리며 약과 공포, 내지는 이상한 의무감에 찌든 표정을 적나라하게 드러내고 있었다.

치프의 손에 들린 기폭장치가 어느새 수류탄의 모습으로 바뀌었다.

"흠, 이걸 던지면 쟤들이 어떻게 되고 자네들이 멀쩡해지나?"

"어려운 일이 아니잖아요? 전부 원사님이 죽인 애들이에요. 한 번 더 죽이는 게 뭐가 어려워요?"

"하긴, 쉽지. 안전핀 빼고, 안전 고리 날리고, 휙."

치프는 웃으며 팔을 휘둘러 손에 든 것을 던졌다.

그리고 사방을 가득 채운 것은 피 냄새가 아니라 오렌지 냄새였다.

치프가 뚜껑을 따서 던진 오렌지 음료 캔에 머리를 맞은 가죽 코트의 남자는 땅에 떨어져서도 솟구쳐 오르는 음료수에 몸을 적셔야 했다.

오렌지 향에 젖은 채 넋을 잃은 남자는 자신이 보는 앞에서 기폭장치를 간단히 분해하여 무용지물로 만드는 치프를 당혹스러운 눈으로 바라봤다.

"환각에 면역됐나? 그것도 운캄타르의 능력인가?"

"음? 아냐. 확실히 먹혔어. 피 냄새, 고기 냄새, 궤도 식민지의

묘한 중력까지도 정말 실감 났지. 혹시 죠니와 딕슨, 조셉의 기억을 읽었나?"

치프는 분해되어 버튼만 남은 기폭장치를 남자의 손에 쥐어 준 뒤 젊은이들을 묶은 수갑을 풀어주고 폭탄도 하수도 맨홀을 열고 그 안에 던져 넣었다.

"그런데 중요한 걸 대충 찍었더군. 하긴, 이건 내 기억을 읽지 않는 한 정확히는 몰랐을 거야."

치프는 기절해 있던 포프를 흔들어 깨우고는 그녀의 귓속에 뭔가를 속삭였다. 포프는 무슨 소리를 하느냐는 눈으로 치프를 바라봤지만 치프는 그녀를 오른쪽 어깨에 들쳐 멨다.

치프가 다시 큰 소리로 말했다.

"자살테러에 동원된 애들 말고, 내 손으로 죽인 애들의 숫자만 수천 명이야. 자릿수를 틀리면 어떡해?"

"……."

"혹시 엠페라투스 흉내라도 내고 싶었나? 그놈은 너처럼 싸구려 쇼맨십을 발휘한 적이 없었어. 모든 걸 진짜로 즐겼다고."

치프는 잔뜩 꾸민 티가 나는 상대의 표정이 진심으로 물드는 것을 보자마자 포프를 멀리 집어 던졌다.

"하등동물이!"

남자의 팔이 드래곤의 팔처럼 크고 두껍게 변하면서 치프를 덮쳤다.

병원 전체를 흔드는 폭음과 함께 흙먼지가 높이 솟구쳤다.

치프 덕분에 그 공격에서 벗어난 포프는 뭔가가 뜨끈한 액체를 뿌리며 자신의 앞에 떨어지자 눈을 번쩍 떴다.

땅에 엎드린 그녀가 마주한 것은 비어져 나온 혈관에서 피를 찍 뿜어내는 치프의 한쪽 다리였다.

그 피를 상반신에 뒤집어쓴 포프는 분홍색과 하얀색으로 제법 예쁜 다리의 절단면을 보면서 치프가 자신에게 속삭였던 말을 떠올렸다.

'살고 싶으면 일어나서 본관으로 달려. 죠니, 딕슨, 조셉이 너랑 같이 왔다는 걸 알아. 그러니 다른 생각 말고 뛰는 거야, 포프.'

지난 1년 동안 사냥과 훈련으로 몸과 마음을 단련했던 포프는 앞에 놓인 치프의 다리에서 얼른 눈을 떼고 일어나 병원 본관으로 뛰었다.

그녀는 사냥 도중에 각종 환상종들의 본체에서 팔다리가 떨어져 나가는 광경을 수도 없이 봤다.

처음엔 그런 것들이 역겨웠으나 지금은 냄새가 조금 귀찮은 수준으로 익숙해졌다. 적응이 될 거라던 어른들의 조언은 항상 사실이 됐다.

하지만 태어나서 처음으로 껴안아봤던 가족 외의 남자가 갑자기 피를 뿌리는 고깃덩이로 변해 눈앞에서 굴러다니던 광경은 포프의 의식을 그냥 꽉 막아버리고 있었다.

병원 본관 안으로 뛰어 들어간 포프는 그냥 허둥대는 다른 사람들과 달리 꽤 튼튼해 보이는 테이블 밑으로 몸을 숨겼다.

오파로아 행성인 특유의 긍정적인 면이 그녀의 의식을 조금씩 맑게 해주었다.

'죠니 팀장님이랑 다른 아저씨들이 나랑 같이 왔다는 걸 어떻게 아셨지? 롸켓 아저씨한테는 파울라 장로님과 함께 갈 거라는 말밖에 안 했는데?'

보안을 위해 정보를 최소화해야 한다는 말을 죠니에게 들었던 포프는 치프가 어떻게 그들의 동행을 알아냈는지 궁금했다.

치프가 죠니들의 동행을 눈치챈 계기는 포프가 숨은 채로 갖고 있던 자동소총이었다.

중거리 저격을 위해 온갖 옵션으로 세팅된 그 소총은 포프의 것이 아니라 딕슨과 조셉이 번갈아 쓰는 물건이었다.

치프는 거기서 죠니 일행의 동행을 알아차렸으며 병원 각 건물에 설치된 폭탄을 무력화시키려면 자신이 무엇을 해야만 하는지도 그때 알게 되었다.

오른손으로 치프를 깔아뭉개 버렸던 가죽 코트의 남자는 자신의 손을 원래대로 되돌리면서 또 다른 기폭장치를 주머니에서 꺼냈다.

"뭐가 쇼맨십이야! 나도 그분처럼 진짜 즐기고 있다고! 빌어먹을 하등동물 같으니!"

그는 장치의 버튼을 눌렀으나 부하들이 병원에 설치했던 폭탄들은 아무런 반응이 없었다.

"이건 또 왜 안 터져!"

그는 기폭장치가 부서질 때까지 버튼을 눌렀지만 폭탄들은 꼼짝도 하지 않았다.

"제기랄!"

그가 고함을 지르며 힘을 발산하자 병원의 유리창들이 일제히 흔들렸다.

그가 치프를 공격할 때 일어났던 흙먼지가 그 힘으로 인해 퍼지면서 모래폭풍처럼 병원 일대를 뒤덮었다.

한편, 중환자 병동의 10층에서 망원경을 통해 지상을 보고 있던 죠니는 한숨을 터뜨리며 자신의 단말기를 봤다.

죠니는 아까 치프가 대놓고 기폭장치를 분해하여 부품들을 보여준 덕분에 자신이 어떤 방식의 방해 전파를 발신해야 폭탄들을 마비시킬 수 있는지를 겨우 알아낼 수 있었다.

'그런데 살아계실까? 아까 다리가 떨어져 나가는 걸 봤는데?'

그는 망원경의 버튼을 눌러서 치프가 얻어맞았던 장소를 철저히 살폈다. 하지만 보이는 것은 육편들뿐이었다.

'안 됩니다, 치프! 제발 다시 나타나서 농담이었다고 말씀해주십시오!'

죠니는 너무 답답하여 주먹으로 자신의 가슴을 치고 싶었지만 상황이 어떻게 될지 아직 모르기에 망원경을 잡은 자세를 풀지 않았다.

그것은 다른 건물에서 상황을 지켜보는 조셉과 딕슨도 마찬가지였다.

가죽 코트의 남자가 발산한 힘에 몸이 마비되어 쓰러진 루할트도 치프를 찾기 위해 눈동자만이라도 열심히 움직이고 있었다.

아직 남은 흙먼지 속에서 사람의 모습이 보였다. 하지만 루할트는 실망했다. 그 형태는 치프보다 작았을 뿐만 아니라 어깨 근처에서는 치프가 두르고 다닐 리가 없는 머플러가 펄럭거리고 있었다.

'키드 저스트…….'

머플러로 입가를 가린 채 루할트에게 몰래 다가온 청년, 키드는 잔뜩 긴장한 눈으로 주변을 살폈다.

"하인케스 사장, 브라토레 부사장을 보셨습니까?"

마비 때문에 말을 할 수 없었던 루할트는 이 상황에서 무슨 소리를 하는 거냐는 눈빛으로 키드를 응시했다.

그러나 키드의 표정을 보고 루할트의 생각도 바뀌었다.

언제나 걱정과 불만을 달고 살면서도 나이트 스토커로서의 진지함과 사명감만은 항상 유지해 왔던 그가 지금은 식은 땀 때문에 얼굴이 흙투성이가 됐을 정도로 공포에 질려 있었다.

'이 친구가 왜 이러지?'

루할트는 어렵사리 병원 본관을 가리켰다.

그쪽으로 그냥 가려던 키드는 고개를 한 번 크게 젓고는 루할트를 어깨에 멨다. 부상당한 지인마저 공포로 인해 지나쳐 버릴 뻔했던 그가 가까스로 용기를 낸 것이다.

"오래전에 스승님께서 명상 중에 영감을 얻어 예언을 하셨습니다."

루할트가 만약 말을 제대로 할 수 있었다면 '네 스승이 그라니트 용역에서 객기를 부리다가 데스디아에게 떡이 되도록 두드려 맞고 쫓겨난 그 영감이냐'고 물었을 것이다.

"스승님께서는 탈란바토르가 드래곤들의 땅에 나타났을 때 드래곤들은 전멸할 것이며, 운캄타르의 의지를 잊는 자가 드래곤들의 손에 죽었을 때 정령의 격노가 남은 자들을 죽게 할 것이라 하셨습니다."

"……"

"제가 알기로 브라토레 부사장만큼 정령을 확실히 아는 존재는 이 땅에 없습니다. 드래곤들에게 있어서 정령은 개념에 불과하지만 알타이르인에게 있어서 정령은 교감이 가능한 절대적 아군입니다. 브라토레 부사장을 막아야 합니다, 하인케스 사장. 늦기 전에……!"

"헛소리… 그만해."

루할트가 분에 찬 나머지 표정이 엉망이 되는 걸 감수하면서 말했다.

"뭐가… 전멸… 이야? 우리… 회사의… 직원만… 백 명이… 넘어. 멋대로… 우리를……."

루할트가 말을 멈추고 키드가 돌아섰다.

단검을 든 그 가죽 코트의 남자가 흙먼지를 헤치며 그들에게 다가왔다. 그의 뒤를 건하운드와 소총 등으로 중무장한 젊은이 십여 명이 뒤따랐다.

"듣기로는 이 병원이 엠페라투스 님의 본격적인 부활을 알린 장소라더군. 맞나, 애송이 영주여?"

가죽 코트의 남자가 물었지만 루할트는 가만히 있었다.

그 파괴의 기억을 떠올리기가 거북했지만 무엇보다 그 파뿌리 단발의 남자를 상대하는 것 자체가 싫었다.

상대는 엠페라투스처럼 행동하려 하고 있었다. 주변에 있는 젊은이들, 틀림없이 그 남자에 동조하여 움직이는 젊은 드래곤들 역시 마찬가지였다.

그러나 루할트가 경험한 엠페라투스는 그들처럼 가벼운 존재가 아니었다.

그 죄악의 선조는 정말 까마득히 교활했고, 어이없을 만큼 충동적이었으며, 무서우리만치 계산적이었다.

무엇보다 행동 하나하나에 이유가 있었다.

루할트는 엠페라투스가 왜 즐기려 하는지 전혀 이해하지 못했다. 하지만 그가 모든 것을 진심으로 즐기고 있다는 사실만큼은 선명하게 알 수 있었다.

그 모습은 인정하기 싫을 정도로 매력적이었다.

하지만 가죽 코트의 남자는 달랐다.

"엠페라투스의… 흉내를… 내려는… 건가?"

"뭐?"

"진심으로… 즐길 생각이… 아니라면… 그만하라, 고대의… 잔재여."

"난 진심인데?"

"진심이라면서… 여태껏… 자신의 이름조차… 시원스레 밝히지… 못하고 있지 않나?"

루할트가 웃었다.

치프에게 지적당했을 때처럼 정색을 한 그 가죽 코트의 남자는 또다시 상대를 박살 내기 위해 오른팔을 들었다.

루할트는 하늘을 가리고 자신에게 닥쳐오는 상대의 손을 보며 자신의 유일한 혈육인 젝스를 떠올렸다.

그가 단념했을 때, 늘씬하고 완만한 곡선을 가진 한 줄기의 칼날이 그를 짓이기려는 팔을 가로막았다. 그 뒤를 따르듯 잘 빗겨진 하얀색의 장발이 뿌연 흙먼지 속에서 천사의 날개처럼 펄럭거렸다.

스트라투스를 들고 파프니르를 등에 멘 데스디아와 셀레스티아가 나란히 선 채 적들을 가로막고 있었다.

"어서 병원으로 들어가, 키드. 지금 네가 할 일은 그거야."

중얼거린 데스디아는 바람의 정령들과 교감하여 주변을 탁하게 만든 흙먼지들을 한순간에 날려 버렸다.

키드가 병원으로 뛰어가는 한편, 데스디아는 천천히 스트라투스를 내렸다. 긴 칼날이 마치 주차장의 차단기처럼 적들의 앞을 가로막았다.

그냥 봐서는 무방비 상태였으나 가죽 코트의 남자도, 그 옆에 있는 젊은이들도 데스디아와 셀레스티아를 건드릴 생각을 못 했다.

'처음에는 그저 그런 수컷처럼 보였는데, 하룻밤 만에 내가 모르는 지옥에서 살아온 남자임을 알게 됐지.'

데스디아는 폐허의 옆에 쓸쓸하게 놓여 있는 치프의 다리를 보며 옛일을 떠올렸다.

'지구의 공항에서 당신을 다시 만난 그날은 아마 평생 잊지 못할 거야. 나보다 작고, 무슨 생각을 하는지 알기도 힘들고, 옷도 거지같이 입은 남자가 틀림없이 나를 이끌어줄 거라고 느껴졌거든. 운명이라는 게 그런 걸까?'

데스디아는 셀레스티아에게 손을 내밀었고 셀레스티아는 그 손을 꼭 잡았다.

'그날부터 당신의 모든 게 마음에 안 들었어. 셔츠는 다림질조차 안 하고 다니고, 바지랑 신발도 다를 게 없고, 향도 나쁜 음료수는 매 시간 처먹고, 머리는 대강 기르고 다니고, 풍기는 냄새는 잘해야 싸구려 비누 냄새고. 그것들 가운데 어느 하나

라도 내 손으로 고쳐 주고 싶었어. 그래야만 내가 곁에 있다는 걸 당신이 깨달을 수 있을 것 같았거든.'

데스디아의 터번이 바람에 스르륵 풀렸다. 안에 잘 수습해 넣어놨던 검은색 장발이 셀레스티아의 것과 마찬가지로 펄럭거렸다.

'하지만 우리는 같은 장소에만 있었을 뿐이야. 엠페라투스 같은 괴물과 맞서 싸운다는 생각 따위는 해본 적이 없었어. 일이 그렇게 될 거라는 예상조차 못 했지. 그런데 당신은 맞서 싸웠어. 그리고 당신이 나에게 맡긴 자리에 있어보니 알겠더군. 곁에 있는 모두가 너무 소중해서 누군가를 편애할 여유는커녕 대하기조차 겁이 났어. 내가 잘못하면 누군가가 죽을 거라는 생각밖에 안 들었지. 라샤이드로서 수많은 전사를 이끌 때는 그렇게 조심하지 않았는데 말이야.'

그녀는 고향에서 갈아입고 온 자신의 새 전투복을 내려다봤다.

'그러다 보니 1년 사이에 내 옷이 어떻게 망가지는지도 모르겠더라고. 당신이 왜 항상 똑같은 꼴로 다녔는지 겨우 이해할 수 있었지. 미안해, 치프. 부탁이니 사과를 할 기회라도 줘.'

데스디아가 입을 열고 숨을 들이마셨다.

"나와 교감해 줘, 셀레스티아."

울음을 억지로 참고 있던 셀레스티아는 친구의 말에 응하여 잔광을 남기고 사라졌다.

부릅뜬 데스디아의 눈이 그 가죽 코트의 남자에게 향했다.

한순간이지만 모든 뼈가 투영될 만큼 강한 빛이 데스디아의 몸속에서 터졌다.

피부로 올라온 그 힘은 백금색의 주술적 문신이 되어 전투복에 가려지지 않은 그녀의 얼굴과 목 언저리, 그리고 손을 화려하게 장식했다.

마지막으로 데스디아의 검은색 머리 전부가 셀레스티아의 것처럼 하얀색이 되었다.

"네놈이 나에게, 우리에게 무엇을 앗아갔는지 가르쳐 주마!"

언제나 검은색으로 흘러나왔던 스트라투스의 기운조차도 백금색으로 바뀌어 그 주변을 불태우듯이 솟구쳐 올랐다.

*     *     *

같은 시각, 그라니트 용역의 회사 부지에 수송선을 착륙시키고 냉동 상태의 메이건을 꺼내던 라이트스톤은 갑작스레 경고음을 내는 자신의 단말기를 급히 꺼내 들었다.

'데스디아 브라토레의 전투 능력이 2만 7천 퍼센트… 270배 넘게 상승했다고? 설마 이 땅에서 활동하고 있다던 엠페라투스

의 추종자, 반달리온이 무슨 사고라도 친 건가?'

주변을 두리번거리던 라이트스톤은 빅시티 방향의 하늘로부터 사방으로 번지는 백금색의 오로라를 압도된 채로 바라봤다.


『그라니트 : 용들의 땅』 3권 끝